FRANÇOIS BARCELO

De 1981 à 1983, parurent à Montréal trois romans qui étonnèrent la critique et les amateurs de littérature. *Agénor, Agénor, Agénor et Agénor,* puis *La tribu* et enfin *Ville-Dieu* firent découvrir un auteur qui savait parler de tout et de rien avec un mélange de désinvolture et de passion. Quelques années plus tard, François Barcelo abandonnait son métier de rédacteur publicitaire pour se consacrer entièrement à la littérature. Au rythme d'au moins un livre par année, il poursuit une œuvre originale, abordant avec humour et fantaisie plusieurs genres littéraires, depuis la science-fiction et le roman de voyageur jusqu'au roman jeunesse et au polar (il est le premier Québécois publié dans la célèbre «Série noire» de Gallimard). Et cet auteur inclassable s'est gagné un public fidèle. Il vit depuis quelques années à Saint-Antoine-sur-Richelieu, près de Montréal, et voyage beaucoup — souvent au Mexique, en Europe et aux États-Unis, une fois autour du monde.

VILLE-DIEU

Un livre qui mélange allégrement le roman d'aventures, le fantastique, l'humour et la satire sociale. Ville-Dieu, c'est d'abord une grande ville coincée entre un fleuve et une montagne. C'est aussi un peuple, partagé entre riches et pauvres: la femme politique, le millionnaire et son épouse vaporeuse, le joueur de hockey, l'assisté social, le médecin désabusé, le saint homme, l'anarchiste, l'inventeur, la vieille féministe, un garçon plus beau qu'il ne devrait l'être, une fille prête à creuser un tunnel jusqu'au garçon qu'elle aime. Mille et une aventures et mésaventures les attendent. Leur histoire, racontée dans une langue claire et un style alerte, fait appel à toute la gamme des émotions — surtout si on considère que l'humour en est une.

VILLE-DIEU

François Barcelo

Ville-Dieu

BIBLIOTHÈQUE QUÉBÉCOISE

| BQ | BIBLIOTHÈQUE QUÉBÉCOISE est une société d'édition administrée conjointement par les Éditions Fides, les Éditions Hurtubise HMH et Leméac Éditeur. Bibliothèque québécoise remercie le ministère du Patrimoine canadien du soutien qui lui est accordé dans le cadre du Programme d'aide au développement de l'industrie de l'édition. BQ remercie également le Conseil des Arts du Canada et la Société de développement des entreprises culturelles du Québec (SODEC). |

Conception graphique : Gianni Caccia
Typographie et montage : Dürer *et al.* (MONTRÉAL)

Données de catalogage avant publication (CANADA)
Barcelo, François, 1941-
Ville-Dieu
Éd. originale : [Montréal] : Libre Expression, 1982.
ISBN 2-89406-157-9
I. TITRE

PS8553.A761V54 1999   C843'.54   C99-940333-8
PS9553.A761V54 1999   PQ3919.2.B37V54 1999

Dépôt légal : 1er trimestre 1999
Bibliothèque nationale du Québec
© Éditions Libre Expression, 1982
© Bibliothèque québécoise, 1999, pour cette édition

À Blanche, ma mère,
et à Valérie, ma fille.
Et aussi à Francine.

HERVÉ DESBOIS (I)

Le train cessa de n'être qu'un point noir à l'horizon pour devenir aux yeux de la foule un véritable train, bruyant, sifflant, crachant la vapeur et la fumée.

Mais les gens sur le quai l'attendaient depuis si longtemps — quatre ou cinq ans dans bien des cas — qu'il n'avait rien d'une machine brutale. Il leur semblait doux et plein d'espoir, comme un voilier qui rentre au port.

Même lorsque le train pénétra dans la gare, la foule ne prit aucunement conscience du grincement sinistre de ses roues ni des jets de vapeur qu'il lançait à droite et à gauche ni du coup de vent glacial qu'il poussait devant lui.

L'orchestre de Ville-Dieu, formé depuis moins d'un an et constitué de mauvais amateurs, ajouta sa cacophonie. Il se mit à jouer *Auprès de ma blonde* en faussant généreusement et sans ensemble car la moitié des musiciens, un peu vieux et plutôt durs d'oreille, entendaient mal le reste de l'orchestre couvert par le bruit du train et les rumeurs de la foule.

À toutes les fenêtres des wagons se penchaient des soldats, pressés les uns contre les autres. Ils étaient si nombreux que peu de leurs pères, de leurs mères, de leurs femmes ou de leurs frères trouvaient rapidement celui qu'ils cherchaient des yeux.

On avait envoyé dans les familles un simple télégramme annonçant l'arrivée d'un train de blessés de guerre. Mais ce télégramme ne précisait pas de quel fils ou de quel frère il s'agissait. Et bien des pères et des mères, même après avoir enfin repéré le visage d'un des leurs, continuaient à scruter les autres à la recherche d'une seconde tête familière, espérant et redoutant à la fois que plus d'un fils leur revienne, éclopé, diminué, mais vivant.

L'orchestre se tut, avec aussi peu d'ensemble qu'il avait commencé à jouer. Dès que le train fut immobilisé pour de bon, la foule se pressa contre le flanc des wagons. Mais des sifflets retentirent et un détachement de la garde locale fendit la foule et la fit reculer.

Les officiers-médecins descendirent les premiers. Les appels et les cris — tant du côté de la foule que du côté des soldats — se firent moins nombreux à la vue de ces gradés nonchalants, qui attendirent le silence total avant de faire signe aux soldats de descendre à leur tour.

* * *

Le maire de Ville-Dieu prit Mélodie Hyon par le bras et l'entraîna passer en revue les soldats. La jeune femme se laissa faire, car elle n'avait pas vu, de loin, à cause de sa myopie, que ces soldats étaient de grands blessés.

Ce n'est que lorsqu'elle fut à un pas du premier rang qu'elle songea que la guerre pouvait être triste même pour ceux qui ne meurent pas.

Le premier soldat qu'elle vit n'avait plus de bras. Il souriait, mais on sentait qu'il faisait un effort pour sourire. Et on aurait dit qu'il haussait les épaules. Mais était-ce vraiment un haussement d'épaules, ou l'absence de ses bras, qui lui donnait cet air timide et honteux?

Le second soldat se tenait debout — mais son visage était à peine à la hauteur du ventre de Mélodie Hyon, car il avait eu les cuisses sectionnées lorsque la gangrène lui était montée aux genoux. Et le médecin-capitaine qui encadrait la jeune femme avec le maire savait qu'il faudrait bientôt couper un autre bout des moignons que la maladie ne cessait d'attaquer, jusqu'à ce qu'il ne reste plus qu'un tronc, et alors la maladie trouverait sans doute un chemin plus direct pour se rendre jusqu'au cœur.

Pourtant, le regard de Mélodie Hyon ne fit qu'effleurer ce soldat qui se redressait de son mieux, dans l'espoir d'avoir l'air moins court.

S'arrêta-t-il plus longtemps sur le troisième soldat — Hervé Desbois — à qui il ne manquait qu'un bras, ce grand soldat blond, un peu plus grand, un peu plus robuste que les autres? Cela n'est pas sûr. Mélodie Hyon ne fit que ralentir imperceptiblement son regard en passant devant lui.

* * *

Hervé Desbois avait une érection qui ne le lâchait pas depuis plus d'une heure, à la pensée que Lucie, la seule fille dont il eût jamais effleuré les seins, l'attendrait peut-être sur le quai de la gare.

Il la cherchait des yeux, lorsque son regard croisa celui de Mélodie Hyon. Son érection, sans faiblir, changea aussitôt d'objet.

Lorsque la belle dame en noir s'éloigna après avoir déposé une couronne de fleurs au pied du monument de pierres des champs dressé à la dernière minute sur le quai (le mortier n'était pas encore sec), Hervé Desbois dut faire un effort pour se remettre à chercher Lucie dans la foule.

Mais il ne vit personne qu'il connaissait, ses parents n'ayant pu se payer le voyage et Lucie étant depuis trois ans mariée au fils cadet du marchand de moulée.

Hervé Desbois ne savait rien du mariage de Lucie. Mais il se réjouit qu'elle ne fût pas là.

* * *

«C, répondit Agénor Hyon.

— Mais non, Agénor, ce n'est pas un C, protesta sa gouvernante. Allez, fais un effort. Tu le sais.

— V?» risqua Agénor.

La gouvernante hocha la tête. Elle avait envie de lui souffler la lettre, et mit ses lèvres en cul de poule, faisant mine de prononcer le son correspondant. Ainsi, avec un minimum de bonne volonté, Agénor pourrait lire sur ses lèvres autant que sur l'ardoise.

Agénor considéra longuement la lettre tracée à la craie, comme s'il était possible de trouver dans sa forme (une ligne verticale adossée à un demi-cercle) un indice quelconque sur la façon de la prononcer. Mais il n'en devina pas. Il regarda les lèvres de Mademoiselle Vernet, sans arriver là non plus à déchiffrer quoi que ce fût qui lui rappelât un son.

— Reprends à partir de A, suggéra Mademoiselle Vernet.

Agénor soupira, d'un de ces profonds soupirs dont sont seuls capables les enfants de quatre ans et qui veut sans doute dire quelque chose comme «que ce monde est donc inutilement compliqué».

— A, dit-il, résigné.

Puis il s'arrêta, jugeant que l'effort était amplement suffisant.

— Continue, l'encouragea Mademoiselle Vernet. A...

— A, B, reprit Agénor, blasé.

— Ensuite?

— A, B, C, D, dit enfin Agénor tout d'un trait.

— Je savais que tu étais capable! s'écria Mademoiselle Vernet, enchantée.

Et elle s'approcha d'Agénor assis à son pupitre miniature. Elle souleva l'enfant dans ses bras, posa sur sa joue droite un baiser retentissant.

— Pouah! s'écria-t-il, dégoûté.

— Regardez-moi ce grand garçon qui joue les dégoûtés, fit Mademoiselle Vernet en le serrant encore plus fort contre sa poitrine.

Mais Agénor ne jouait pas.

* * *

Une heure plus tard, Stéphanie Vernet remonta dans la chambre d'Agénor voir s'il dormait. Bien entendu, il la regarda de ses yeux grands ouverts lorsqu'elle poussa doucement la porte.

— Petit coquin, tu ne veux pas dormir, dit-elle d'une voix anormalement enjouée.

Elle s'approcha de lui, rabattit les couvertures et vit qu'il avait gardé son uniforme jaune de marin, reproduction fidèle de celui des matelots panuriens.

— Tu peux bien ne pas dormir, tout habillé comme ça. Allez, déshabille-toi. Tiens, je vais t'aider.

Et elle l'aida à enlever ses chaussures, ses bas, sa chemise à col marin, ses braies. Croyant que cela suffisait ainsi, Agénor allait se glisser de nouveau sous les couvertures.

— Mais non, il faut tout enlever.

Et elle lui retira son caleçon.

— Voilà, dit-elle d'une voix nerveuse qu'Agénor ne lui avait jamais connue.

Elle retint d'une main les couvertures qu'Agénor voulait ramener sur lui, et regarda longuement ce petit corps blanc, encore potelé de sa graisse de bébé.

Elle posa enfin un baiser sur son front, puis un autre sur ses joues. Puis un autre encore sur son ventre, glissant la pointe de sa langue dans son nombril.

«Pourvu qu'elle se dépêche, la puante», pensa Agénor.

* * *

Hervé Desbois attendit plus d'une heure qu'on lui remette ses papiers de démobilisation. Lorsqu'il les eut, il n'alla pas attendre dans une autre queue encore qu'on lui remette ses vêtements civils. De toute façon, il n'avait que seize ans lorsqu'il s'était enrôlé, et il avait grandi depuis.

Il avait le droit de porter son uniforme encore six mois. Et, comme c'était un uniforme tout neuf qu'on lui avait remis exprès pour la rentrée à Ville-Dieu, il lui ferait encore bon usage.

C'était l'uniforme à pantalon brun et à tunique bleu horizon qu'on leur avait dessiné après quatre ans de guerre, le brun du pantalon étant censé mal se voir contre le brun de la terre, et le bleu de la tunique devenir invisible contre le bleu du ciel, même si le ciel était toujours gris et brun, comme sali lui aussi par la boue.

Avant de sortir de la gare, Hervé Desbois alla aux toilettes. Il urina entre deux autres soldats de son régiment et leur demanda :

— Dites donc, la dame en noir qui tenait la couronne, vous savez qui c'est ?

Le soldat de gauche secoua la tête. Mais celui de droite répondit sur le ton de celui qui sait tout, car il était de Ville-Dieu et les gens de Ville-Dieu croient toujours tout savoir sur tout :

— C'est Mélodie Hyon, la femme du millionnaire.

— Ah bon ? Où est-ce qu'elle habite ?

— Quelque part sur le mont Dieu. Regarde dans l'annuaire des téléphones. Ça y est sûrement.

Hervé Desbois dut encore se faire expliquer ce qu'étaient le téléphone et l'annuaire des téléphones, car il n'y avait ni téléphone ni annuaire des téléphones à Saint-Nicol, du moins pas quand il en était parti. Il se fit aussi expliquer comment trouver une adresse dans l'annuaire. Comme il comprenait tout de travers, le soldat de Ville-Dieu l'accompagna à une cabine téléphonique et lui trouva l'adresse: 109, chemin du Sommet.

— Où est-ce? demanda encore Hervé Desbois.

— C'est facile: monte sans arrêt vers le sommet du mont Dieu. Le chemin du Sommet, c'est le dernier chemin en haut.

— Ah bon, merci.

Hervé Desbois monta vers le mont Dieu et trouva effectivement le chemin du Sommet tout près du sommet. Et il découvrit avec ravissement que les adresses étaient en ordre numérique, ce qui lui permit de trouver facilement le 109.

C'était une maison plus grande que toutes celles qu'il avait jamais vues. Il se dit même qu'on pourrait sans doute y faire entrer toutes les maisons de Saint-Nicol (pas les bâtiments de ferme, les maisons seulement). Elle était entourée d'une haute clôture de pierre. Et une grille imposante en fermait l'entrée.

Les deux joues bien enfoncées entre deux barreaux de la grille, Hervé Desbois contempla longuement la grande maison. Il se demanda ce qu'on y faisait, combien de gens y vivaient...

«Roink, roink», hurla quelque chose derrière lui.

Hervé Desbois se retourna. Une immense voiture automobile faisait mine de vouloir foncer sur lui s'il ne s'enlevait pas. Il s'écarta aussitôt.

Les seules automobiles qu'il avait vues auparavant étaient des véhicules militaires bruns, rendus encore plus bruns par la boue et la poussière, sans aucun ornement, leur carrosserie bosselée transportant des officiers au regard blasé ou hagard selon les circonstances.

Hervé Desbois vit passer devant lui, lentement, pendant qu'un domestique ouvrait la grille, une voiture rutilante de chromes, décorée de dizaines de phares et de statues de petits anges, une voiture longue à n'en plus finir, avec le poste du chauffeur sur le toit, dans une cabine vitrée à capote de toile.

Il jeta un coup d'œil à l'intérieur de la voiture, orné de velours et de rubans, de poignées et de manettes dorées. Et il vit, pendant un bref instant, la jeune femme en noir qui avait déposé la couronne. Elle avait enlevé sa voilette, et son regard croisa celui du soldat.

Hervé Desbois se dit qu'il ne pourrait plus jamais vivre tant que cette femme ne serait pas la sienne.

Quand la voiture s'enfonça dans le jardin, disparaissant de sa vue, et que le domestique referma la lourde grille de fer, Hervé Desbois s'assit au pied d'une des colonnes de pierre soutenant la grille.

— Je resterai ici tant qu'elle ne sera pas devenue ma femme.

Il avait dit cela à voix haute. Et il n'y avait personne pour l'entendre.

Sinon il ne l'aurait pas dit.

* * *

Simone, la chauffeuse, ouvrit la portière de la voiture automobile. Et Mélodie Hyon en sortit rapidement.

Elle avait hâte de voir son fils, et c'est pour cela qu'après la cérémonie elle était restée une heure à peine au thé de Madame McCloud. Elle avait prétexté une migraine et demandé à Simone d'avancer la voiture.

Rodolphe, le valet de pied qui avait ouvert la grille, s'était hâté d'ouvrir la porte d'entrée. Grisé, l'homme de chambre, saisit au passage le chapeau et les gants de Madame, qui s'élança dans l'escalier de marbre.

Mélodie Hyon aimait son fils Agénor. Mais elle croyait, parce que son mari le lui avait dit, qu'il valait mieux laisser son éducation à des professionnels. Depuis qu'il n'avait plus de nourrice, Agénor Hyon avait donc été confié à des gouvernantes. Mademoiselle Vernet était la troisième, entrée en fonction depuis deux mois, et sûrement la plus compétente des trois, comme en faisaient foi ses lettres de recommandation et les progrès intellectuels rapides d'Agénor depuis qu'il lui avait été confié.

Pourquoi Mélodie avait-elle soudain envie de voir son fils ?

Accès subit d'amour maternel ? Ou n'était-ce pas plutôt d'avoir vu tous ces garçons blessés revenir de guerre, en sachant qu'un plus grand nombre encore n'étaient pas revenus et qu'Agénor deviendrait grand un jour ?

Mélodie poussa la porte de la chambre de son fils et fut presque attendrie de le découvrir avec sa gouvernante, tous deux endormis dans son lit d'enfant presque aussi grand qu'un lit d'adulte.

Mais le sourire de Mélodie ne dura pas. Elle remarqua presque aussitôt, à côté du lit, les vêtements de Mademoiselle Vernet.

Au même moment, Agénor s'éveilla et bougea, déplaçant les couvertures et dévoilant les seins nus de la gouvernante.

Stéphanie Vernet, comme si elle avait deviné une présence nouvelle dans la pièce, ouvrit les yeux elle aussi.

— Merde, dit-elle, elle qui ne l'avait jamais dit.

Elle tendit la main, prit ses vêtements sans sortir du lit, tenta de s'habiller sous les couvertures.

— Je vous jure que c'est la première fois, Madame, bafouilla-t-elle. Je ne sais pas ce qui m'a pris. Je ne le ferai plus, je vous le jure.

— Dehors, dit Mélodie Hyon.

Stéphanie Vernet, encore nue, serra ses vêtements contre elle et sortit du lit.

— Vous ne savez pas ce qu'il peut faire à une femme, cet enfant-là, ajouta-t-elle en larmoyant.

La gifle vola de la main de Mélodie et claqua sur la joue de Stéphanie Vernet. Celle-ci ramassa une de ses chaussures par terre, puis contourna Mélodie Hyon pour se diriger vers la porte.

— J'étais encore vierge, vous savez, tenta-t-elle encore de plaider.

— Dehors! hurla Mélodie Hyon d'une voix si forte qu'on l'entendit dans toute la maison.

Les sanglots de Stéphanie Vernet s'éloignèrent dans le couloir. Mélodie s'approcha du lit, se pencha sur son fils et le prit sous les aisselles. Elle le mit debout dans le lit et examina son corps nu, cherchant des blessures, des marques de mauvais traitements. Mais le corps d'Agénor n'avait rien et était toujours presque aussi potelé que lorsqu'il était bébé. Et Mélodie le serra dans ses bras, avec violence et amour, caressant ses cheveux, embrassant ses épaules et ses joues.

— Tu verras, on te trouvera une autre gouvernante, une bien mieux. La meilleure de tout Ville-Dieu.

* * *

Hervé Desbois avait-il un plan pour séduire Mélodie Hyon? Sûrement pas, car il ne songeait même pas à la séduire. Sa vie se ferait auprès de cette dame en noir, ou elle ne se ferait pas. C'est tout ce que savait et voulait Hervé Desbois.

L'après-midi était avancé, et il commençait à avoir faim. Il sortit de sa poche la liasse de soixante-seize piastres que lui avait remise le paie-maître à la gare, avec ses papiers de démobilisation.

Un des soldats avait alors protesté que soixante-seize piastres, ce n'était pas beaucoup pour quatre ans de guerre. Et le paie-maître avait rétorqué qu'il avait été logé, nourri, habillé et blanchi gratuitement pendant quatre ans. Les soldats, qui étaient d'excellente humeur, se contentèrent de lui rire au nez, en se rappelant l'infâme nourriture qu'on leur avait servie, les trous boueux qu'ils avaient habités, le mauvais tissu de leurs uniformes et l'absence de tout service de buanderie. Le paie-maître, qui n'avait pas servi outre-mer, ne comprit pas pourquoi les soldats riaient.

Assis devant la grille des Hyon, Hervé Desbois compta ses soixante-seize piastres, patiemment, à haute voix, et se trouva riche. Jamais il n'avait eu toute une piastre à lui seul. Une fois, sa mère l'avait envoyé au magasin général acheter une poche de sucre, et lui avait remis trois piastres d'argent. Hervé avait été tenté de s'enfuir avec tout cet argent pour faire le tour du monde. Mais en bon fils il était revenu à sa mère avec le sucre et la monnaie.

Hervé Desbois remit les billets dans sa poche et descendit la rue qui, du chemin du Sommet, allait serpenter jusque dans les bas quartiers de Ville-Dieu.

Il régnait dans le quartier des tanneries une atmosphère de fête, car plusieurs de ses fils étaient revenus. Mutilés mais vivants. Hervé Desbois entra dans un restaurant misérable, commanda un sandwich au jambon et un verre de lait. Mais la grosse patronne refusa de le laisser payer.

— Faire payer un de nos petits garçons un jour pareil, bien voyons donc, dit-elle.

Et les misérables clients de ce misérable restaurant, qui devaient, eux, payer leur repas, opinèrent du bonnet et applaudirent Hervé Desbois qui repartit en rougissant.

Il remonta la côte et arriva devant le domicile des Hyon juste à temps pour en voir sortir une femme en pleurs, qui portait péniblement une valise.

Il lui demanda où elle allait, puis offrit de lui porter sa valise jusqu'à la gare. Elle accepta. Il espérait obtenir ainsi des renseignements sur Mélodie Hyon. Mais, chaque fois qu'il lui posa une question, elle se remit à pleurer de plus belle. Il finit donc par la laisser à la gare et remonta la côte une fois de plus.

Il se rassit au pied d'une des colonnes de pierre encadrant la grille des Hyon et passa encore une bonne heure à rêvasser. Une voiture approcha et Hervé Desbois crut d'abord que c'était la même voiture que tout à l'heure. Mais non, l'autre était blanche alors que celle-ci était noire. Elle klaxonna, et le même domestique vint ouvrir la grille. Hervé Desbois aperçut, sur le siège arrière, un homme à demi chauve, fumant un cigare et lisant un journal. Il crut que c'était le père de Mélodie Hyon et il eut envie de lui demander la permission de sortir avec sa fille. Mais il se souvint qu'on lui avait dit que Mélodie Hyon était mariée. Et il se demanda de quoi son mari pouvait bien avoir l'air.

* * *

Hilare Hyon eut à peine le temps d'entrer et de donner son chapeau et ses gants à Grisé que Mélodie descendait l'escalier dans un état de surexcitation qu'il ne lui avait jamais connu.

Elle lui expliqua ce qu'elle avait vu. Et Hilare Hyon, après s'être fait assurer que son fils n'avait aucune blessure, qu'il ne semblait souffrir d'aucun traumatisme, dit à Mélodie qu'elle avait bien fait de chasser la gouvernante et de téléphoner à l'agence de placement pour en obtenir une nouvelle au plus tôt, à condition que celle-ci fût de mœurs irréprochables.

Hilare Hyon se méfiait de tous les sentiments, y compris de ses propres sentiments paternels à l'égard de son fils. Il avait été à même de constater que Mélodie était absolument incapable, quelle qu'eût été la profondeur de ses sentiments envers son fils, de s'en occuper convenablement. Et Mélodie, qui était toujours prête à croire en ses propres incapacités, s'était aisément laissée convaincre que seule une gouvernante de profession pouvait offrir à son fils le mélange précis de fermeté et de douceur nécessaire à faire d'Agénor un digne successeur de son père. Elle se contentait donc non pas de veiller sur la gouvernante, car elle n'aurait pu évaluer correctement son travail, mais plutôt d'être prête à apporter de temps à autre à Agénor un surcroît d'affection maternelle au cas où il en aurait eu besoin.

— Quel est ce soldat à l'entrée ? demanda Hilare Hyon au maître d'hôtel qui remplissait son verre de Rosny mousseux.

— Un soldat, Monsieur ?

— Oui, il y a un soldat près de la grille.

— Peut-être un soldat démobilisé qui cherche de l'argent ou du travail ?

— Je n'ai besoin de personne. Dites à Simone de lui donner ça et qu'il s'en aille.

Et Hilare Hyon tendit au maître d'hôtel un billet de dix piastres comme il en avait gagné des milliers ce jour-là.

* * *

La chauffeuse tendit le billet de dix piastres au soldat qui s'était levé en entendant la grille grincer. Le jeune homme prit le billet et le mit dans sa poche. La chauffeuse resta là. Le jeune homme se rassit près de la grille.

— Vous ne pouvez pas rester là, dit la chauffeuse.

— Pourquoi? Le trottoir appartient à tout le monde.

Ne sachant quoi répliquer, la chauffeuse attendit quelques instants. Elle n'osa pas demander qu'on lui rende les dix piastres. N'ayant aucune instruction précise de son maître, elle rentra et alla voir celui-ci dans la salle à manger.

— Excusez-moi, mais le soldat a pris les dix piastres et est resté là.

Hilare Hyon réfléchit un instant en avalant une gorgée de Rosny.

— Bah, laissez faire. Il repartira quand la nuit sera tombée.

* * *

À la hauteur du soleil, Hervé Desbois se dit qu'il devait être quatre ou cinq heures. Il s'adossa à la colonne de pierre et s'endormit.

Il s'éveilla dans une petite pièce toute blanche. Il

était en train de se laver les mains qu'il avait pourtant extrêmement propres. Mais il se les frotta encore machinalement avec une brosse minuscule, puis les rinça sous le robinet.

Il leva alors les yeux. Il y avait devant lui un miroir, et dans ce miroir l'image d'un homme d'une cinquantaine d'années, portant une grande blouse blanche. Cet homme avait un visage doux et distingué. Hervé Desbois le regarda avec curiosité puis se rendit compte que c'était sa propre image qu'il voyait ainsi dans le miroir, et donc qu'il était devenu un homme de cinquante ans, portant une grande blouse blanche, en train de se laver les mains dans un cabinet tout blanc. Il ne remarqua pas tout de suite qu'il avait ses deux bras, parce qu'il n'avait perdu le gauche que depuis quelques mois et n'était pas toujours conscient de ne plus l'avoir.

— Docteur, j'ai aussi parfois un point au côté. Qu'est-ce que ça peut être? fit derrière lui une voix venant d'une autre pièce.

Hervé Desbois se retourna, colla un œil contre la fente entre la porte entrouverte et son cadre. Et il vit une jeune femme dénudée jusqu'à la ceinture, étendue sur une table étroite. «Qu'est-ce que je fais ici?» se demanda-t-il.

Il se tourna de nouveau vers le miroir. «Ah bon, je suis médecin», reconnut-il, car il avait déjà vu un médecin itinérant à Saint-Nicol. Il ne s'étonna pas outre mesure, car il lui était déjà arrivé de devenir quelqu'un d'autre pendant ses rêves.

— Docteur Dubreuil? demanda la voix dans laquelle perçait maintenant une pointe d'inquiétude.

«Je suis le docteur Dubreuil», constata Hervé Desbois avec bonne humeur, car dans ses rêves il n'avait jamais eu un statut social si élevé.

Il songea un instant à répondre à la jeune femme, mais se dit qu'il n'avait jamais entendu la voix du docteur Dubreuil et qu'il lui serait donc impossible de l'imiter. Il se contenta de rouvrir le robinet pour signaler sa présence.

Il aurait aimé passer dans l'autre pièce et examiner de plus près la jeune femme étendue sur la table. Mais il était intimidé par le fait qu'elle était à demi nue. Il ne savait rien d'elle ni de ce qu'il devait faire.

Il hésita longuement en se regardant dans le miroir, se trouvant un visage plutôt sévère mais somme toute sympathique et pas du tout laid pour un homme de cet âge. L'eau coulait toujours du robinet et la jeune femme dit encore quelque chose dans la pièce d'à côté, mais Hervé Desbois-Dubreuil ne put distinguer ses paroles. Peut-être était-il un peu dur d'oreille?

Il s'écoula encore quelques minutes, puis la porte s'ouvrit et la jeune femme y passa la tête.

— Vous allez bien, docteur? demanda-t-elle.

Il fit oui de la tête, et la jeune femme retourna s'étendre sur la table d'examen. Il commençait à trouver ce rêve désagréable, parce qu'il ne savait pas quoi y faire.

Il se résigna enfin à passer dans l'autre pièce. La jeune femme l'attendait toujours, les jambes écartées.

— Rhabillez-vous, dit-il, en s'efforçant de parler comme un médecin même s'il ne savait pas comment doit parler un médecin.

— C'est tout? demanda la jeune femme étonnée.

Il hocha la tête. Elle commença à se rhabiller.

— Qu'est-ce que je dois faire?

— Heu... revenez la semaine prochaine.

La jeune femme s'habilla sans dire un mot de plus. Et Hervé Desbois-Dubreuil sentait qu'elle trouvait son attitude bizarre.

Elle sortit enfin et il poussa un soupir de soulagement. Mais aussitôt une infirmière, reconnaissable à la grande cornette rose que portaient les infirmières de l'époque, passa la tête dans la porte entrouverte.

— Je fais entrer Madame Lépine?

— Pas tout de suite.

— Vous me ferez signe?

La cornette rose disparut. Hervé Desbois-Dubreuil commençait à s'ennuyer dans ce rêve de médecin. Il regarda les murs du bureau, se leva, marcha jusqu'à la bibliothèque et lut les titres de quelques livres : *Symptômes de la maladie de Rupert, La foi et les maladies terminales, Pathologie de Richardson.*

Il ouvrit un livre plus grand et plus épais que les autres, *Anatomie constructive,* et regarda l'illustration de la première page à laquelle le volume s'ouvrit. Elle représentait un corps de femme vu de face et des deux côtés en même temps, comme si le dessinateur avait pu observer une jeune femme à la fois de devant, de gauche et de droite. De plus, la peau était enlevée, révélant des muscles et des vaisseaux sanguins. Dégoûté et intrigué, Hervé Desbois-Dubreuil tourna la page, et se retrouva soudainement en face du misérable restaurant où il avait mangé plus tôt.

Il regarda d'abord son bras droit, recouvert de la manche de sa veste bleue de soldat. Il reconnut aussi sa main à lui, plus jeune que celles qui tenaient le grand livre. Il se toucha le visage : il n'avait plus la barbiche du docteur Dubreuil.

Il se demanda surtout comment il était arrivé là,

alors qu'il était, quelques minutes plut tôt, avant son rêve, assis en haut de la côte, devant la demeure de Mélodie Hyon. Il devait être presque six heures et il se dit que, même s'il n'avait pas faim, il ferait mieux de souper avant de remonter la côte pour reprendre son poste.

Il entra donc au restaurant où on lui servit du ragoût de pieds de porc. La grosse dame lui dit que cela faisait du bien de voir quelqu'un doté d'un aussi solide appétit.

* * *

Pendant qu'Hervé Desbois mangeait, les Hyon étaient aussi à table. Agénor ne semblait aucunement perturbé par les événements de l'après-midi. Et Hilare Hyon en était content, car des transactions commerciales pressantes exigeaient toute sa concentration.

Simone, la chauffeuse, entra dans la salle à manger.

— Il est parti, Monsieur.

— Bon, fit Hilare Hyon. Qu'est-ce que je vous disais?

* * *

La grosse dame du restaurant laissa Hervé Desbois payer, cette fois. Il y a des limites à la reconnaissance due aux héros de la guerre, surtout à ceux qui sont capables de manger trois repas en cinq heures.

Presque machinalement, comme si cela avait été pour lui la seule chose à faire, le soldat se remit à gravir la côte qui le mènerait devant la maison de la belle dame en noir.

En montant la côte, il avait le soleil dans les yeux et rabattit en avant son képi à visière, blanc comme les nuages, disaient les costumiers. Mais c'était la quatrième fois qu'il montait cette colline et même s'il avait déjà fait des promenades beaucoup plus longues, Hervé Desbois commençait à ressentir une certaine lassitude.

— Maudite côte, se dit-il à haute voix pour s'assurer qu'il avait bien retrouvé ses cordes vocales comme le reste de son corps.

* * *

Au dessert, la chauffeuse reparut encore dans la salle à manger.

— Il est revenu, Monsieur.

Hilare Hyon fit un geste qui signifiait «laissez faire», et se dit que le soldat partirait sûrement à la tombée de la nuit.

* * *

Lorsque la nuit fut tombée pour de bon, Hervé Desbois n'eut aucune difficulté à s'endormir appuyé contre la colonne de pierre.

Vers trois heures du matin, un policier qui faisait sa ronde le vit, mais n'osa pas le réveiller, car le matin même il s'était fait traiter de planqué par un jeune soldat unijambiste auquel il reprochait d'uriner dans un parc.

IRÉNÉE DUBREUIL

Le notaire Dubreuil, un des plus respectés de Ville-Dieu, n'eut que trois fils car il croyait que cela était bien suffisant et qu'il avait de la chance de ne pas avoir eu de fille.

L'aîné devint prêtre parce qu'il aimait le pouvoir de la parole et le pouvoir que Dieu est censé donner à ses hommes.

Il devint évêque. C'est tout ce qu'on peut dire de lui car il fut un homme plat et bête, quoique excellent administrateur.

Le second, qui goûtait le pouvoir de l'argent, devint commerçant, puis millionnaire, à cette époque où une piastre valait beaucoup plus qu'aujourd'hui.

Le troisième, Irénée, qui s'imaginait que le plus grand pouvoir de tous était celui de vie et de mort, devint médecin.

Mais il se rendit rapidement compte que guérir a ses

limites, tandis que la mort n'en a pas. Lorsqu'il eut pleinement pris conscience de l'échec total de la médecine — tous les hommes et les femmes des siècles passés étaient morts, pas un seul n'ayant été réchappé parmi plus de quarante milliards d'êtres humains —, Irénée Dubreuil n'en continua pas moins d'exercer son métier à peu près consciencieusement. Il l'exerça toutefois avec beaucoup plus d'humilité.

Jeune médecin, il avait eu dès le début, grâce aux milieux fréquentés par son père et ses frères, une clientèle également partagée entre les riches et les pauvres, alors que ces derniers auraient dû constituer plus des neuf dixièmes des cas non seulement parce qu'ils étaient beaucoup plus nombreux, mais encore parce qu'ils tombaient beaucoup plus souvent malades. Avec le temps, toutefois, les pauvres cessèrent de venir le voir : ils se sentaient mal à l'aise dans la salle d'attente, à côté des belles dames endimanchées même les jours de semaine. Et Irénée Dubreuil se retrouva bientôt, sans l'avoir cherché, avec le cabinet de médecin le plus rentable de Ville-Dieu, car il n'y pénétrait que des gens qui avaient les moyens de payer leur guérison ou leur mort.

De plus, sa clientèle était principalement féminine. Au début, parce que les mères des jeunes filles de Ville-Dieu voyaient en lui un parti d'autant plus excellent qu'il est toujours commode d'avoir un médecin dans la famille.

Devant le fréquent désarroi des filles de bonne famille engrossées et désespérées par la désapprobation sociale qui s'ensuivait, Irénée Dubreuil devint le premier, et pour longtemps le seul, médecin de Ville-Dieu à pratiquer des avortements. Il aurait pu s'enorgueillir du double pouvoir de vie et de mort que cela lui donnait, ou au contraire se le reprocher. Mais il y vit tout simplement une obligation désagréable, un devoir inévitable même si la loi, la religion (qu'il avait depuis longtemps abandonnée) et son frère évêque le condamnaient.

Ces jeunes filles avortées finissaient par faire un beau mariage auquel le docteur Dubreuil était invité et auquel il allait parfois mais dont il s'abstenait plus souvent qu'autrement. Avec le temps, il soigna les filles de ces filles, souvent pour les mêmes problèmes, et se disait que la société et les gens changeaient bien peu, bien lentement et bien mal.

Lorsqu'il atteignit la cinquantaine, on lui offrit une chaire à la toute nouvelle université vieux-paysanne de Ville-Dieu. Mais il refusa, parce que l'université était trop loin de son domicile et de son cabinet, et parce qu'il avait étudié la médecine à l'université zanglaise et n'était pas très sûr de ses termes médicaux vieux-paysans. Il n'avait pas envie de se remettre à étudier à son âge.

Un jour, à l'hôpital où il opérait une fois par semaine, une femme était morte après qu'il eût pratiqué sur elle une ablation de la glande épinière, opération de routine fort simple dont jamais personne ne mourait.

Il avait aussitôt compris que l'anesthésiste avait mal fait l'intubation, envoyant les gaz anesthésiants dans l'estomac et non dans les poumons.

Il y avait eu enquête et le témoignage du réputé docteur Dubreuil devait être déterminant.

Irénée Dubreuil avait décidé de raconter ce qu'il avait compris en plus de ce qu'il avait vu, car il savait que ce n'était pas la première fois que cet anesthésiste faisait des erreurs.

Mais lorsqu'il se trouva debout devant le tribunal d'enquête, il laissa tomber les explications et décrivit simplement comment la femme était morte sans cause apparente. Lorsque l'enquêteur public l'interrogea plus longuement sur les possibilités d'une intubation anesthésique mal faite, Irénée Dubreuil se contenta de secouer la tête et de dire qu'il n'avait rien remarqué d'anormal. L'enquêteur insista et le docteur Dubreuil affirma que l'anesthésiste était un spécialiste fort compétent.

Son témoignage mit fin à l'enquête — et, avec le temps, à la vie de deux autres personnes victimes d'une mauvaise intubation. Irénée Dubreuil réfléchit à tout cela et se dit que si la mort des autres lui était devenue indifférente, c'était sans doute parce que sa propre vie ne l'intéressait plus.

La Plus Grande Guerre, avec ses cent millions de morts inutiles, car il était évident qu'il n'y aurait jamais de vainqueur, acheva de le désabuser, et il se disait parfois qu'il ne servait pas à grand-chose de sauver des vies, si on les sauvait pour si peu de temps.

* * *

Irénée Dubreuil avait cinquante-six ans et vingt-huit jours lorsque, par un bel après-midi de mai, Sophie McGantic, une jolie Vieux-Paysanne qui avait épousé un Zanglais, était entrée dans son bureau, se plaignant de douleurs au bas-ventre. Le médecin lui avait dit d'enlever sa jupe et sa culotte et de s'étendre sur la table d'examen, tandis qu'il allait se laver les mains dans la petite salle d'eau contiguë à son bureau.

Il étendit la main vers le robinet et se retrouva assis sur un trottoir, au soleil. Il remarqua aussitôt qu'il portait l'uniforme bleu et brun des soldats du pays, et vit aussi que sa main droite était beaucoup plus jeune que sa main droite habituelle. Se passant une main dans le visage, il remarqua qu'il n'avait plus sa barbiche et que son visage était celui d'un jeune homme. Ce n'est qu'un moment plus tard qu'il se rendit compte qu'il n'avait pas de bras gauche lorsqu'il voulut se gratter l'omoplate droite.

Irénée Dubreuil était trop rationnel pour croire qu'il rêvait. On ne s'endort pas en se lavant les mains. Il se demanda si le visage qu'il avait était celui qu'il avait lorsqu'il était jeune homme. Mais il n'avait pas de miroir pour le vérifier.

Il se leva et remarqua qu'il était devant l'immense maison des Hyon. Il y avait déjà dîné une fois, ayant soigné Mélodie Hyon pour ses migraines. Mais il avait refusé une seconde invitation car il se sentait mal à l'aise chez les Hyon, l'assurance arrogante d'Hilare et les attitudes vaporeuses de Mélodie lui déplaisant pour des raisons opposées. Même leur fils Agénor était bizarre, avec ses yeux trop grands qui semblaient ordonner qu'on l'aime.

Irénée Dubreuil tendit la main vers la cloche suspendue à côté de la grande grille de fer forgé ornée de deux H entrelacés. Mais il arrêta son geste: il ne pouvait se présenter chez les Hyon en uniforme de soldat et sans savoir quel visage il avait.

Il songea alors à fouiller dans ses poches et y trouva les papiers de démobilisation d'un certain Hervé

Desbois. «Ainsi, j'ai vingt ans», calcula-t-il. Il trouva aussi une pile de billets de banque qu'il compta. «Quatre-vingt-six piastres. Sans doute beaucoup d'argent pour un soldat.»

Il songea ensuite que ces quatre-vingt-six piastres étaient sans doute la solde du soldat Desbois pour des années de misère et de souffrance, loin de son pays et des siens. Et il remarqua qu'il fallait des années de guerre à un soldat pour recevoir ce qu'un médecin faisait en deux jours.

Il remit l'argent dans ses poches et se demanda ce qu'il faisait là, devant la porte des Hyon. Ne trouvant aucune réponse satisfaisante, il décida de descendre la colline vers le quartier des tanneries où il n'était pas allé depuis fort longtemps.

Dès qu'il se mit à marcher, il ressentit avec délices l'effet d'une démarche jeune et souple. Et il se dit qu'il était bien agréable de devenir quelqu'un d'autre pourvu que ce quelqu'un d'autre fût jeune et en pleine forme.

Il lui vint à l'esprit que s'il était devenu quelqu'un d'autre, ce quelqu'un d'autre pouvait être devenu lui. Et il sourit à l'idée qu'un jeune soldat l'ayant remplacé dans son corps était en train d'examiner Sophie McGantic. «Pourvu qu'il ne la viole pas, pensa-t-il. Ma réputation en prendrait un coup.»

Au pied de la colline, il pénétra dans le quartier des tanneries. Il n'y était pas venu depuis une trentaine d'années, et il fut aussitôt frappé par la détérioration de ce quartier qui n'avait pourtant jamais été enviable. Trente ans plus tôt, il était surtout peuplé d'immigrants zirlandais. Ils avaient été remplacés par des paysans vieux-paysans, venus à la ville en espérant y vivre mieux que dans leurs campagnes. Mais les propriétaires des tanneries avaient abusé de l'abondance de cette main-d'œuvre habituée aux durs travaux de la ferme et obtenu beaucoup de travail pour bien peu d'argent.

La pauvreté se lisait dans les ventres gonflés des enfants mal nourris de graisse et de pain. Elle se lisait dans l'allure délabrée des maisons dont le propriétaire se contentait de récolter les loyers mais refusait de toute évidence la moindre réparation. Les bois pourrissaient, la maçonnerie se lézardait, et ce qui était au départ de bien vilains bâtiments se transformait en une série ininterrompue de taudis infects où se devinaient la vermine et les microbes.

Il s'arrêta en face d'un petit restaurant et fut tenté d'y entrer par curiosité encore plus que par appétit, même s'il n'avait pas eu le temps de déjeuner. Il hésita toutefois à dépenser de l'argent qui n'était vraisemblablement pas le sien. Puis il se dit que cet argent était le sien maintenant qu'il était devenu ce soldat.

Il entra donc dans le restaurant, où régnait l'odeur persistante du ragoût de pieds de porc. Et Irénée Dubreuil, qui n'avait pas mangé de cette nourriture solide et grasse depuis fort longtemps parce qu'il avait l'estomac plutôt délicat, finit par se dire qu'il avait peut-être dans son nouveau corps un système digestif plus efficace, et qu'il serait absurde de ne pas en profiter. Il commanda donc à la grosse dame derrière le comptoir une portion de ragoût qu'il dévora à belles dents parce que cette nourriture peu raffinée était savoureuse à sa manière.

Il paya la grosse dame, puis sortit sur le trottoir de bois en remettant l'argent dans sa poche. Il rota et se retrouva soudainement dans son bureau, en train de consulter un livre d'anatomie totalement dépassé qu'il n'avait pas ouvert depuis au moins trente ans.

Et il se dit qu'il avait dû s'assoupir et rêver quelques minutes. Mais que c'était un beau rêve qu'il avait fait, de recommencer sa vie à vingt ans, jeune soldat démobilisé au lieu de vieux médecin démobilisé aussi à sa manière.

— Tout va bien? demanda son infirmière en passant la tête dans la porte.

— Oui.

— Je fais entrer Madame Singsam?

— D'accord. Où est passée Madame McGantic?

— Vous lui avez dit de revenir la semaine prochaine, s'étonna l'infirmière.

— Oui, j'oubliais.

L'infirmière sortit, appela Madame Singsam. Le médecin eut encore le temps de regretter de ne pas avoir vu le visage du jeune soldat qu'il avait été pendant quelques minutes.

«Je parie que j'étais beau», pensa-t-il en regardant entrer la grosse Marjorie Singsam qui lui faisait un sourire minaudeur parce qu'elle était veuve et riche et s'imaginait encore belle alors qu'elle ne l'avait jamais été.

HILARE HYON (I)

Mélodie regarda par la fenêtre. Il était encore là, tou-jours là. Depuis quand? Une semaine, sans doute. Elle n'entrevoyait de lui que ses grosses chaussures de sol-dat et ses bandes molletières, à travers le feuillage de mai qui se déployait.

Dans quelques jours, quand les feuilles seraient plus grandes et plus nombreuses, verrait-elle encore quel-que chose de lui? Serait-il encore là?

Mélodie avait l'impression qu'il y serait toujours, appuyé à une des colonnes de pierre soutenant la grille de fer forgé. Qu'il serait là, à la fois comme un chien fidèle la protégeant contre tout et contre tous, et comme un grand prédateur prêt à la dévorer si jamais elle avait le malheur de passer à portée d'un coup de ses dents.

Depuis une semaine, elle avait refusé de sortir, prétextant tantôt une migraine, tantôt une grande fati-gue, tantôt qu'elle était déjà sortie trop souvent, à la demande de son mari, pour afficher le deuil de ses deux frères.

Elle avait peur d'être vue du jeune soldat même dans la demi-obscurité de la voiture automobile. Il était sans doute du septième régiment de Hauturie, qu'elle était allée accueillir à la gare. Mais lequel était-ce? Elle avait beau passer en revue tous les visages dont elle se souvenait, elle ne pouvait décider si c'était le grand roux ou un des petits bruns, ou le manchot blond costaud. Lorsqu'elle cherchait à se le représenter, il prenait toujours les traits d'Agénor, le père de son fils. Mais elle savait bien que ce ne pouvait être lui, car il était mort sans qu'on eût retrouvé son corps, comme tant d'autres soldats.

Mélodie laissa retomber le rideau et s'écarta de la fenêtre. Elle s'assit dans son grand fauteuil de lecture et prit le livre qu'elle lisait depuis des jours sans parvenir à tourner la page, mais sans non plus arriver à le quitter pour de bon.

Leur sort n'aura servi
Qu'à donner à la mort
Le frisson de leur vie
Et la chair de leur corps.

Une fois de plus, elle déposa le livre sur la table à côté de son fauteuil, convaincue que jamais elle ne finirait de lire ces poèmes de Le Pointut dont on disait pourtant tant de bien.

Dans la pièce voisine, on entendait rire Agénor avec sa nouvelle gouvernante, Céleste Alarie. Celle-ci était jeune et saine, au contraire de la précédente, et Mélodie lui imaginait plusieurs amoureux, tant elle était jolie. Mélodie en était un peu jalouse, mais était rassurée de voir cette jeune fille qu'on ne pouvait soupçonner d'être amoureuse d'un enfant de quatre ans.

Il s'était immédiatement formé entre Céleste et Agénor une amitié inébranlable, que Mélodie sentait bien au-dessus des sexes. Leurs rires d'enfants à tous les deux la rassuraient.

* * *

Hervé Desbois s'était habitué à sa vie nouvelle au sommet de la colline. Deux fois par jour, il descendait chez Marie-Clarina, le restaurant du quartier des tanneries, où il mangeait un repas frugal et graisseux. Puis il remontait, pestant un peu contre la côte douce mais longue qui menait au chemin du Sommet, et se réinstallait, reprenant sa surveillance discrète et pourtant très visible.

Pendant la première semaine, il n'avait dépensé que deux piastres et avait calculé qu'en faisant attention il pourrait aisément survivre jusqu'à l'hiver. De toute façon, il aurait bien d'ici là trouvé un moyen de joindre plus intimement son destin et celui de la belle Mélodie Hyon, bien que cela ne lui semblât pas indispensable.

Au début, il avait sursauté lorsque s'ouvrait la grille ou en entendant le roink-roink-roink d'un klaxon. Mais il regardait maintenant avec indifférence la voiture automobile noire dans laquelle prenait place celui qu'il croyait être le père de Mélodie Hyon.

Une nuit, il avait plu, mais cela n'avait aucunement gêné Hervé Desbois qui avait connu tout un automne de pluie glacée dans une tranchée qu'on interdisait aux soldats d'aménager confortablement parce qu'ils devaient incessamment la quitter pour passer à l'attaque.

Et peut-être cette attaque qui ne vint jamais explique-t-elle cette patience d'Hervé Desbois à un âge où c'est plutôt l'impatience qu'on prend pour une vertu. Lorsque la pluie avait cessé au petit jour devant le domicile des Hyon, il s'était laissé sécher au soleil. Depuis, il avait l'impression que son uniforme avait rapetissé, mais pas au point de le gêner.

Souvent, Hervé Desbois rêvait à la façon dont il réagirait s'il devait un jour se trouver en présence de Mélodie Hyon — soit qu'elle sortît soudain en ouvrant la grille, soit qu'elle l'invitât à monter dans sa voiture, soit qu'un domestique vînt le chercher pour lui demander de le suivre dans la maison. Hervé Desbois avait songé à mille et une variations sur ces thèmes. Et la seule conclusion qu'il pouvait en tirer, c'est qu'il serait, dans cette situation, extrêmement intimidé et se mettrait à bafouiller. C'est pourquoi, même s'il avait la certitude que Mélodie Hyon finirait un jour par sortir et lui parler, il n'est pas absolument sûr qu'il souhaitait qu'elle le fît.

Et on peut d'autre part penser que, si Mélodie Hyon se disait que le jeune soldat finirait bien par partir, il n'est pas sûr qu'elle l'eût vraiment voulu.

* * *

Que pensait Hilare Hyon de tout cela?

Beaucoup de choses, mais peu souvent. Il avait d'autres préoccupations, la permanence de la guerre lui ayant ouvert des perspectives industrielles et commerciales encore plus grandes que les premières années de cette guerre pourtant extrêmement riches en occasions de faire fortune à la condition qu'on eût été au départ suffisamment fortuné.

Hilare Hyon, donc, commençait à voir se concrétiser son rêve le plus ancien, l'obsession qui le travaillait depuis sa plus tendre enfance : devenir l'homme le plus riche du monde. Et déjà, entrevoyant la possibilité que ce rêve se réalise, il commençait à se donner un autre objectif encore plus ambitieux : devenir le seul homme riche du monde, ce qui attirerait sur lui toutes les haines et toutes les amours, tous les mépris et toutes les flatteries.

Que ferait-il ensuite ? Il n'en avait pas la moindre idée. Mais ces deux ambitions suffisaient amplement à l'occuper. Il avait donc peu de temps pour penser au jeune soldat qui attendait depuis une semaine devant la grille.

Tous les matins et tous les soirs, il l'apercevait brièvement. Et chaque fois, pendant quelques secondes, il ne pouvait éviter de penser à lui. Ainsi, en quatorze brefs moments de réflexion, il avait fait le tour de la question et en était arrivé à la conclusion qu'elle ne l'intéressait pas vraiment, même si elle arrivait parfois à l'intriguer pendant quelques secondes.

Il s'était d'abord imaginé que c'était lui que le jeune militaire attendait là, pour quémander un emploi ou de l'argent. Mais le soldat le regardait passer avec un sourire gentil, sans pourtant sembler s'intéresser à lui. Et Hilare Hyon avait fini par songer que ce n'était peut-être pas lui mais sa femme que le garçon attendait. Cela l'avait d'ailleurs plutôt flatté. Bien sûr, Mélodie était encore une des plus belles femmes de Ville-Dieu. Mais en visitant ses usines, Hilare Hyon remarquait de plus en plus souvent des jeunes femmes qui, avec une robe neuve et un peu de savon, de parfum et de fard, auraient pu soutenir la comparaison avec sa femme. La beauté de ces jeunes femmes pauvres ne durerait bien sûr pas longtemps et se fanerait bien avant celle de Mélodie, car seule la beauté des riches a les moyens de résister aux ravages du temps.

Convaincu que l'attente du jeune soldat était absolument futile, car jamais il n'avait entendu parler d'une femme ayant préféré un homme jeune et pauvre (manchot par surcroît) à un homme riche et laid, Hilare Hyon regardait chaque fois avec une certaine condescendance le jeune soldat qui lui souriait au passage.

Mais il était trop vaniteux pour imaginer que ce sourire s'adressait au père de Mélodie et non à son mari.

* * *

Même le policier qui faisait la ronde de nuit du chemin du Sommet finit par s'habituer à la présence du jeune soldat. Celui-ci le saluait poliment. Et quel cambrioleur aurait osé pénétrer dans les manoirs que le soldat pouvait surveiller?

C'est ainsi qu'une situation éminemment anormale — celle d'un jeune soldat pauvre venu d'un village lointain, attendant au vu et au su de tous l'occasion de séduire la femme de celui qui deviendrait l'homme le plus riche du monde, sinon le seul homme riche du monde — devint normale pour tous ceux qui en étaient les acteurs ou les témoins.

On peut imaginer qu'elle pourrait se poursuivre jusqu'à ce que le jeune soldat devienne un vieillard édenté aux cheveux blancs et la belle dame une vieille tremblotante au dos courbé.

Cela ferait une très belle histoire.

Mais les belles histoires, il n'y a pas que ça dans la vie.

ACHILLE DUBOUT

Les riches qui n'ont pas hérité de leur fortune mais l'ont bâtie eux-mêmes s'imaginent qu'ils ne doivent leur succès qu'à leurs seuls mérites. Ils croient que s'ils sont devenus riches, alors que tel ou tel ami d'enfance apparemment parti du même point qu'eux ne l'est pas devenu, c'est parce qu'ils ont eu plus de talent, plus de savoir-faire, plus de flair, plus de génie, qu'ils ont travaillé plus fort et se sont soumis à plus de privations.

Il est vrai que beaucoup de riches ont eu du talent, de l'intelligence, de la ténacité. Mais lesquels n'ont pas eu au moins de la chance — ces quelques bons coups de pouce du hasard qui transforment la plus stupide des décisions en triomphe inespéré, à en faire baver d'envie les concurrents? Lesquels n'ont pas exploité quelques-uns de leurs contemporains (les plus faibles, de préférence) ou même des milliers de ceux-ci — en les payant de promesses jamais tenues, en leur versant des salaires misérables, en s'appropriant leur force de travail ou leur talent? Lesquels, surtout, n'ont pas au moins un peu triché, menti, volé le gouvernement ou leurs clients, détourné des fonds, triché sur les quantités, pigé dans le tiroir-caisse, menti aux impôts, fait traîner les fournisseurs en faisant payer rapidement les clients, négligé la qualité pour livrer au plus tôt, oublié la sécurité des ouvriers pour accroître la marge de profit, ou profité de l'un ou l'autre des mille et un secrets des riches pour devenir riches ou encore plus riches?

Bref, quel riche peut se vanter d'être devenu riche sans en avoir pris les moyens?

Hilare Hyon, comme les autres riches, n'avait pas lésiné sur les moyens de faire fortune: il avait été exceptionnellement chanceux, suprêmement malhonnête et extrêmement dur envers ses compatriotes vieux-paysans et les immigrants d'autres pays qu'il avait exploités sans vergogne.

Comme les autres riches, il se berçait de la douce illusion que c'était grâce à son seul génie du commerce et de l'industrie qu'il avait établi sa fortune.

C'est pourquoi sa vanité, qui aurait dû en prendre pour son rhume après plus de trente années de bassesses et de malhonnêteté, était au contraire sortie grandie, gonflée de cette expérience.

Hilare Hyon, donc, était comme la plupart des riches convaincu qu'il méritait de l'être. Et, croyant mériter sa richesse, il en abusait volontiers.

Il jugeait tout à fait normale la coûteuse mais flatteuse manie de son secrétaire-architecte Arthur Métallique. Celui-ci (aux frais de son patron) faisait réimprimer en exemplaire unique des œuvres des plus grands écrivains contemporains ou classiques, en substituant au nom d'un des héros celui d'Hilare Hyon.

Plusieurs fois par année, comme en ce matin de mai — le seizième du «siège» d'Hervé Desbois —, Arthur Métallique apportait à son patron et maître un roman soigneusement relié, fraîchement sorti des Imprimeries Hyon.

Et Hilare Hyon, frémissant d'impatience, caressait le volume, en examinait la page de titre, essayait de se souvenir de ce qu'il connaissait du récit, tentait de deviner sous les traits de quel héros Arthur Métallique l'avait fait représenter.

Il soufflait dans le cornet d'appel et ordonnait à sa secrétaire, la sèche mais dévouée Mademoiselle Dutronc, de veiller à ce qu'on ne le dérangeât plus.

Il faisait alors signe à Arthur Métallique de reprendre le volume et de s'asseoir, et se calait dans son fauteuil de cuir.

Arthur Métallique se mettait à lire de sa voix nasillarde et pausée, lente et légèrement frémissante.

Jusqu'à ce jour, Arthur Métallique avait en général choisi des romans dans lesquels le personnage auquel il donnait le nom d'Hilare Hyon apparaissait dès les deux ou trois premières pages. Mais il avait remarqué que son patron ne s'intéressait à ces lectures que tant et aussi longtemps qu'il ne savait pas quel rôle lui serait dévolu. Dès qu'Arthur Métallique lui avait lu plus d'une page ou deux du roman après qu'il en fût devenu un des acteurs principaux, Hilare Hyon manifestait des signes d'impatience, bâillait et se grattait tant que la lecture n'était pas interrompue. Hilare Hyon remerciait alors son secrétaire-architecte et plaçait lui-même le livre sur un rayon de sa bibliothèque — le plus visible, juste derrière lui, à portée de la main.

Ce matin-là, Arthur Métallique avait fait exprès de

choisir un roman dans lequel le héros qu'il avait rebaptisé Hilare Hyon n'apparaissait qu'à la douzième page.

Depuis près d'un mois, il s'était creusé le crâne à chercher l'œuvre et le héros les plus inattendus.

Le Sigismond de *Passage à gué*? Trop beau, sans doute (tant moralement que physiquement) pour qu'Hilare Hyon pût s'identifier au personnage.

Le Jean d'Yeu de *La fin et le début*? Un cas intéressant — l'homme qui réussit sans le vouloir, à qui toute chose désirable arrive avant même qu'il l'eût désirée. Mais sûrement pas une comparaison flatteuse pour Hilare Hyon.

Le noble et cynique Pierre d'Angle de *Plus jamais nous n'irons ensemble*? Sans doute un personnage avec lequel Hilare Hyon aimerait s'associer. Mais la fin du roman lui faisait faire une volte-face ridicule, Pierre d'Angle entrant en religion.

Arthur Métallique crut un instant avoir trouvé ce qu'il cherchait dans *L'or des hommes*, vaste fresque romanesque dont le héros possédait tous les défauts et qualités d'Hilare Hyon, de la luxure à l'esprit de lucre, de l'ambition à la perversion. Mais plus il progressait dans cette lecture, plus Arthur Métallique dut reconnaître que ce Jean-Baptiste Dallard était un con, intelligent à sa manière, mais tout à fait dépourvu d'originalité et d'imagination. Hilare Hyon n'aurait jamais pardonné qu'on lui eût donné son nom.

De plus en plus découragé, parce qu'il n'avait pas offert de livre à son maître depuis près de six mois, Arthur Métallique avait enfin trouvé une bande dessinée dans la *Gazette* de Ville-Dieu, qui reprenait en l'abrégeant considérablement *L'appel aux hommes* du vénérable Achille Dubout.

C'était une œuvre ambitieuse, située dans les bas-fonds de Grantard, capitale du Vieux Pays. Et il s'y côtoyait une foule de personnages dotés de tous les défauts qu'admirait Hilare Hyon parce qu'ils étaient les siens.

Arthur Métallique se plongea alors dans la lecture du texte original — plus de mille deux cents pages d'une lecture emphatique et sans pudeur, témoignant parfois d'un humour grinçant mais le plus souvent terriblement sérieuse ou même carrément ennuyeuse. Pourtant, il y avait là un souffle et une volonté de grandeur capables de soulever chez un lecteur naïf une émotion réelle.

Incapable d'émotion, Arthur Métallique savait reconnaître les choses émouvantes. Et il eut beau souvent se taper sur les cuisses tant Achille Dubout en remettait, il admit qu'il y avait là une efficacité certaine de l'écriture, à condition que le lecteur acceptât de s'y laisser prendre.

Arthur Métallique fit donc recomposer tout *L'appel aux hommes,* en relut lui-même les épreuves trois fois, choisit une reliure rouge du plus beau cuir, avec lettrage doré à l'or fin.

Lorsqu'il présenta le coffret de quatre volumes à Hilare Hyon, il remarqua le sourire de satisfaction de son patron.

À un signe, le secrétaire-architecte prit place dans la chaise droite en face de son patron, tandis que celui-ci se carrait dans son fauteuil, posait les pieds sur le sous-main de cuir de son pupitre, fermait les yeux pour mieux savourer la sonorité des mots.

Et Arthur Métallique se mit à lire, tandis qu'Hilare Hyon cherchait à deviner quel personnage porterait son nom.

Ce ne fut pas Louis Dort, le jeune homme un peu idéaliste mais prêt à beaucoup de compromis, amoureux de la belle Marthe de la Pécaille.

Son frère Paul, aigri par les échecs mais néanmoins déterminé à surmonter les obstacles de la vie, garda lui aussi son propre nom.

À la page sept, entra en scène l'infâme usurier Siméon Lanteigne, et Hilare Hyon aurait poussé un soupir de soulagement en constatant qu'il n'était pas lui, s'il n'avait décidé d'écouter impassiblement.

Trois pages plus loin, lorsque Achille Dubout décrivit, avant de le nommer, l'ambitieux Nicolas Nicolaï, Hilare Hyon eut la certitude qu'il donnerait son nom à cet homme un peu chauve, constamment partagé entre le succès et l'échec, mais d'une persévérance admirable, et qui deviendrait graduellement le personnage principal du roman — en apparence histoire sentimentale mais en réalité interminable conflit entre la pureté et les forces du mal.

Le premier chapitre se termina toutefois sans qu'aucun des principaux personnages du roman eût pris le nom d'Hilare Hyon, et la délicieuse attente de celui-ci commençait à se transformer en impatience maussade.

Cette réaction, Arthur Métallique l'avait prévue sinon entretenue. Et il entreprit alors la lecture du second chapitre de *L'appel aux hommes,* tandis qu'Hilare Hyon commençait à tapoter du bout des doigts les appuie-bras de son fauteuil.

Son impatience était d'autant plus compréhensible que ce second chapitre racontait l'interminable bataille de Mère-de-Dieu, lors de laquelle les troupes vieux-paysannes de l'empereur Milarion avaient résisté pendant trois jours et trois nuits aux troupes des nations coalisées avant de subir une cuisante défaite.

Hilare Hyon écoutait de plus en plus distraitement ce récit de la bataille dont la plupart des événements historiques lui étaient familiers.

Arthur Métallique en arriva au récit du troisième après-midi de la bataille, alors que les troupes vieux-paysannes, qui n'avaient pas vu leur empereur depuis les premiers coups de canon, continuaient à se défendre, sans enthousiasme mais avec une technique impeccable, contre les assauts répétés de la cavalerie ennemie, ne lui cédant que quelques tranchées jonchées de cadavres. Le combat semblait perdu pour elles, mais il ne se transformait aucunement en débandade ou en déroute. Tout au plus les soldats vieux-paysans continueraient-ils à reculer pas à pas, en bon ordre, jusqu'à Grantard ou même plus loin s'ils le devaient, mais toujours en bons soldats de leur empereur.

C'est alors que, tel un vautour découvrant un corps sur le point de devenir un cadavre, l'ombre de l'empereur Hilare Hyon s'étendit enfin dans la vallée.

Hilare Hyon n'ayant pas sourcillé, Arthur Métallique fit une pause, puis relut la phrase. Peut-être son patron n'avait-il pas remarqué la subtile substitution de noms?

Arthur Métallique fit une autre pause, regarda son patron, perplexe. Enfin, un léger sourire éclaircit le visage d'Hilare Hyon, qui bougea à peine pour marquer son assentiment mais assez pour qu'Arthur Métallique le remarque.

Il poursuivit.

La troupe vieux-paysanne, qui combattait acculée à la colline Clicquot, vit distinctement l'ombre familière de son empereur voler au-dessus d'elle, poussée par le soleil couchant et par on ne savait quel vent jouant dans ses rayons.

Et, de savoir ainsi le vieux vautour derrière elle, prêt à s'abattre sur l'ennemi au moindre signe de faiblesse pour lui arracher la chair des os, redonna courage à la troupe et les vivats fusèrent avec une telle force que le régiment zautrichien qui fonçait vers elle ralentit sa course et se laissa faucher par une salve foudroyante mais inaudible masquée par les cris des soldats.

La cavalerie zanglaise, qui s'apprêtait à attaquer, ne se laissa pas impressionner par les cercles que dessinait l'ombre du vautour autour des combattants. Au contraire, à la vue de cet ennemi abhorré, les hommes et les chevaux fondirent avec une fureur renouvelée sur les derniers carrés vieux-paysans. Mais ceux-ci refusèrent de reculer systématiquement comme ils l'avaient fait jusque-là. Croyant que leur vautour les protégeait de ses ailes, ils se laissèrent bousculer sur place et tailler en pièces.

Après la cavalerie zanglaise, ce fut à l'infanterie proussienne de se jeter dans le massacre. Et ensuite les régiments de Scotlandais en jupes mordorées. Puis la division noire, la plus terrible de toutes car on ne savait jamais avec certitude de quel pays elle venait ni quel parti elle prendrait, vint achever le travail, méthodiquement, passant au fil de l'épée tout soldat vieux-paysan encore capable de pousser le moindre râlement.

Personne alors ne fit attention à Hilare Hyon, dont l'ombre était restée là, au milieu du champ de bataille.

Ce n'est que lorsque le dernier soldat vieux-paysan eut rendu son dernier souffle qu'on songea à l'empereur. Mais le vieux vautour venait de s'enfuir.

Plusieurs témoins de la bataille affirment aujour- d'hui encore avoir vu l'ombre du vautour s'arrêter sur ses régiments exterminés, se poser sur les cadavres et en arracher les chairs de son bec crochu.

Certains historiens, pour justifier l'empereur, sou- tiennent que c'est par son arrivée sur le champ de bataille que le vieux vautour transforma cette défaite en déroute. Et qu'il avait mieux valu pour lui s'enfuir et revenir plusieurs années plus tard avec une nou- velle génération de troupes fraîches, plutôt que de re- partir dans la honte avec une troupe vaincue, démo- ralisée, fatiguée.

Et alors, comment ne pas croire que l'ombre du vautour serait venue se nourrir du sang versé pour lui, si cela devait lui permettre un jour de reprendre son essor, et d'étendre encore son ombre sinistre sur un continent entier?

C'était la fin du chapitre et la fin de la présence d'Hi- lare Hyon dans *L'appel aux hommes*. Arthur Métallique leva les yeux vers son patron. Celui-ci ne souriait plus, mais la satisfaction se lisait sur son visage. Et le secrétaire-architecte sut que la partie était gagnée.

Hilare Hyon ne lui en voudrait pas d'avoir fait impri- mer quatre volumes en un seul exemplaire pour lui of- frir deux pages à son nom. Hilare Hyon ne lui en voudrait pas d'avoir préféré ce personnage du vieil empereur dans la défaite aux autres acteurs du roman, pourtant plus héroïques. Au contraire, Hilare Hyon, sans le dire, lui était reconnaissant de lui avoir fourni cette image de lui-même se nourrissant de ceux qui donnaient leur vie pour lui. Et il y voyait sûrement le témoignage de soumission du valet qui admettait d'avance qu'on le sacrifie ainsi.

Lorsque Arthur Métallique sentit que le charme commençait à s'évanouir, il osa ajouter :

— Pourquoi ne mettrions-nous pas cette version en vente dans les librairies ? J'en ai conservé le plomb.

Le secrétaire-architecte scruta une fois de plus le visage de son patron. Celui-ci demeura impassible deux longues minutes. « Je parie que l'enfant de salaud calcule les profits qu'il pourrait faire », pensa Arthur Métallique.

Il se trompait. Pour la première fois depuis que l'architecte était devenu son secrétaire, Hilare Hyon se demandait s'il se payait sa tête. Offrir aux gens de Hauturie une version de *L'appel aux hommes* dans laquelle le nom d'Hilare Hyon remplacerait celui de Milarion ? Arthur Métallique voulait rire. À moins que... Et Hilare Hyon fut soudain tenté par l'aventure, séduit par l'idée de provoquer ainsi les autorités civiles, religieuses et militaires. Mais, même venant de lui, l'idée demeurait une farce trop grosse.

— Non, dit-il enfin, l'intérêt de ma bibliothèque réside justement dans le fait que chaque exemplaire est unique.

— Comme vous voudrez, assura Arthur Métallique.

Il attendit que son patron dise encore quelque chose, un ordre, un remerciement. Mais Hilare Hyon sembla s'absorber dans des pensées profondes. « Je donnerais n'importe quoi pour savoir ce qu'il pense vraiment », songea Arthur Métallique en se levant et en marchant silencieusement vers la porte.

— N'oubliez pas de faire fondre le plomb, ordonna Hilare Hyon juste avant qu'Arthur Métallique eût refermé la porte derrière lui.

SYLVANE LAFOREST (I)

«J'ai une idée extraordinaire!» s'écria Sylvane Laforest en entrant dans la pièce qui servait de cuisine, de chambre à coucher, de salon et de salle de bains à Victor Grak, et de salle de réunion au Parti ouvrier hauturois.

Les deux autres membres du parti, Victor Grak et Hubert Semper, assis à table face à face, s'étaient retournés pour regarder la jeune femme qui les avait également séduits l'un et l'autre même s'ils n'osaient se l'avouer l'un à l'autre, ni à eux-mêmes.

L'exclamation de Sylvane n'avait rien pour les étonner car il était rare que la jeune fille n'arrivât pas à leur réunion hebdomadaire sans leur faire part d'une nouvelle «idée extraordinaire». Il était agréable aux deux jeunes hommes de se laisser gagner par l'odeur fraîche de Sylvane, par ses mouvements sinueux, par sa féminité généreuse, comme si elle avait été le symbole même de la vie meilleure qu'ils souhaitaient pour les ouvriers. Et si vous leur aviez alors demandé de choisir entre le triomphe éternel de leur révolution et toute une vie près de Sylvane Laforest, ils vous auraient regardé avec de grands yeux étonnés car les deux semblaient aussi indissociables que la justice sociale et la mort des riches.

Sylvane alla s'asseoir à table avec ses amis, sans se douter qu'elle était, cette semaine encore, le seul rayon de soleil de leur semaine.

— Oui, répéta-t-elle, j'ai une idée extraordinaire.

Et elle sortit de sous sa blouse, avec la même fierté et les mêmes gestes délicats que s'il se fût agi d'un trésor, un livre broché, sale et usé, visiblement acheté chez Nestor, le libraire d'occasion. Le titre était à peine lisible sur la couverture. Mais si on savait faire la différence entre l'encre d'imprimerie et les taches de toutes provenances et de toutes couleurs que des années d'usage y avaient laissées, on parvenait à lire «*L'appel aux hommes*, par Achille Dubout, de l'Académie vieux-paysanne».

— Et alors? demanda Victor Grak.

— Mon idée est très simple, et je m'étonne que personne n'y ait pensé plus tôt, fit Sylvane qui aimait prolonger l'impatience de ses interlocuteurs. Il y a dans ce roman, qui est d'ailleurs à mon avis un peu socialisant malgré une fâcheuse tendance misérabiliste, un chapitre dans lequel l'empereur Milarion est représenté sous la forme d'un vautour qui s'abat sur ses propres troupes et en dévore la chair.

— Et alors? répéta Victor Grak.

— Et alors? s'impatienta Sylvane. Et alors, il suffirait de réimprimer ces pages en changeant le nom de Milarion.

— Pour quel nom? demandèrent à la fois Victor et Hubert.

Sylvane les regarda avec stupéfaction. Ce qu'ils étaient lents.

— Hilare Hyon, bien sûr. Milarion — Hilare Hyon, le parallèle est évident. On pourrait distribuer ce chapitre à la porte des usines d'Hilare Hyon. Et les ouvriers comprendraient que leur patron les exploite sans réserve et est prêt à les sacrifier totalement à son profit.

Victor et Hubert se regardèrent avec un sourire en coin.

— Tu sais combien ça coûte, imprimer quelques feuillets comme ça? demanda Victor.

Sylvane sentit que son chef de parti voulait lui donner une de ces leçons paternalistes qu'elle avait en horreur.

— Et puis, continua Victor, ce serait presque consacrer Hilare Hyon comme notre principal ennemi, alors qu'il n'est qu'un pion dans la hiérarchie des pouvoirs. Pourquoi lui plutôt que Maxime Métivier ou le cardinal Louvain ou le maréchal Smirk?

— À cause de Milarion, protesta faiblement Sylvane.

— On ne fonde pas une action politique uniquement sur un jeu de mots, décréta Hubert.

— Ce serait trop facile, ma petite, ajouta Victor.

Sylvane Laforest faillit s'enflammer comme elle le faisait souvent. Mais elle s'était bien juré, toute la journée, pendant qu'elle songeait à son projet, de rompre avec Victor Grak et Hubert Semper s'ils étaient une fois de plus incapables de partager son enthousiasme.

— Mais vous ne comprenez donc pas qu'Hilare Hyon est justement la cible idéale — le roi nègre qui nous domine grâce à son alliance avec les autorités religieuses, le premier ministre, les financiers zanglais et les militaires? Le fait même qu'il soit le seul Hauturois vieux-paysan à être devenu aussi riche qu'un Zanglais le rend encore plus dangereux car beaucoup de nos gens s'imaginent que la fortune est dorénavant à leur portée à eux aussi. Et, se disant qu'ils pourraient devenir riches à leur tour, ils n'osent plus s'opposer aux riches qui les exploitent. Si vous n'êtes pas capables de comprendre qu'en nous attaquant à Hilare Hyon nous nous attaquons à tous les oppresseurs à la fois, vous ne comprendrez jamais rien à la politique.

Sylvane Laforest se tut, à bout de souffle.

Victor Grak et Hubert Semper furent incapables de comprendre le point de vue de Sylvane Laforest. Et cela marqua la fin du Parti ouvrier hauturois, car, une fois Sylvane Laforest partie, ils n'eurent plus rien pour les attirer à leurs réunions hebdomadaires, qui s'espacè- rent rapidement, devenant mensuelles, puis bimestriel- les, puis annuelles.

Quant à Sylvane Laforest, sans même avoir décidé de fonder un parti politique, elle avait franchi la première étape dans un destin exceptionnel. Elle sentait qu'étant à la fois femme, ouvrière et de langue vieux-paysanne, elle avait toutes les raisons de lutter.

Contre un homme surtout, Hilare Hyon, et contre tout ce qu'il représentait.

ARTHUR MÉTALLIQUE

Arthur Métallique avait toujours voulu être moderne. À trois ans, n'ayant eu jusque-là que des jouets en bois, il avait reçu en cadeau une locomotive miniature en fer et avait découvert à quel point le métal est plus moderne que le bois — non seulement pour représenter des objets métalliques mais aussi pour de nombreuses fins.

Le métal, il le constata bientôt, est plus avantageux que le bois. Il prend mille et une formes, ses feuilles s'emboîtant aisément les unes dans les autres avec de petites pattes souples repliées vers l'intérieur pour qu'on ne les voie pas. Le métal se transforme en essieux même dans les jouets de bois. On peut le peindre ou y imprimer aisément les moindres détails comme la tête d'un conducteur de train éternellement souriant. Et, à l'encontre du bois des jouets qui ne peut que perdre son vernis ou s'user un peu aux coins avec le temps, le métal souffre du moindre choc, se cabosse, rouille et devient à plutôt brève échéance un cadavre d'objet qu'on peut jeter et remplacer.

Arthur Métallique ne s'appelait pas encore Métallique, mais Jolicœur comme sa mère parce qu'il était né de père inconnu.

Dès ses trois ans, il avait cessé de s'intéresser aux jouets de bois. Il n'en reçut d'ailleurs plus, les jouets de métal ayant aussi l'avantage d'être bien meilleur marché.

Enfant plutôt sensible en général, il ne le fut pas à la patine du bois, à sa beauté, à sa vie. Ou plutôt, il ne fut sensible qu'à la froideur du métal, à sa neutralité, à son hypocrite souplesse.

* * *

Sa mère travaillant comme pianiste dans une modeste salle de cinéma, Arthur dut s'élever lui-même. Elle se couchait tard et se levait à midi. Arthur s'habitua rapidement à se lever à six heures pour profiter de sa solitude. Et, même pendant les grandes vacances, il déjeunait vers onze heures et passait ses après-midi à la bibliothèque de Ville-Dieu. Cela lui évitait de voir avec qui sa mère avait passé la nuit. Et il rentrait à la maison vers cinq ou six heures, selon qu'il avait ou non envie de dîner avec elle —, mais c'était le plus souvent vers six heures, lorsqu'elle était déjà partie.

La mère d'Arthur ne se plaignait d'ailleurs aucunement du manque d'affection de son fils, car elle n'en avait pas beaucoup plus pour lui. Elle l'avait conçu par accident, avec un homme qui, pour se rendre intéressant, s'était affirmé impuissant lorsqu'il n'était pas amoureux. Elle avait eu ce soir-là envie de se faire aimer de cet homme. Mais l'homme lui avait menti et avait été puissant avec elle, même s'il ne l'aimait pas. Elle avait songé à se faire avorter, mais n'avait pas trouvé à temps l'argent nécessaire.

Et Arthur était né sans qu'elle eût voulu de lui. Il n'avait jamais — même pendant sa tendre enfance alors que la plupart des bébés exigent des soins constants — obtenu d'elle beaucoup d'attention ou même d'intérêt. Il prit toutefois rapidement plaisir à la solitude, au point de s'imaginer que c'était lui qui l'avait cherchée le premier.

* * *

Quoiqu'il fût de constitution plutôt solide, Arthur ne voulut jamais cultiver son corps, le jugeant primitif. Il trouvait même les plaisirs du corps — de la masturbation à la gourmandise — vils et démodés.

Graduellement, avant même d'être pubère, il en était arrivé à la conviction que seul le cerveau comptait chez l'homme moderne.

* * *

À quinze ans, il envoya à la revue *Paroles d'ici* ses premiers poèmes, en utilisant pour la première fois le pseudonyme d'Arthur Métallique.

Il s'agissait d'une série de poèmes modernes écrits selon la technique des rimes visuelles mise à la mode par le grand poète vieux-paysan Philippe Sopla, qui trouvait le son vulgaire et lui préférait le signe écrit, abstrait de sa prononciation.

Dans un de ses poèmes, Arthur Métallique avait commis, par exemple, la rime suivante:

Ce n'est pas de ton cœur, ni de tes mains, mon fils,
Qu'on pourra dès demain de toi tirer les fils.

Ses poèmes furent refusés par *Paroles d'ici*. Arthur ne reçut de cette revue ni lettre, ni accusé de réception. Il se dit simplement, et peut-être même sans orgueil excessif, que ses poèmes étaient trop modernes pour elle.

D'avoir envoyé ses poèmes à cette revue lui sembla un acte de «publication» suffisant. Avoir tenté de rendre son œuvre publique le satisfit.

De toute façon, la poésie cessa bientôt de l'intéresser. Il décida que la parole écrite était démodée lorsqu'il lut, dans la *Gazette* de Ville-Dieu, qu'un jour des machines à écrire infiniment plus perfectionnées se chargeraient de tout rédiger — depuis les factures d'épicerie jusqu'aux poèmes.

Il se mit donc à la recherche d'un art qui répondrait à son appétit de modernité. La peinture? Démodée, depuis l'avènement de la photographie. Le cinéma? Démodé dès son invention, par la nécessité de recourir à des êtres humains pour transmettre des émotions, et en particulier à ces mauvais acteurs qui peuplaient les écrans perlés. La photographie? Trop facile pour un véritable artiste. La musique? Comment un art utilisant encore les instruments pour lesquels Zomart composait plusieurs siècles plus tôt pouvait-il survivre encore?

Il finit par se rabattre sur l'architecture, justement parce que l'architecture à Ville-Dieu était si évidemment démodée qu'elle ne pourrait éviter de laisser éventuellement la place à quelque chose de nouveau.

En effet, les architectes ville-déistes avaient jusque-là

copié sans vergogne, car c'était ce qu'ils croyaient devoir faire, les cathédrales, les palais de justice, les monuments, les hôtels de ville de l'Ancien Continent.

Leur chef de file — le vieil Antoine Corbin — ne déclarait-il pas volontiers que «l'imitation est la meilleure solution aux problèmes des architectes hauturois : ou bien ils ont du talent et alors ils feront quelque chose qui correspond à leur véritable personnalité ; ou bien ils n'ont pas de talent, et copier les autres est ce qu'ils ont de mieux à faire».

Forts de cette déclaration de principe, les architectes ville-déistes (Antoine Corbin le premier) copiaient donc sans vergogne et sans talent tout ce qui se faisait en Vieux Pays.

Arthur Métallique devina que cette situation ne pourrait durer éternellement.

Et il vit dans l'architecture un moyen moderne de s'exprimer. Pour lui, le style gothinge avait fait son temps. D'ailleurs, ne devenait-il pas de plus en plus coûteux (surtout en temps de guerre, alors que la main-d'œuvre était rare) de sculpter tous ces encorbellements, ces gargouilles, ces corniches, ces frontons, ces colonnades inutiles parce qu'elles ne soutenaient rien ?

Arthur Métallique se dit qu'un jour l'architecture ville-déiste se mettrait non seulement à rejeter les influences étrangères, mais aussi à se simplifier, pour mieux s'intégrer dans son environnement plat et froid, et devenir elle-même rectiligne et décharnée comme les bouleaux l'hiver.

Il décida donc, à dix-huit ans, de devenir architecte. Mais il n'alla pas s'inscrire à l'École d'architecture de Ville-Dieu. D'une part, cette école était dirigée par Antoine Corbin lui-même et tout le corps enseignant était formé de ses disciples. D'autre part, n'ayant jamais fréquenté une école avec un minimum d'assiduité, il ne possédait pas le moindre diplôme, et n'aurait pu être admis dans cette auguste école.

De toute façon, la perspective de devenir architecte par ses propres moyens le séduisait, l'homme moderne lui semblant devoir être un homme libre, indépendant des institutions surannées.

Il entreprit donc de s'enseigner à lui-même l'architecture. Il passa le plus clair de ses journées dans la bibliothèque de Ville-Dieu, lisant et relisant tous les volumes ayant de près ou de loin quelque rapport avec l'architecture, réclamant et obtenant souvent des bibliothécaires tout ce qui se publiait sur le sujet.

Il avait entre autres déniché un vieux manuel d'enseignement des deux premières années de l'École d'architecture de Grantard, et s'était efforcé de faire tous les exercices prescrits dans ce volume parce qu'il se disait que l'architecture moderne devait posséder le passé avant de déboucher sur l'avenir (ce que proclamait — dans les mêmes mots — Antoine Corbin aux étudiants de l'École d'architecture de Ville-Dieu mais Arthur Métallique l'ignorait).

Deux ans plus tard, sa mère se suicida lorsqu'elle fut congédiée de son cinéma par l'avènement du cinéma parlant. Ce suicide fut pour le moins prématuré, car il ne s'agissait que des premières tentatives du cinéma parlant, qui battit rapidement en retraite dès que le public eut pris conscience de l'inanité des dialogues qu'on lui donnait à entendre.

Mais Arthur Métallique se retrouva seul dans la vie, sans personne pour le nourrir ou faire sa lessive. Il se dit que l'homme moderne devait aisément surmonter ces embûches, la solitude et l'indépendance ne pouvant que donner une dimension nouvelle à sa recherche de l'absolu.

Toutefois — sa logeuse le lui rappela bientôt — Arthur Métallique pouvait difficilement vivre sans revenus, car sa mère avait négligé depuis un an de payer les primes de sa police d'assurance-vie parce qu'elle songeait de plus en plus au suicide et croyait que la compagnie d'assurance refuserait de payer dans ce cas, ce qui était faux, les petits caractères de la police d'assurance précisant que si le suicide résultait d'une perte d'emploi ou d'une autre cause jugée suffisante, il était alors considéré comme une maladie.

Arthur Métallique dut donc chercher du travail. Il n'écarta a priori aucune possibilité. Il tenta de devenir ou songea à devenir gigolo, courtier en immeubles, agent de change, économiste, conseiller matrimonial, sexologue, psychologue, critique littéraire, bref tous les métiers «modernes» que l'on peut improviser lorsqu'on connaît peu de choses et qu'on n'a aucun diplôme.

Mais il ne réussit à trouver et à garder aucun emploi stable. Il dut enfin se résoudre à chercher une place dans un bureau d'architecte. Comble de malheur, le seul qui l'accepta fut celui d'Antoine Corbin, qui apprécia beaucoup ses dessins de détails architecturaux «à l'ancienne».

Une fois sur place, Arthur Métallique ne se fit confier que des calculs de résistance des matériaux, ce qu'il détestait encore plus. N'ayant aucun autre moyen de subsistance, il resta toutefois là pendant deux ans, années pendant lesquelles il abandonna ses études qui lui semblaient ne déboucher sur rien.

Un jour, Hilare Hyon, le plus riche paysannophone de Ville-Dieu, était venu rencontrer Antoine Corbin parce qu'il voulait se faire construire une résidence au sommet du mont Dieu.

Comme il désirait une salle de réception de dimensions imposantes mais à plafond bas, car il ne voulait pas que sa résidence se vît trop du bas de la côte, Antoine Corbin fit venir Arthur Métallique pour l'aider à faire quelques calculs de résistance des matériaux et démontrer à son client qu'il était impossible d'obtenir une vaste salle sans construire en hauteur.

Arthur Métallique, en présence de son patron et d'Hilare Hyon, eut tôt fait de démontrer qu'effectivement on ne pouvait, selon les techniques architecturales traditionnelles, obtenir un rapport largeur-hauteur supérieur à quatre.

— Mais, ajouta-t-il sans qu'on lui eût demandé son avis, si on élimine les fioritures inutiles de l'architecture conventionnelle et si on construit en acier, on peut obtenir des portées beaucoup plus considérables.

Il fut congédié sur-le-champ par Antoine Corbin, et embauché sur-le-champ par Hilare Hyon. Pendant trois ans, il conçut et construisit pour lui et avec lui la grande maison du sommet du mont Dieu. Puis, son inimitié avec Antoine Corbin lui fermant la porte de tous les bureaux d'architectes de Hauturie, il convainquit Hilare Hyon de le garder à son service, à titre de secrétaire-architecte.

Comme Hilare Hyon ne faisait construire que des usines et ne confiait ce travail qu'à des ingénieurs, Arthur Métallique n'avait plus aucune utilité réelle comme architecte.

Essentiellement, son travail consistait à classer le

courrier chaque matin en différentes piles : « œuvres de charité », « problèmes de fabrication », « possibilités d'investissement », « femmes », et ainsi de suite, créant de nouvelles catégories au fur et à mesure des besoins.

Hilare Hyon lui demandait alors de résumer chaque lettre, puis lui disait en quelques mots ce qu'il devait répondre. Pour les « œuvres de charité », par exemple, la réponse était toujours « non », à moins qu'il y eût une possibilité de profit.

Arthur Métallique rédigeait ensuite une lettre répondant à tous les canons de la correspondance, puis faisait calligraphier cette lettre par Hermine Dutronc, la secrétaire personnelle d'Hilare Hyon.

Ce travail était particulièrement ennuyeux et n'avait rien de particulièrement moderne. Mais Arthur Métallique s'y habitua d'autant plus facilement qu'il lui semblait au contraire remplir une fonction éminemment moderne parce qu'elle était rare et qu'il croyait en tirer un pouvoir réel.

Depuis six ans, donc, Arthur Métallique était le secrétaire et l'architecte d'Hilare Hyon, beaucoup plus celui-là que celui-ci.

Depuis le début de la guerre, il fréquentait les bars à la mode, parce que les femmes y étaient beaucoup plus nombreuses que les hommes.

Mais il voulait garder une certaine modernité dans ses rapports avec les gens du sexe opposé. Il avait toujours dans sa poche un petit carton aide-mémoire qui lui permettait de savoir sans trop perdre de temps si telle ou telle jeune femme qu'il rencontrait lui conviendrait ou non.

Voici ce qu'on lisait sur ce carton.

- ☐ Fume-t-elle?
- ☐ Boit-elle trop?
- ☐ Est-elle jolie?
- ☐ A-t-elle entre 25 et 30 ans?
- ☐ Est-elle sensible aux beautés architecturales?
- ☐ A-t-elle lu les auteurs modernes?
- ☐ Ai-je envie de coucher avec elle ou de lui parler seulement?
- ☐ Se maquille-t-elle?
- ☐ Devrait-elle se maquiller?
- ☐ Gagne-t-elle sa vie?
- ☐ Aimerais-je qu'elle soit la mère de mes enfants?
- ☐ Serais-je fier d'être vu avec elle en public?
- ☐ Habite-t-elle à plus de dix minutes de marche de chez moi?
- ☐ Possède-t-elle une voiture automobile?
- ☐ Porte-t-elle des vêtements de soie?
- ☐ Paie-t-elle ses consommations?
- ☐ Regarde-t-elle d'autres hommes que moi?

Chaque fois qu'une jeune femme commençait à l'intéresser, Arthur Métallique s'excusait et allait relire son aide-mémoire dans les toilettes.

Il se posait chacune des questions à son sujet.

Puis, invariablement, il revenait vers elle, la saluait et partait.

Ce comportement éminemment moderne lui épargna évidemment toute peine d'amour.

Et aussi tout amour.

SYLVANE LAFOREST (II)

Pendant plus d'une heure, la manifestation avait été paisible.

Presque toutes élégamment habillées, les dames du Mouvement féminin de Ville-Dieu avaient tourné, en une ronde sans fin, devant la taverne O'Brien, la plus fréquentée de la ville.

La tête de ce défilé ovaloïde était évidente : c'était Ada Abzelle (l'épouse de Grégoire Abzel, le réputé commerçant d'épices), qui dépassait par sa haute taille toutes les autres femmes et semblait prédestinée à les mener.

Mince, digne, élégante, elle était ce que tout bourgeois voulait que fût une femme : un objet noble d'admiration et de désir.

Mais se cachait en elle une lionne, capable de toutes les luttes, de toutes les colères, de toutes les audaces. Et c'est grâce à elle que le Mouvement féminin de Ville-Dieu avait continué d'exister, même s'il avait perdu beaucoup d'appuis depuis le début de la guerre, en ce temps où la patrie, selon les hommes, devait se consacrer entièrement à la lutte suprême, celle de la civilisation, bien plus importante que celle de la justice — surtout envers les femmes.

C'était la première fois qu'Ada Abzelle avait organisé une manifestation contre l'interdiction faite aux femmes d'entrer dans les tavernes. Mais c'était presque par défaut qu'elle avait choisi cet objectif, tant d'autres questions étant interdites à cause de la guerre et de ses prétendues exigences. Par exemple, sa manifestation pour réclamer un salaire égal pour les femmes dans les usines de munitions avait été déclarée contraire aux intérêts de la guerre.

La protestation contre l'interdiction des tavernes aux femmes n'avait soulevé aucune objection. Les politiciens avaient senti que jamais la population, hommes et femmes, ne suivrait ce mouvement, car les hommes aimaient bien avoir une place pour boire et parler entre hommes et cracher sur le plancher si cela leur plaisait, et leurs femmes étaient rassurées de savoir que leurs hommes étaient entre hommes au lieu de courir les filles de mauvaise vie. Si leurs maris rentraient à l'heure de la fermeture des tavernes, elles dormaient tranquilles, rassurées par leur haleine fétide.

Quant aux propriétaires de tavernes, ils étaient ravis de la publicité qui leur était faite — et Oscar Larivée (propriétaire de l'établissement choisi comme première cible de cette opération) plus que tous les autres : demain, la *Gazette* de Ville-Dieu clamerait en première page « les femmes attaquent la taverne O'Brien » ou quelque autre titre du genre.

Cette indifférence face à la cause de l'égalité féminine, Ada Abzelle y était depuis longtemps habituée. Ses fidèles compagnes aussi. Même les policiers qui les surveillaient en souriant savaient qu'il ne se passerait rien ce soir-là et qu'ils se faisaient du temps supplémentaire facilement gagné.

Après une heure (il était huit heures du soir, déjà), un autre groupe, de femmes aussi, vint se joindre au M.F.V.D. Il s'agissait des Femmes contre l'alcool, un groupe qu'Ada Abzelle qui aimait bien le vin trouvait réactionnaire. Mais elle les laissa ajouter leurs pancartes à celles du M.F.V.D. même s'il y avait une apparente contradiction entre certaines pancartes réclamant «Fermons les tavernes» et d'autres exigeant «Ouvrons les tavernes aux femmes». Mais Ada Abzelle qui avait beaucoup lu savait qu'il arrivait souvent que des idées en apparence contradictoires parviennent éventuellement à remporter une victoire commune.

Elle salua même, en inclinant légèrement la tête, la détestable Isabelle Dupère, présidente des F.C.A.

Sylvane Laforest bouillait d'impatience. C'était la première fois qu'elle participait à une manifestation du M.F.V.D. Elle avait assisté à une assemblée, peu après sa séparation d'avec Victor Grak et Hubert Semper. Et elle avait été séduite par Ada Abzelle, par sa fermeté et sa dignité, par sa manière de réconcilier la lutte féministe et la féminité.

Mais maintenant, en tournant en rond au milieu des manifestantes, sous les quolibets d'ivrognes qui sortaient de la taverne et leur lançaient en riant des grossièretés peu drôles, Sylvane Laforest commençait à oublier les raisons pour lesquelles il était nécessaire que la lutte féministe se fît paisiblement, sans répondre aux provocations.

Par sa tenue, Sylvane jurait parmi les autres manifestantes. Elle était habillée simplement, proprement, «sans recherche inutile d'artifices», ainsi que l'exigeait le feuillet *Comment s'habiller pour une manifestation* écrit par Ada Abzelle. Mais les autres manifestantes avaient envie de lui faire remarquer qu'il n'était pas nécessaire d'être inélégante pour être dignement féminine. Bref, Sylvane était habillée en pauvresse au milieu de femmes sobrement élégantes, portant les longues robes sombres à la mode déjà avant la guerre. Elle portait une robe plus courte, comme en portaient les femmes incapables de payer les tissus rendus inabordables par les pénuries.

Soudain, Sylvane fut incapable de se retenir. Elle tendit à la femme qui la suivait sa pancarte qui proclamait «les femmes ont soif de justice». Mais comme les mots «de justice» étaient écrits en plus petits caractères, la femme qui hérita de la pancarte, appartenant au F.C.A., fut fort embarrassée de proclamer ainsi «les femmes ont soif». Elle était toutefois trop timide pour s'en débarrasser et continua longtemps encore à porter sa pancarte en rougissant.

Lorsque Sylvane pénétra dans la taverne, personne ne fit attention à elle, ce qui la soulagea car elle préférait affronter l'adversaire doucement, graduellement, un petit peu à la fois.

La taverne était pleine aux trois quarts, et Sylvane chercha des yeux une table libre. Il y en avait une au fond, à gauche, et elle réussit à traverser la salle sans se faire remarquer.

Elle s'assit et jeta un coup d'œil autour d'elle.

Elle fut prise d'un doute soudain quant à l'opportunité d'envahir ces lieux réservés aux hommes.

C'était un endroit sale, sombre, enfumé. L'odeur de la bière y était presque insupportable pour quiconque n'y était pas habitué.

Mais ce qui frappait le plus Sylvane, c'était l'atmosphère morne qui régnait dans la taverne. Une table couverte de verres de bière remplis à ras bords était au centre de conversations animées entre des cochers de fiacres, facilement identifiables à leur grand chapeau de feutre jaune. Aux autres tables, toutefois, un ou deux hommes seulement, plongés dans une triste torpeur, semblaient attendre on se savait quoi.

Sylvane était habillée de façon si terne que personne ne la remarqua. Pas même le garçon de table, en général pressé d'aller prendre la commande au plus tôt, car il savait que plus le client commençait à boire tôt, plus il boirait longtemps.

De plus, Sylvane avait encore ses seins de jeune fille, aisément dissimulés (sans d'ailleurs qu'elle l'eût cherché) dans des vêtements le moindrement amples. Et le chignon, qu'elle portait serré comme le recommandait Ada Abzelle pour les manifestations, passait aisément, de loin, pour des cheveux d'homme.

Elle se crut pourtant démasquée lorsque le garçon de table, sur un signe du patron de la taverne, debout derrière le comptoir, s'approcha d'elle.

— Je peux pas te servir, dit-il, en évitant de la regarder. T'as pas l'âge.

Sylvane éclata de rire, d'un beau rire cristallin de jeune femme, à ne pas s'y tromper.

— J'ai vingt-trois ans, dit-elle.

Embarrassé, le garçon la considéra un instant, de haut en bas, et dut reconnaître que c'était bien une femme un peu hommasse peut-être, mais avec un chignon et peut-être des seins même si on ne les voyait pas. Une femme d'ailleurs plutôt jolie, ou en tout cas qui l'aurait été si elle avait pris soin de s'arranger un peu mieux.

Il retourna au patron et tint avec lui un bref conciliabule.

Le patron soupira, se leva, s'avança de sa démarche pesante d'obèse. Il s'assit en face de Sylvane, se pencha sur la table.

— Qu'est-ce que vous voulez, mademoiselle? chuchota-t-il.

— De la bière.

— Vous savez bien que c'est impossible. La loi me permet de vous laisser entrer dans les toilettes si c'est urgent. La loi me permet de vous laisser entrer chercher votre mari s'il est passé onze heures du soir. La loi me permet même de vous engager dans les cuisines si c'est ce que vous voulez. Mais la loi m'interdit formellement de vous vendre de la bière ou même de vous en donner. Cela, vous le savez, et toutes celles qui paradent dehors le savent aussi. Tout ce que vous avez à faire, c'est de sortir et d'aller rejoindre les autres. Sinon, je vous fais sortir la tête la première.

Sylvane Laforest sentit qu'elle se transformait en morceau de colle longtemps séché sur sa chaise. Jamais on ne la sortirait de là, pour la simple raison qu'elle avait décidé d'y rester.

— Essayez donc, pour voir.

Le tavernier prit un air ennuyé, claqua des doigts. Le garçon de table, à l'autre bout de la salle, l'entendit et prit lui aussi un air ennuyé en approchant à grands pas.

Le tavernier se leva, se plaça d'un côté de la chaise de Sylvane.

— Prends ton bout, dit-il au garçon de table.

Chacun s'empara d'un bras de Sylvane et tenta de la soulever.

Mais Sylvane s'agrippa à la table et s'enroula les jambes autour des barreaux de sa chaise. Le tavernier et le garçon ne pouvaient à eux seuls lever à la fois Sylvane, la chaise et la table. Aux autres tables, des rires commençaient à fuser chez les buveurs soudain éveillés.

— Venez donc nous aider au lieu de rire de nous autres, leur lança le tavernier.

Deux hommes d'âge moyen se levèrent. Cela permit au gros tavernier de s'installer derrière Sylvane et de tenter de la soulever en la prenant sous les bras et en joignant les mains par-dessus ses seins. Pendant ce temps, le garçon et l'un des deux buveurs s'installaient chacun à un de ses bras tandis que l'autre, embarrassé, examinait la situation sans trop savoir à quoi il pourrait être utile.

Il eut soudain une idée lumineuse : donner un grand coup de poing sur chacune des mains de la femme, de façon à lui faire lâcher la table. Les quatre hommes n'auraient plus alors qu'à les soulever, elle et la chaise, tâche qui ne serait vraisemblablement pas au-dessus de leurs forces conjuguées.

Il n'eut le temps de donner un coup de poing que sur sa main gauche. Un objet qu'il n'eut pas le temps d'identifier vint le frapper alors qu'il levait le poing pour frapper une seconde fois. L'homme alla s'écraser contre le mur le plus proche et perdit conscience.

— Vous voyez pas que c'est une femme, bande d'épais ? tonitruait la voix d'un homme en chemise à carreaux, qui frottait son poing meurtri.

Le gros tavernier se pencha un peu plus derrière

Sylvane. Il voyait bien que l'homme qui avait frappé l'homme qui allait frapper la jeune femme était un bûcheron. Et ces gens-là étaient reconnus pour leur absence totale de subtilité.

— C'est justement, Monsieur, hasarda-t-il en se penchant encore plus derrière Sylvane Laforest et en desserrant juste assez son étreinte pour lui caresser les seins. C'est justement, les femmes n'ont pas le droit d'entrer dans les tavernes.

— Et puis, pourquoi y aurait pas de femmes dans les tavernes? Ça puerait moins, puis ça serait moins sale.

— Puis on pourrait plus boire entre hommes.

Celui qui venait de prononcer la dernière réplique était un cocher qui avait eu l'humour un peu facile et fort imprudent de verser sur la tête du bûcheron un plein verre de bière qui lui dégoulina dans les yeux.

Peu subtil en effet, le bûcheron se retourna aussitôt et, sans même regarder, lança à tout hasard un coup de poing qui aboutit sur le nez du cocher. Celui-ci fit trois tours sur lui-même, puis s'écroula bien droit sur le sol, comme le dernier arbre qu'avait abattu le bûcheron.

La confrérie des cochers quitta d'un bloc sa table et se lança dans la bagarre, d'autant plus facilement qu'elle semblait être à huit contre un.

C'était négliger Sylvane qui profita de la confusion pour se dégager de l'étreinte du tavernier. Et c'était négliger l'esprit de justice des bagarreurs hauturois qui cherchent constamment à rétablir l'équilibre des forces en frappant sur quiconque a l'air plus fort ou plus nombreux.

Bientôt, la taverne ne fut plus qu'un immense tourbillon de chaises, de poings, de coups de pied dans les testicules, de verres brisés.

Le bruit de la bagarre se répandit à l'extérieur.

— Vous voyez ce que c'est, qu'une taverne sans femmes, fit de sa voix perçante Ada Abzelle. De la bagarre, toujours de la bagarre.

Mais une autre manifestante tira sur sa manche et lui glissa à l'oreille, en se haussant sur la pointe des pieds, qu'elle avait vu la jeune nouvelle, celle qui était à la dernière réunion, entrer dans la taverne quelques instants plus tôt.

— Vous êtes sûre?

— Tout à fait.

— À l'aide, cria alors la grande femme, à l'aide! On massacre une des nôtres.

Et elle se précipita, suivie de tout le M.F.V.D., à l'intérieur de la taverne. Quelques F.C.A. suivirent, mais en faisant d'abord un grand signe de croix.

Les policiers, qui n'avaient pas du tout prévu la tournure des événements, furent les derniers à entrer dans la taverne.

Un spectacle indescriptible les y attendait.

Il leur fallut trois quarts d'heure pour séparer les belligérants des belligérantes. Il faut dire que la présence d'un nombre à peu près égal d'hommes et de femmes avait facilité la tâche des combattants, chacun sachant enfin de quel côté se ranger. Les policiers se contentèrent de sortir les femmes — c'étaient elles qui n'avaient pas le droit d'être là — et de les jeter dans un panier à salade hippomobile.

Fut-ce par respect qu'ils gardèrent Ada Abzelle et Sylvane Laforest pour la fin — ou plus simplement parce que s'emparer de l'une ou de l'autre exigeait plus de mains et de bras que pour toutes les autres réunies?

Toujours est-il qu'ils durent s'y mettre à six pour

neutraliser Sylvane Laforest, devenue un moulinet incessant de coups de pied, de coups de griffes, de coups de dents en toutes directions. Et lorsqu'ils l'eurent enfin balancée sans ménagement dans le panier à salade où elle eut, contrairement aux premières, la chance d'atterrir sur des corps moelleux plutôt que sur le plancher clouté, les six policiers se tournèrent vers Ada Abzelle. Celle-ci était dans un étrange tête-à-tête avec le propriétaire de la taverne. Elle le retenait à la nuque avec le manche de son parapluie et gardait ainsi le ventre énorme du tavernier contre le sien, parfaitement plat, ce qui maintenait les oreilles du tavernier à distance idéale pour lui crier les plus belles invectives de son répertoire. Ada Abzelle, tout à fait consciente qu'elle avait dépassé toutes les bornes qu'elle avait toujours fixées aux dames de son mouvement, s'était soudain découvert une maîtrise parfaite du vocabulaire ecclésiastique que chérissaient les piliers de taverne. Et ce, sans qu'elle eût jamais eu la chance de les entendre.

— C'est vous, ostie de tabernacle, clamait-elle, qui osez interdire les portes de votre tripot à d'innocentes jeunes femmes?

Ne sachant ni quoi penser ni quoi répondre, le tavernier cherchait simplement à s'éloigner. Mais le manche du parapluie lui ramenait aussitôt la panse contre l'abdomen d'Ada Abzelle.

Lorsque les six policiers, enfin dégagés de toute autre responsabilité, revinrent à l'intérieur, le tavernier leur fit des yeux des appels désespérés. Les policiers s'approchèrent doucement par derrière, tandis qu'Ada Abzelle poursuivait sur sa lancée, sans les voir.

— Eh bien, vous allez voir, suppôt de satan, ce

qu'une femme en colère peut faire à un maudit calvaire d'écœurant comme vous.

Elle leva son parapluie et allait (c'est du moins ce qu'affirmèrent plus tard les policiers lors de l'enquête) en assener un grand coup sur la tête du tavernier, lorsqu'une main retint par derrière son arme improvisée. Au même instant, des mains se saisirent d'Ada Abzelle — les unes aux chevilles, les autres aux bras, une à la bouche — et la firent basculer sur le dos.

* * *

L'agent Pomerleau s'était juré depuis une semaine qu'à la première occasion il s'achèterait une ceinture neuve. Mais, chaque fois qu'il avait songé à la remplacer, quelque chose était survenu pour l'en empêcher. Et, chaque jour, sa ceinture manifestait des signes d'usure de plus en plus sérieux.

C'est pourquoi l'agent Pomerleau ne fut pas véritablement surpris lorsque, ayant pris celle qu'il appelait Abza Adèle sous les aisselles, sa ceinture avait finalement cédé.

Il faut dire que cette Abza Adèle avait vigoureusement protesté de la voix, des bras et des pieds contre son arrestation. Et elle avait réussi à se dégager une main, dont elle avait empoigné la ceinture de l'agent Pomerleau d'une manière si brusque et si résolue que même une ceinture neuve aurait sans doute cédé tout aussi rapidement.

Dès qu'il sentit que sa ceinture se rompait pour de bon, l'agent Pomerleau jugea plus important de retenir son pantalon que de soutenir la manifestante. Mais il eut une seconde d'hésitation qui suffit à la main libre d'Abza Adèle pour lui arracher non seulement sa ceinture brisée, mais aussi son pantalon et son caleçon en dessous. Pendant cette seconde, Abza Adèle vit vaguement quelque chose qui ressemblait à une main, à un doigt ou à quelque autre chair fragile, et eut le réflexe (digne d'une personne habituée à lutter depuis des années) de mordre.

Sans doute cela n'aurait-il pas eu de conséquences fâcheuses si l'agent Pomerleau n'avait pas eu au même moment le malheureux réflexe de retenir son pantalon pourtant déjà chu et de lâcher par le fait même les aisselles d'Abza Adèle.

Abza Adèle ne fut alors plus retenue que, d'une part, par un autre policier qui tenait son poignet gauche mais qui eut lui aussi le malencontreux besoin de rajuster sa prise à ce moment précis, et d'autre part par la chair sur laquelle ses dents venaient de se refermer. Aussi bien dire que c'est ce faible morceau de chair qui retenait à lui seul tout le haut du corps d'Abza Adèle. Et ce morceau de chair (comme cela lui arrive d'ailleurs fréquemment dans de tout autres circonstances) ne fut pas à la hauteur de ce qu'on attendait de lui.

La grande Abza Adèle alla donc se frapper le crâne contre le plancher, tandis que l'agent Pomerleau se tordait de douleur en remontant son pantalon. Aux autres policiers qui lui demandaient ce que la salope lui avait fait, il répondit simplement qu'elle l'avait égratigné. Jamais d'ailleurs il n'avouerait à ses collègues ou à ses supérieurs le malheur qui lui était arrivé. Au médecin qu'il alla consulter presque aussitôt, il se contenta de raconter, sans trop préciser, qu'il se les était «prises» dans une porte, ce qui était une blessure pour le moins inusitée.

Malgré son malheur, l'agent Pomerleau, qui avait bon caractère, réussit quand même à se trouver chanceux, en se réjouissant de n'être pas marié, ni même fiancé. Il n'avait jamais fait l'amour, et se dit qu'il avait aussi de la chance de ne pas savoir ce qu'il manquait.

* * *

Au poste de police, on fit descendre les femmes et on les installa dans la même grande geôle que les prostituées et les ivrognesses. Pour la plupart des femmes du M.F.V.D. (aucune F.C.A. n'avait été arrêtée), cela était gênant ou même déshonorant. Seules Sylvane Laforest, qui connaissait un peu ces pauvres femmes parce qu'elle avait toujours vécu dans les mêmes quartiers qu'elles, et Ada Abzelle, qui ne les connaissait pas mais savait qu'elles étaient femmes et que cela suffisait à leur donner tous les droits, furent à l'aise au milieu d'elles.

Vers minuit, les policiers décidèrent de séparer les femmes en petits groupes et de les envoyer dans de plus petites cellules. Ils prirent plaisir à mélanger les jeunes femmes à la mode et les prostituées, les dames les plus dignes et les clochardes les plus sales.

Seules Ada Abzelle et Sylvane Laforest eurent droit à des cellules individuelles, car on avait jugé qu'elles étaient, chacune à sa manière, les deux têtes dirigeantes de cette échauffourée.

Dans sa cellule, Sylvane Laforest fut violée par un policier.

Comme tous les viols, celui-ci ne fut ni spectaculaire, ni drôle, ni original, ni même dramatique car sa fin était prévisible dès le début. À quoi bon le raconter?

Ada Abzelle, dans la cellule voisine, entendit tout,

même si elle ne vit rien. Et elle cessa aussitôt de regretter le sort qu'elle avait fait à l'agent Pomerleau.

Le lendemain, Sylvane Laforest et Ada Abzelle — les seules contre lesquelles on avait porté des accusations — se présentèrent l'une après l'autre devant le même juge.

Sylvane, bouleversée, plaida coupable et refusa de s'expliquer. Elle fut condamnée à un mois de prison avec sursis. Ada Abzelle plaida non coupable et fut libérée de tout chef d'accusation.

À la sortie du tribunal, Sylvane Laforest et Ada Abzelle se jetèrent un coup d'œil douloureux. Jamais elles ne se revirent, même si dans les années qui suivirent elles entendirent souvent parler — par les journaux — l'une de l'autre. À tort ou à raison, Sylvane Laforest avait conclu de cette expérience que toutes les femmes n'étaient pas traitées de la même manière — et qu'il fallait combattre pour l'égalité de tous et de toutes, et non uniquement pour l'égalité des femmes.

Elle ne retourna pas au M.F.V.D. Ada Abzelle crut que c'était parce qu'elle l'avait entendue se faire violer et qu'elle lui rappellerait un moment pénible de sa vie.

* * *

Dans ses volumineux souvenirs, *Femmémoires*, Ada Abzelle ne mentionna rien de sa seule nuit de lutte aux côtés de Sylvane Laforest. Elle ne mentionna rien non plus du sort de l'agent Pomerleau, peut-être parce qu'elle ne voulait pas faire de tort à ce pauvre homme castré, vraisemblablement encore au service de la police lors de la parution de *Femmémoires*.

Mais il est plutôt probable qu'Ada Abzelle voulait garder pour elle seule le plus délicieux de tous ses souvenirs.

* * *

Le lendemain de la manifestation, le propriétaire de la taverne, en regardant le plancher de son établissement, jonché de bouteilles, de sang et d'un petit paquet de chair qu'il ne parvint pas à identifier, soupira à l'intention de son garçon de table :

— Tu vois ce qui se passe quand on laisse les femmes entrer dans les tavernes ?

ARCHANGÈLE GÉLINAS

Septembre était arrivé, avec la première vague de froid.

Hervé Desbois n'avait pas pour autant abandonné sa patiente vigile devant la maison des Hyon. Mais il lui arrivait de plus en plus souvent, le soir, de s'attarder chez Marie-Clarina après y avoir mangé.

Il restait là, dans son coin, à retarder le moment de ressortir dans la nuit fraîche, comme si en s'entraînant progressivement à lutter contre le froid il finirait par s'y faire, à temps pour les grandes gelées de l'hiver.

Il parlait rarement à qui que ce fût, et semblait écouter les conversations parfois fort animées qui surgissaient autour de Marie-Clarina dès qu'elle quittait sa cuisine pour venir servir un client. Mais il n'écoutait personne. À peine était-il conscient qu'il y avait des gens autour de lui. Ces personnes étaient étrangères à ses rêveries remplies du visage de Mélodie Hyon et parfois aussi d'images inattendues qui le faisaient sursauter.

Alors qu'il passait une soirée de la mi-septembre dans son coin habituel, une jeune femme l'avait remarqué.

Elle s'appelait Archangèle et travaillait dans les tanneries. Elle était célibataire, ce qui était rare alors pour une femme de trente-cinq ans, à une époque où presque toutes les jeunes filles préféraient se marier plutôt que de continuer à suffoquer six jours par semaine dans les tanneries. Et pourtant beaucoup d'entre elles se remettaient bientôt à étouffer d'une vie tout aussi pauvre et sale. Plusieurs même seraient retournées dans les tanneries, n'eussent été de ces enfants trop vite faits, trop vite nés, trop lentement élevés.

Mais Archangèle ne s'était pas mariée. Elle était restée libre.

De temps à autre, de préférence le samedi soir veille de congé, elle allait se chercher un homme chez Marie-Clarina ou chez la veuve Brûlé ou dans un autre lieu de rencontre du quartier des tanneries.

Elle était assez jolie pour essayer de se chercher un homme à la Mi-côte, par exemple, cet estaminet où plusieurs hommes des quartiers d'en haut descendaient trouver les jolies filles des quartiers d'en bas. Mais Archangèle n'y était allée qu'une fois et elle avait été honteuse de se donner à ces hommes élégants mais distants, alors qu'elle se sentait chez elle dans les bras d'un tanneur dégageant la même odeur qu'elle.

Donc, de temps à autre, lorsque lui prenait une irrésistible envie de tendresse, elle allait passer la soirée chez Marie-Clarina ou chez la veuve Brûlé, ou ailleurs dans le quartier des tanneries.

Des hommes jeunes et d'autres moins jeunes lui faisaient des avances. Et elle prenait plaisir à les repousser tant qu'elle croyait qu'elle en aurait d'autres. Mais, dès que minuit approchait et que les hommes se faisaient rares, retournant les uns à leur femme, les autres chez leur mère, elle se hâtait d'accepter la première offre venue parce que cela risquait d'être la dernière. Et elle avait rarement été déçue d'agir ainsi.

Mais, ce soir-là de la mi-septembre, même après minuit, elle avait continué à refuser les rares propositions qu'on lui faisait. Elle n'avait d'yeux que pour un jeune soldat manchot, mélancolique, qui restait dans son coin à regarder parfois dans sa direction à elle, sans, elle le sentait, la voir vraiment.

Ce qui l'attirait, ce n'était pas le prestige d'un uniforme qui ne signifiait rien pour elle, ni la pitié qu'inspire l'infirmité, surtout celle d'un être jeune, ni même la beauté du garçon simple et sain qu'elle avait sous les yeux.

Ce qui attirait le plus Archangèle, c'était l'impression que ce jeune homme savait aimer plus que tout autre, qu'il y avait dans ce cœur enfoui sous une poitrine sans doute velue des ressources inépuisables de tendresse et de désir.

Elle l'observa toute la soirée, sans se gêner. C'était facile, car même lorsque leurs regards se croisaient, celui du jeune homme faisait mine de ne pas la voir. Comme elle s'y attendait, il ne lui adressa pas non plus la parole. Lorsque, vers trois heures du matin, Marie-Clarina fit signe qu'elle fermait, le jeune soldat se leva, enfonça son képi sur sa tête et sortit.

Archangèle, deux pas derrière lui, le suivit pendant quelques minutes, hésitant à l'aborder. Mais, n'y tenant plus, elle hâta le pas et le rattrapa.

— Tu devrais venir chez moi.

Le manchot s'arrêta, se tourna vers elle, la considéra comme s'il ne l'avait jamais vue de sa vie.

— C'est vrai qu'il fait froid, dit-il.

Archangèle le prit par le bras et l'emmena chez elle.

Elle habitait une petite pièce sans fenêtre, au fond d'une cour crasseuse. Cette pièce était simplement meublée, d'un lit trois-quarts, bourré de coton et recouvert d'une jolie courtepointe faite à la main par la mère d'Archangèle, d'une table avec deux chaises, d'une glacière qui perdait de l'eau et d'un petit poêle dans lequel elle jeta une pelletée de charbon.

Elle aida le jeune soldat à se déshabiller. Et il se laissa faire. À la lueur d'une bougie, elle le caressa un instant à peine et il eut aussitôt une érection très invitante. Elle se déshabilla à son tour et se glissa au lit avec lui. Elle essaya de se glisser sous lui. Mais le soldat, malgré son érection tenace, ne semblait guère intéressé à faire le moindre effort. Archangèle s'installa donc sur les cuisses de son partenaire, glissa son vagin sur son pénis, et se mit à se soulever puis à redescendre, doucement d'abord, puis voluptueusement, à grands coups bien rythmés.

Mais son soldat restait inerte sous elle, sans l'enserrer dans ses bras, apparemment indifférent à ce qu'elle faisait. Cela peina Archangèle, mais ne l'empêcha pas de continuer, car son corps en ressentait un grand plaisir.

C'est alors que se produisit un événement extraordinaire — sûrement le plus extraordinaire de toute la vie d'Archangèle.

Elle se retrouva soudain sous son corps à elle, en train de faire l'amour avec elle-même. Elle se regarda avec stupéfaction. Et l'autre elle-même, au-dessus d'elle, sembla hésiter un instant, mais reprit presque aussitôt le même mouvement, au même rythme, qu'Archangèle quelques instants plus tôt.

Pendant une minute, peut-être, Archangèle éprouva des sensations délicieusement nouvelles. Pour la première fois, le plaisir était autour de son sexe et non en lui.

Elle voulut tendre les bras vers cette vision d'elle-même dont elle ne comprenait pas le sens, mais avec laquelle elle cherchait une étreinte plus intime encore.

Et elle s'aperçut qu'elle n'avait qu'un bras, et donc qu'elle était devenue le soldat qui, lui, était devenu elle. Elle se dit aussitôt que peut-être parfois un grand amour ou un grand désir donne-t-il une telle impression de mélange de soi-même et de l'autre.

Mais elle s'était mise à réfléchir. Et son érection disparut presque au même instant.

L'Archangèle d'en haut eut beau tenter de retenir entre les lèvres de son vagin cette verge qui fuyait, l'Archangèle d'en bas eut beau chercher à regonfler ce sexe qui disparaissait, rien n'y fit. Sans doute l'une et l'autre étaient-elles inexpérimentées dans leurs nouveaux rôles.

Elles s'endormirent un peu plus tard car il était très tard.

Au matin, Archangèle ouvrit les yeux dans la pièce obscure, tâta de la main à son côté : il n'y avait plus personne avec elle.

Elle se tâta elle-même aussi : elle avait à nouveau deux bras et deux seins.

Une semaine plus tard, le samedi soir encore, elle revit « son » soldat. Elle lui demanda s'il voulait venir chez elle. Il refusa. Elle n'insista pas, gênée, car elle avait eu l'impression de pénétrer un secret douloureux.

Jamais elle ne parla de cela à personne, sauf une fois, vingt-trois ans plus tard. Elle était allée voir un médecin parce qu'elle craignait avoir un cancer du sein. Elle avait expliqué qu'il lui arrivait, en se touchant à un point précis du mamelon, de ne rien sentir, comme s'il n'y avait à cet endroit absolument aucune matière.

Le médecin lui avait demandé si elle avait déjà eu ce problème.

Et Archangèle lui avait raconté son histoire avec le soldat manchot — en insistant sur l'impression étrange qu'elle avait eue de ne plus sentir ni son bras droit, ni ses seins.

Le médecin crut être en présence d'une vieille folle. Il lui prescrivit du Nolel, un calmant à la mode, et ne poussa pas plus loin son examen.

Archangèle mourut sept mois plus tard.

AGÉNOR HYON

Agénor somnolait dans le fond de la classe.

Depuis un mois, il fréquentait une école ordinaire, ses parents ayant enfin renoncé à le confier à une gouvernante, tant il était difficile d'en trouver une de moralité certaine.

La dernière, la plus jeune aussi, s'appelait Céleste et insistait pour qu'il l'appelât Célie. Elle était belle, et Agénor l'avait bien aimée. C'était la première fois qu'il avait aimé qu'une gouvernante le prenne dans ses bras et le berce et le caresse.

Il avait aimé, lorsque arrivait l'heure de la sieste, les fois qu'elle restait avec lui et qu'elle se glissait sous les draps, tremblante et troublée. Elle prenait la tête d'Agénor et la pressait sur son sein, et il entendait son cœur qui battait, vite et fort. Elle lui chuchotait à l'oreille des choses qu'il ne comprenait pas parce que ses lèvres chuintaient trop et aussi, peut-être, parce qu'elle ne voulait pas qu'il comprenne ce qu'elle lui chuchotait ainsi.

Il avait aimé, lorsqu'il prenait son bain, les fois où elle se déshabillait aussi, montrant son corps jeune et rond, se glissant avec lui dans la grande baignoire, le savonnant, rendant sa peau à lui lisse et douce, et le creux de ses mains, à elle, chaud, glissant, velouté.

Puis, un jour, Mélodie avait annoncé à Agénor que Céleste était partie. Agénor avait fait semblant de la croire. Mais il avait vu, plus tôt ce matin-là, le corps de la jeune femme pendu à une corde au milieu des voitures, dans le garage. Il accepta qu'on l'envoie à l'école en septembre. Simone, la chauffeuse, irait l'y conduire tous les matins et le chercher tous les soirs.

Agénor n'aima pas l'école mais ne la détesta pas non plus. Les journées y étaient plus ennuyeuses qu'à la maison, mais, étrangement, elles passaient plus vite, leur monotonie étant souvent brisée par la sonnerie des récréations.

C'était une école pour garçons seulement, mais c'étaient des religieuses qui leur enseignaient. Pour la plupart, des personnes qui ne paraissaient être ni des hommes ni des femmes, avec leurs cheveux cachés sous leur coiffe et leur plastron blanc empesé qui leur écrasait les seins.

— Tu dors, Agénor?

Il ne leva pas la tête. Sœur Mélanie lui passait la main dans les cheveux, le caressant doucement.

Il n'aimait pas sœur Mélanie. Mais il ne la détestait pas non plus.

— Tu dors, Agénor? répéta-t-elle séduite par la rime courte et facile.

Il secoua à peine la tête, juste assez pour qu'elle comprenne qu'il ne dormait pas.

— Il faut recopier ce qui est écrit au tableau, dit-elle.

Agénor ne se donna même pas la peine de tremper son porte-plume dans l'encrier. Sœur Mélanie resta à côté de lui quelques instants encore, puis lui caressa les cheveux une dernière fois, et repartit de son pas tranquille et silencieux vers l'avant de la classe.

* * *

À la récréation, Agénor s'en alla à l'écart comme à son habitude, s'appuyer contre un arbre pour ne penser à rien. Mais bientôt quelques garçons de sa classe l'entourèrent en criant : « Tu dors, Agénor, tu dors, Agénor. »

Agénor n'eut pas à faire semblant de ne pas les entendre. Il ne les entendit pas.

* * *

Lorsque Agénor eut douze ans, son père décida de le confier au pensionnat des pères Boulistes.

« Tu pourras faire du sport, et puis tu te feras des amis dans les meilleures familles de Ville-Dieu », avait déclaré Hilare Hyon devant sa femme et son fils, pour justifier sa décision.

Agénor ne fit pas de sport, ne se fit pas d'amis. Il eut bien quelques expériences homosexuelles avec des garçons plus vieux que lui, mais ceux-ci ne les répétèrent pas, car ils n'aimaient pas ce joli garçon qui semblait ne prendre plaisir à rien. Et Agénor, qui n'en avait pas retiré beaucoup de plaisir, n'eut pas non plus envie de les poursuivre.

Dernier de classe sans être cancre, mais plutôt paresseux et distrait, Agénor aurait fait le désespoir de parents le moindrement intéressés à l'éducation de leur fils.

Mais Mélodie Hyon se jugeait trop incompétente à ce sujet pour même tenter de comprendre les bulletins de son fils, pourtant évidemment désastreux.

Hilare Hyon, quant à lui, se croyant seul responsable de ses propres succès, méprisait tellement l'éducation académique des pères Boulistes, que ces mauvais bulletins le rassuraient presque sur les capacités de son fils à réussir un jour dans la vraie vie.

* * *

Agénor avait quinze ans lorsque quelques-unes des filles qui fréquentaient le couvent des Orphelines commencèrent à le remarquer.

Le couvent des Orphelines était situé juste à côté du collège des Boulistes, le long de la berge du grand fleuve. Pour des raisons difficilement explicables, les collèges et les couvents étaient souvent construits ainsi côte à côte. Mais dès qu'ils étaient construits, leurs responsables semblaient se rendre soudain compte de leur erreur, et se hâtaient de faire ériger une haute clôture, la plupart du temps en maçonnerie, pour séparer les jeunes gens de sexe opposé. Entre le couvent des Orphelines et le collège des Boulistes, on avait préféré construire deux clôtures parallèles en fer forgé. Entre les deux clôtures, il y avait un vaste espace désert, que le jardinier des pères Boulistes et celui des Orphelines dégageaient à la faux dès que les mauvaises herbes devenaient assez hautes pour qu'un collégien ou une couventine pût y ramper sans être vu.

Il était évidemment interdit aux élèves des deux institutions de se tenir près de la clôture. Mais il n'était aucunement question d'interdire les promenades dans la cour. Dès que les élèves atteignaient l'âge de quatorze ou quinze ans, ils abandonnaient tout autre sport pour se consacrer exclusivement à la marche, déambulant d'un pas vif dans l'allée entourant la vaste cour de leurs institutions respectives, puis ralentissant insensiblement le pas vis-à-vis des deux clôtures parallèles, pour jeter de longues œillades en coin vers les silhouettes lointaines qui faisaient le même jeu de l'autre côté.

Mais les jeunes gens se voyaient de si loin qu'il fallait plusieurs semaines au début de chaque année scolaire pour apprendre à reconnaître avec certitude une personne intéressante, puis à s'assurer que son aspect physique correspondait bien aux normes personnelles de l'observateur ou de l'observatrice.

Ce problème était plus délicat pour les garçons, car les jeunes filles des Orphelines portaient le même uniforme sept jours par semaine. Les élèves des Boulistes tentaient donc de deviner si telle fille était jolie, par la longueur de sa chevelure, par l'élégance de sa silhouette, par le naturel de sa démarche. Les garçons de cet âge ont pour ces choses une patience infinie et, dès la mi-octobre, tous les grands du collège savaient reconnaître du coin de l'œil toutes les grandes du couvent. Quelques-uns avaient eu la chance de dérober quelques instants les jumelles que gardait sous clé le père Ladure, professeur de biologie et ornithologue passionné. Et ils faisaient part à leurs condisciples de leurs observations. Mais, soit que quelques-uns mentissent délibérément pour s'approprier le droit exclusif d'admirer en silence la plus belle en faisant croire qu'elle était la plus laide, soit que d'autres, vantards, n'eussent aucunement observé les jeunes filles avec des jumelles, soit encore que les goûts fussent éminemment personnels, les descriptions faites des visages des jeunes filles ne concordaient jamais et donnaient lieu à d'interminables discussions sur le prétendu strabisme de l'une ou l'imaginaire grain de beauté de l'autre. Et le choix que chaque garçon faisait de celle qu'il appelait sa blonde, même s'il ne lui parlait jamais et ne voyait jamais son visage de près, était bien souvent totalement arbitraire, tel garçon épris de beauté plastique choisissant la plus laide sans le savoir, tel autre, moins exigeant à ce chapitre, élisant par hasard la plus belle.

Les filles, elles, pouvaient plus facilement identifier les garçons, car ceux-ci ne portaient l'uniforme bleu marine du collège que le dimanche. La semaine, ils s'habillaient d'un pantalon et d'une veste de la couleur de leur choix, d'une chemise blanche et d'une cravate (la plupart du temps rouge, car c'était la couleur de la cravate de l'uniforme). Et, comme la plupart des élèves des Boulistes étaient pauvres et fils de cultivateurs prospères mais indifférents aux exigences esthétiques des vêtements, ils ne possédaient en plus de l'uniforme qu'une veste et qu'un pantalon (celui-ci repassé automatiquement chaque nuit entre le matelas et le sommier de son propriétaire). Les élèves des Orphelines savaient donc, une semaine après la rentrée, reconnaître le grand bleu du petit rouge, le vert et jaune du noir et blanc (la couleur de la veste étant toujours, selon une convention non écrite, mentionnée la première).

Et on admettra que pouvoir reconnaître aisément

l'objet de ses soupirs est un avantage énorme, même si on n'a aucune image précise du visage de cet objet.

Seuls quelques élèves des Boulistes, fils de parents plus fortunés, changeaient de vêtements tous les jours ou presque. Et ce n'est qu'après plusieurs semaines à scruter les carrures d'épaules, les moindres gestes, les démarches, la teinte des cheveux qui varie avec l'heure du jour, que les élèves des Orphelines finissaient par identifier ces garçons toujours changeants. Cela rendait ceux-ci plus mystérieux et plus désirables. Et cela donnait aux jeunes filles qui les avaient choisis le délicieux plaisir de les rechercher chaque matin parmi les collégiens qui, de l'autre côté des clôtures, déambulaient pendant la première récréation.

Agénor Hyon était de ces garçons qui changeaient constamment de vêtements. Mais, pendant ses premières années au collège, il avait été si petit que les grandes du couvent des Orphelines ne le regardaient pas, car le seul indice qu'elles avaient de si loin quant à l'âge d'un garçon, c'était sa taille. Et le garçon qui avait le malheur à dix-huit ans de ne pas être plus grand qu'un garçon de quatorze ne se faisait aucunement regarder, ce qui l'aurait bien blessé s'il avait pu savoir qu'on ne le regardait pas. Mais les garçons de cet âge — peut-être les petits plus encore que les autres — sont aisément vaniteux et chaque collégien des pères Boulistes croyait qu'on ne regardait que lui.

Agénor Hyon atteignit enfin, à l'âge de quinze ans, la taille suffisante pour être remarqué des filles de quatorze ans ou plus. L'une d'elles, qui avait un frère chez les Boulistes, finit par apprendre de celui-ci que le «beau blond, tu sais le seul à porter un costume blanc, des fois, oui, celui qui est toujours à l'écart des autres», s'appelait Agénor Hyon, que son père était Hilare Hyon, le millionnaire, mais que ses condisciples ne l'aimaient pas, parce qu'ils le disaient sournois et hypocrite étant donné qu'il ne jouait ni ne parlait jamais avec eux.

Les couventines furent ravies de savoir qu'il était le fils de l'homme le plus riche de Ville-Dieu, bien qu'elles n'eussent à cet âge aucun rêve d'épouser un homme riche. Mais être le fils de l'homme le plus riche de Ville-Dieu le rendait encore plus exceptionnel. D'ailleurs, le fait qu'il ne marchait jamais avec ses condisciples, gardant presque toujours un demi-tour de retard ou d'avance sur les autres, rendait Agénor Hyon encore plus romanesque aux yeux de ces jeunes filles qui se plaisaient à l'imaginer malheureux et qui rêvaient, chacune dans son lit, de le consoler un jour.

Agénor ne tournait jamais la tête vers elles. Cela se voyait de loin parce qu'on ne distinguait jamais le blanc de son visage, uniquement le blond de sa chevelure. Et il ne répondait jamais aux gestes d'amitié qu'on lui faisait. Il semblait même, lorsqu'une fille, ou plusieurs, marchait du même pas que lui pour rester à sa hauteur de l'autre côté des clôtures, qu'Agénor faisait exprès pour hâter le pas ou pour traîner la patte. Et, à la fête des Rois, lorsque les filles et les garçons furent revenus des vacances de Noël, après dans certains cas s'être rencontrés dans des soirées de famille ou dans la grande rue de leur village, la plupart des filles s'intéressèrent à d'autres garçons vus de près et oublièrent le taciturne Agénor qu'aucune d'elles n'avait approché.

Seule Marthe April continua à songer à lui et à l'observer de loin, lui qui marchait seul, ombre sombre sur la neige qui recouvrait la cour de récréation du collège. Et Marthe April, qui savait toujours ce qu'elle voulait et qui l'obtenait presque toujours, décida qu'Agénor serait à elle au printemps.

* * *

Marthe April faisait partie des six doigts de la main. Pendant toute une année scolaire, elles n'avaient été que cinq : Marthe la forte, Louise la romantique, Julie la grosse, Émilie la gourmande et Louise l'ordinaire.

Mais l'année suivante, quelques jours après la rentrée, une nouvelle qui venait de déménager de Balbuk avait demandé à Marthe si elle pouvait se joindre à son groupe.

Marthe avait refusé, expliquant que le groupe s'appelait les cinq doigts de la main, et que les cinq doigts de la main ne pouvaient être six.

C'est alors que la nouvelle, qui portait toujours des gants, avait enlevé son gant gauche et montré sa main à Marthe. Il y avait, juste sous le petit doigt, un doigt supplémentaire, plus étroit et plus gracile, un doigt qu'on aurait dit en danger de tomber si on osait le moindrement tirer pour l'écarter du petit doigt normal.

Marthe accepta donc la nouvelle, Sidonie, parmi les cinq doigts de la main. Elle changea le nom du groupe, mais ne dit pas un mot aux autres de la particularité des mains de Sidonie. Elle lui donna simplement le surnom de Sidonie la rousse.

Marthe la forte était tombée amoureuse d'Agénor Hyon au moment où ses camarades commençaient à s'en désintéresser. Au contraire des autres qui voyaient en lui un garçon blond, timide et austère peut-être, elle avait préféré imaginer un garçon sensuel et lubrique, qui ne rêvait que de la posséder et de lui faire toutes les choses qu'elle et les cinq autres doigts de la main se racontaient pouvoir se faire entre un homme et une femme. Elle ne souffla mot à ses camarades de sa préférence pour Agénor Hyon, laissant même entendre qu'elle préférait plutôt un grand brun, fils de fermier, qui était revenu à Noël avec un grand manteau vert aux manches trop courtes.

C'est même pour ce garçon, le « grand vert », qu'elle déclara à ses amies qu'elle voulait percer un tunnel sous les deux clôtures. D'abord effrayées par un projet si osé, les cinq autres « doigts » ne tardèrent pas à vouloir la seconder dans son projet et à y participer, chacune pour retrouver l'élu de son cœur.

C'était un projet fort ambitieux et suprêmement compliqué. Il fallait une Marthe la forte pour le concevoir et une Marthe la forte pour le réaliser.

De février à avril, les six filles creusèrent, d'abord dans la terre gelée, puis dans l'argile, jetant la terre dans le fleuve et se lavant dans l'eau glacée, sortant la nuit deux à la fois, jamais plus.

Sans doute la peur qu'elles avaient de se faire prendre était-elle une part importante du plaisir qu'elles prirent à creuser ainsi un tunnel étroit, à la fois suffocant et glacé.

Deux fois, le tunnel s'était effondré. Une fois sur Julie la grosse et une fois sur Louise l'ordinaire. Mais chaque fois l'autre avait réussi à sortir sa camarade avant qu'elle ne fût asphyxiée.

Deux fois aussi Marthe la forte avait cru, par ses calculs, qu'on devait être rendu sous la cour des Boulistes. Mais en sortant la tête par un trou, elle s'était rendue compte que le tunnel était encore trop court.

À la fin d'avril, toutefois, elle fut sûre qu'elle était

rendue à destination. Mais elle n'en glissa pas un mot à ses camarades, leur laissant entendre qu'il faudrait encore une semaine au moins.

La nuit suivante, Marthe la forte, qui établissait elle-même le calendrier de travail, sortit seule, se glissa dans le trou, rampa jusqu'au bout et se mit à creuser verticalement. C'était elle qui avait conçu l'idée de percer ce tunnel. C'était elle qui avait encouragé ses camarades à le percer avec elle, leur remontant le moral lorsqu'elles étaient fatiguées. C'était son tunnel à elle plus qu'à toute autre. N'était-il pas normal qu'elle l'étrenne avant les autres?

Bientôt, elle perça la pelouse de la cour des Boulistes. De trois heures du matin à six heures et demie, elle attendit dans la boue du tunnel, transie mais haletante. Enfin, alors que le soleil de l'aube perçait à peine le brouillard qui recouvrait la cour de récréation, elle vit approcher les premiers garçons qui faisaient leur promenade après la messe, en attendant le déjeuner. Un premier groupe, très nombreux, passa, puis un second. Et Marthe vit enfin approcher une silhouette solitaire.

— Agénor! souffla-t-elle.

Le garçon se dirigea aussitôt vers elle. «Il est beau», pensa Marthe la forte. Elle se dit aussi qu'il était étrange que le garçon s'approche d'elle sans s'étonner qu'une voix l'appelle ainsi d'un trou dans le sol.

— Viens avec moi, dit Marthe la forte à Agénor qui se penchait sur elle.

Elle recula dans le tunnel pour lui faire de la place. Agénor se glissa auprès d'elle, tête première.

— Déshabille-toi, dit Marthe la forte.

Agénor commença à se déshabiller sans dire un mot. Marthe la forte avait pris soin d'aménager ce qu'elle avait appelé une «chambre», plus large et un peu plus haute que le reste du tunnel. Mais cette chambre était tout de même fort étroite, et Agénor mit beaucoup de temps à enlever son manteau puis le reste de ses vêtements. Marthe la forte, plus habituée peut-être à l'exiguïté des lieux, se dévêtit rapidement, avec aisance.

— Je sais comment faire, dit-elle en se glissant contre le corps chaud d'Agénor.

Elle mentait, n'ayant jamais même vu un pénis, car elle n'avait pas de frère. Mais, pendant les vacances de Noël, elle avait écumé la bibliothèque de son père, à la recherche de tout renseignement sur l'anatomie masculine. À partir d'informations glanées dans des romans et des livres scientifiques, elle avait reconstitué avec une étonnante exactitude le déroulement des relations sexuelles.

Elle n'avait pas prévu que la douleur serait aussi intense. Ni le plaisir. Ni non plus qu'ils seraient aussi courts.

Marthe la forte aurait gardé un long souvenir de cette défloraison si le tunnel ne s'était effondré à cet instant.

Agénor, qui était encore sur elle, eut le temps de s'écarter lorsque le déluge de boue s'abattit sur eux. Mais Marthe la forte eut la bouche aussitôt remplie de boue, les membres immobilisés par des masses de terre. Et elle suffoqua en se demandant si cela ne faisait pas partie des douleurs et des plaisirs de l'amour.

Lorsque la boue eut cessé d'envahir le tunnel, Agénor chercha à tâtons la jeune fille. Mais il eut beau enfoncer les mains dans la terre, l'eau et la boue, il ne la toucha pas, et finit par se dire qu'il avait peut-être fait un cauchemar. Rien alors n'expliquait pourquoi il était là, nu, dans un trou. Mais Agénor avait depuis long-temps renoncé à comprendre les choses, les gens et les événements.

Il se rhabilla et sortit du tunnel. Quelques-uns de ses condisciples le virent traverser la cour d'un pas vif. Ils s'étonnèrent de le voir si sale, mais se dirent qu'il avait dû tomber dans une des nombreuses flaques de boue dans la cour. Et plusieurs d'entre eux, qui n'aimaient pas Agénor, crurent qu'il avait été poussé dans la boue par un de leurs camarades, et cela les fit sourire.

Agénor monta au dortoir sans rencontrer personne. Il prit une douche froide, car le collège n'avait pas l'eau chaude. Il rinça ses vêtements, en mit des propres, et arriva à la messe à temps pour le Kyrie.

* * *

La disparition de Marthe inquiéta les sœurs des Orphe-lines. On fit battre la campagne environnante. On fit même gratter le fond du grand fleuve avec des grap-pins, en aval du couvent.

Interrogées, les cinq doigts de la main, qui avaient juré de ne jamais révéler l'existence du tunnel, tinrent leur promesse.

— Mardi soir, inventa Sidonie, j'ai vu un monsieur à barbe blanche qui la regardait à travers la grille en face du couvent.

Quatre vieillards à barbe blanche furent arrêtés dans les jours qui suivirent. Les trois premiers furent relâchés après de longs interrogatoires. Le quatrième avoua avoir violé une fillette plusieurs années auparavant. Il fut condamné à cinquante coups de fouet et dix ans de prison. Mais on ne put réunir contre lui que des preuves circonstancielles insuffisantes quant à l'assassinat de Marthe. Et le vieillard ressortit de prison sept ans plus tard, si dément et si aigri qu'il tua une jeune femme dès le lendemain. La famille de Marthe fut alors tout à fait convaincue que leur fille avait été tuée par ce vieux maniaque.

Les cinq doigts de la main ne parlèrent jamais entre elles de la disparition de Marthe la forte ni du tunnel. D'ailleurs, elles avaient cessé de se fréquenter pour éviter de se rappeler mutuellement leur sentiment de culpabilité.

Quant au tunnel, le jardinier des Orphelines découvrit ce qu'il crut être un trou de bête sauvage et le boucha avec des branches mortes et d'autres débris qui encombraient la cour des Orphelines en ce matin de printemps. Le jardinier des Boulistes découvrit l'autre bout du tunnel et crut qu'il s'agissait d'une tentative d'évasion de la part de garçons du collège. Il descendit dans le trou, vit qu'il ne menait pas bien loin. Il le remplit aux trois quarts de terre et de gravier, ajouta un petit bouchon de béton et combla le reste de terre noire qu'il recouvrit de pelouse.

Cette pelouse forma une tache plus verte que le reste de la cour. Et Agénor la remarqua plusieurs fois. Mais il quitta le collège bientôt, sans donner d'explication à personne.

Mélodie, sa mère, s'inquiéta un peu. Mais Hilare Hyon, qui avait lui-même quitté sa famille à quinze ans pour aller faire fortune de par le vaste monde, l'assura que c'était la meilleure chose qui eût pu lui arriver, l'instruction n'étant aucunement un gage de réussite.

Il se contenta d'engager un détective pour retrouver la trace de son fils.

Mal à l'aise, le détective revint le voir un mois plus tard et lui expliqua, par des circonlocutions embarrassées, qu'Agénor avait élu domicile chez un homosexuel notoire de Ville-Dieu — le chef de l'orchestre symphonique.

Hilare Hyon paya le détective pour qu'il continue d'exercer une surveillance discrète sur son fils.

Il ne s'inquiéta pas outre mesure, car il se disait que les voies du succès étaient souvent imprévisibles et que cela était fort bien ainsi.

YANG LELONG

Yang Lelong était patient. Suprêmement patient, même, comme le sont souvent les Orientaux conscients que les choses ne changent jamais, que ce soit lentement ou avec le temps, alors pourquoi se presser?

Yang Lelong habitait le village de Pouah-Soc, un village comme il y en avait des centaines de milliers en Orient. Village surpeuplé, misérable, où il fallait avoir beaucoup de chance ou un père riche pour atteindre l'âge vénérable de trente ans. Et Yang Lelong avait presque eu cette chance, à défaut du père riche: en effet, il allait avoir trente ans dans trois mois lorsqu'il était tombé au fond d'un puits.

Comment tombe-t-on dans un puits, surtout un puits profond, si loin de son village et si loin de tout chemin un tant soit peu fréquenté?

Cela prend un mélange très précis de maladresse et de malchance. Yang Lelong l'obtint sans l'avoir cherché. Maladroit, il l'avait toujours été, bien qu'il ait eu jusque-là, aux bons moments, la chance nécessaire pour éviter que ses maladresses ne lui coûtent la vie.

Mais un matin, il avait eu envie d'être paresseux, de ne rien faire. Cela était fort compréhensible, car Yang Lelong était vannier, et il avait amassé depuis des mois des stocks considérables de paniers, de corbeilles, de chapeaux, de tous les objets qu'il fabriquait et qu'il arrivait rarement à vendre. Et, même s'il savait fort bien que son devoir était d'en fabriquer d'autres ou de rester sur sa paillasse à attendre d'hypothétiques clients, Yang Lelong avait pour la première fois de sa vie décidé que cela suffisait et qu'il pouvait bien se permettre une petite promenade dans la campagne environnante, qu'il n'avait jamais vue.

Il abandonna donc ses piles de paniers, de corbeilles et de chapeaux, traversa le village en direction des monts Labelo. Cette chaîne de montagnes lointaines était invisible depuis Pouah-Soc, parce qu'entre elle et le village il y avait plusieurs petites collines couvertes de forêts touffues. Mais Yang Lelong savait que les montagnes étaient là parce qu'on lui avait dit qu'elles étaient là et qu'on n'avait aucune raison de lui mentir à ce sujet. Et il décida ce matin-là de marcher longtemps — jusqu'au début de l'après-midi, peut-être — tant qu'il ne verrait pas les monts Labelo du haut d'une colline ou qu'il ne s'y rendrait pas, car il n'avait pas une idée bien précise de la distance à laquelle ils se trouvaient.

Il traversa donc plusieurs forêts et plusieurs villages. Dans le dernier où il demanda la direction des monts Labelo, on lui expliqua qu'il pouvait faire un grand détour par les villages de Niec, de Bac-Sougn et de Mom-Loc, ou plus simplement couper à travers la forêt de Kalour, jadis infestée de brigands mais depuis long-temps désertée par ceux-ci car les seuls voyageurs qui s'y risquaient étaient si pauvres et si démunis que les voleurs les prenaient en pitié et leur donnaient à manger.

Yang Lelong choisit donc la forêt de Kalour. Il était déjà midi quand il y pénétra. Mais il décida qu'il pourrait passer la nuit au pied des monts Labelo et rentrer chez lui le lendemain, car il avait accumulé suffisamment de vannerie, et les acheteurs étaient si rares qu'il aurait été bien étonnant qu'il s'en présentât un pendant son absence.

La forêt de Kalour était surtout composée de balakayas, un arbre qui peut survivre avec très peu d'eau, mais qui craint tellement d'en manquer qu'il emmagasine l'humidité autour de lui, ses feuilles ayant l'étrange faculté de retenir les molécules d'eau à la longueur d'une main environ. Et ces molécules d'eau, à leur tour, retiennent autour d'elles les autres molécules d'eau en suspension dans l'air, et ainsi de suite, l'eau retenue par l'eau qu'elle entoure retenant à son tour l'eau qui l'entoure.

Il en résultait que la forêt de Kalour était extrêmement humide. Et Yang Lelong fut, après quelques centaines de pas, saisi par cette soif sans pareille qui vous accable lorsque vous êtes sans eau dans un milieu fortement hydraté.

Pendant une bonne heure, il marcha encore, recueillant parfois dans sa main l'humidité qui perlait sur son front, pour s'en rafraîchir les lèvres. Mais cela ne suffisait pas à le désaltérer. Il commençait à songer à faire demi-tour, quitte à revenir voir les monts Labelo un autre jour, en emportant une gourde cette fois, lorsqu'il arriva dans une minuscule clairière.

Cette clairière avait un nom : clairière du puits à la margelle glissante. Ce nom lui venait du fait qu'en son centre on voyait un puits, et que ce puits était entouré d'une margelle si glissante qu'on avait choisi ce nom de façon à prévenir le voyageur. D'ailleurs, le nom de la clairière était calligraphié en relief sur un panneau de bois fixé au-dessus de la margelle. Bien sûr, les autorités avaient songé qu'un avertissement écrit était insuffisant pour prévenir les habitants du pays, presque tous illettrés. Mais elles avaient jugé que les signes pictographiques représentant les mots « clairière du puits à la margelle glissante » (un cercle à l'intérieur duquel était tracé un autre cercle sur le bord duquel la silhouette d'un homme perdait l'équilibre), que ces signes pictographiques, donc, devaient être suffisamment clairs pour prévenir tout danger. Et force nous est de reconnaître que jusque-là personne n'était tombé dans le puits de la clairière du puits à la margelle glissante. Mais il faut aussi reconnaître que ces signes d'origine pictographique avaient beaucoup évolué avec le temps, et que la silhouette de l'homme qui tombe pouvait aisément être confondue avec un de nos « Y », légèrement oblique. Évidemment, Yang Lelong ne connaissait pas la lettre « Y ». Mais il ne reconnut pas non plus dans ce « Y » légèrement oblique la silhouette d'un homme qui tombe.

Il avait fait quelques pas dans la clairière avant de porter attention à l'écriteau surmontant le puits. Il se dit alors qu'il était prudent, même s'il ne savait pas lire, de s'en approcher et d'essayer d'en déchiffrer les symboles car il savait que même un illettré comme lui pouvait tirer quelques renseignements utiles d'une observation attentive des écriteaux. Il s'approcha donc, monta sur la margelle du puits et se mit à examiner l'écriteau.

Il n'eut pas le temps d'en déchiffrer la moindre signification car la margelle du puits était recouverte d'une mousse très humide et Yang Lelong tomba dans le puits.

Dès qu'il perdit pied, il songea qu'il se noierait, parce qu'il ne savait pas plus nager que lire. Il chercha alors à se placer en travers du puits, de façon à freiner sa chute en s'arc-boutant des bras et des jambes. Ce fut une heureuse initiative, car le puits était à sec et il risquait beaucoup plus de s'y rompre les os que de s'y noyer.

Ni l'un ni l'autre de ces malheurs ne lui arriva. Il s'écorcha les coudes et les genoux, se fit une grosse bosse sur le front, s'ouvrit même un peu l'arcade sourcilière droite. Mais il ne se noya ni ne se rompit les os d'aucune manière, ni ne s'évanouit en percutant le fond boueux du puits.

Il ne gémit pas, car il savait depuis sa tendre enfance que rien ne servait de gémir. Il se contenta de se relever, de se tâter pour s'assurer qu'il n'avait aucun malaise sérieux. Puis il leva les yeux vers l'ouverture du puits.

La première chose qui le frappa, ce fut que le ciel était soudain devenu si sombre qu'il était constellé d'étoiles. Et Yang Lelong fut étonné de ne s'être pas rendu compte qu'il faisait nuit lorsqu'il était tombé au fond du puits. Mais il reconnut aussitôt que la forêt de Kalour était très dense et très sombre, et qu'il était tout à fait normal qu'il ne se fût pas aperçu que la nuit était tombée.

Yang Lelong essaya alors de remonter en s'appuyant sur les parois opposées du puits. Mais ce puits était large et ne permettait pas de s'arc-bouter suffisamment pour progresser plus haut que la hauteur d'un homme. Après être retombé deux fois, Yang Lelong abandonna momentanément ses tentatives d'escalade.

Il se mit alors à crier, d'abord de toutes ses forces, puis plus fort encore, puis de la voix la plus aiguë qu'il put s'inventer, le mot de «Kakala» qui signifie à la fois «à l'aide, je me noie» et «fichez-moi la paix, je suis cocu», ce qui en faisait l'expression idéale de toute forme de désespoir.

Comme il s'y attendait, personne ne l'entendit.

Et même si quelqu'un l'avait entendu, il n'est pas sûr que ce quelqu'un aurait accepté de venir en aide à un de ses contemporains suffisamment stupide pour tomber dans un puits portant l'écriteau «clairière du puits à la margelle glissante», car beaucoup de gens croyaient en Orient qu'il valait mieux laisser les imbéciles se débrouiller seuls s'ils étaient assez stupides pour se placer dans une situation fâcheuse.

Yang Lelong était fatigué par sa longue promenade, n'ayant jamais marché si longtemps de toute sa vie. Il s'allongea donc dans la boue au fond du puits et s'endormit en se disant que la nuit porte conseil, que qui dort dîne, et plusieurs autres proverbes stupides qui existent dans sa langue comme il y en a dans toutes les langues, la sagesse populaire racontant souvent n'importe quoi pourvu que cela donne quelque chose à dire en pratiquement toute circonstance.

Yang Lelong dormit donc profondément, depuis le milieu de l'après-midi jusqu'à l'aube. Mais quelle ne fut pas sa surprise, lorsqu'il s'éveilla frais et dispos après une bonne nuit de sommeil, de constater qu'il faisait encore parfaitement noir au fond de son puits et que les étoiles brillaient toujours avec la même intensité au firmament.

Le lecteur aura compris que Yang Lelong, n'ayant jamais lu de livre ni rencontré personne ayant vécu la même expérience, ignorait que du fond d'un puits on peut voir les étoiles aussi clairement le jour qu'en pleine nuit. Yang Lelong crut que la nuit se prolongeait, ou plutôt que sa perception du temps s'était ralentie du fait qu'il était là au fond d'un puits à ne rien faire. Il lui était d'ailleurs parfois arrivé, en tressant inlassablement ses paniers, de perdre toute notion du temps qui passait, et de s'apercevoir qu'il était midi alors qu'il croyait qu'il n'était que neuf heures, ou qu'il était déjà six heures du soir alors que l'après-midi était à peine entamé.

Donc, au premier matin passé dans son puits, Yang Lelong, parfaitement reposé, voulut continuer longuement à se reposer de façon à accumuler suffisamment de forces pour entreprendre une nouvelle tentative à l'aube.

Le jour ne se levant pas, Yang Lelong se remit à pousser, à toutes les cinq minutes environ, le cri de «Kakala», avec d'autant plus de trémolos angoissés dans la voix qu'il se sentait l'estomac tout à fait creux.

La nuit qui suivit fut particulièrement froide. Et Yang Lelong, qui croyait attendre toujours la même aube, ressentit des frissons qu'il mit au compte de la faim. Cette nuit fut suivie d'un jour très chaud, que Yang Lelong mit alors au compte de la fièvre.

Le troisième jour, que Yang Lelong crut être la suite de la première nuit, il ne poussa que deux fois le cri de «Kakala», à intervalles de douze heures environ, qu'il prit pour des silences de cinq minutes seulement. La faim l'avait quitté, et il se dit que l'aube devait vraiment approcher pour qu'il cessât ainsi d'avoir faim. Mais l'aube n'arrivait toujours pas, et Yang Lelong fit une autre tentative en se tenant tant bien que mal aux lézardes, aux fentes et aux bosses. Il retomba bientôt au fond du puits.

Il songea alors qu'il y avait peut-être un autre moyen de sortir de là. En creusant un tunnel, peut-être? Les parois du puits étaient dures et rocailleuses, et il se brisa les ongles sans même les entamer. Seul le fond du puits était mou. Un peu boueux, certes. Mais Yang Lelong se rendit compte qu'il pouvait y creuser aisément, presque rapidement. Il se demanda alors où il se rendrait s'il persistait à creuser jusqu'au matin ou plus longtemps encore.

Et il se souvint alors du vieux Nokal, le vendeur itinérant qui était venu, plusieurs années plus tôt — Yang Lelong devait avoir neuf ou dix ans — déballer au centre du village l'incroyable magasin qu'il transportait sur son dos et qui permettait qu'on le voie de loin, car il avait ainsi l'air d'être deux grands hommes perchés l'un sur l'autre et non un vieillard rabougri et bossu.

Yang Lelong se souvenait de la dernière fois qu'il avait vu Nokal. Celui-ci avait tiré de son immense sac à dos un objet rond qu'il avait cérémonieusement exhibé devant les villageois rassemblés, bouche bée, devant lui.

— Ceci, c'est la Terre, avait fait Nokal pompeusement lorsque s'étaient tus les derniers chuchotements d'hypothèses sur la nature de l'objet.

Puis, Nokal avait pris le temps d'expliquer que le sol sur lequel le village était posé n'était pas plat comme il semblait l'être, mais rond comme le racon, fruit du raconnier. Et il expliqua encore que sur cette boule ronde, représentant mais en bien plus petit la planète à la surface de laquelle était construit le village, on pouvait voir en lettres minuscules le nom de Rahatang, la grande ville la plus proche, parce que la boule était trop petite pour qu'on y inscrivît les noms de tous les villages de la terre, et de toute façon une boule comme celle-là était surtout utilisée par les explorateurs, les voyageurs et les savants, et aucun d'eux ne voulait vraiment savoir où se trouvait le village de Pouah-Soc.

Yang Lelong, qui était un garçon éveillé et raisonneur, fit remarquer à Nokal qu'il n'y avait dans leur village ni explorateur, ni voyageur, ni savant, et qu'il était par conséquent inutile d'avoir une telle boule.

Nokal, qui avait la patience proverbiale de tous les vendeurs itinérants et qui savait comme tous les vendeurs itinérants profiter de la moindre objection pour la retourner à son avantage, fit signe à Yang Lelong d'avancer.

— Regarde, fit-il en lui faisant poser un doigt sur le point où était écrit le nom de Rahatang, regarde, ici c'est Rahatang.

Il lui garda d'une main le doigt posé sur Rahatang, puis lui fit glisser un doigt de l'autre main sur le point directement opposé, sous la boule.

— Regarde, répéta-t-il. Ici, c'est Ville-Dieu.

— Ville-Dieu ? s'étonnèrent Yang Lelong et quelques autres villageois étonnés qu'on eût eu l'impudence de donner à un village le nom d'un dieu.

— Oui, c'est le nom que les gens qui habitent à l'autre bout de la Terre ont donné à leur village.

Il s'ensuivit une discussion animée pendant laquelle les villageois incrédules posèrent à Nokal mille et une objections : que les gens de Ville-Dieu auraient la tête en bas, qu'ils seraient toujours à l'ombre le jour, que les rivières se transformeraient en pluie, bref qu'il était parfaitement insensé qu'un village même tout petit fût à l'envers des autres. Mais Nokal avait réponse à tout. Et, bien que personne n'eût compris ses explications, tous surent reconnaître que Nokal était vraiment, même s'il était plus vieux, plus courbaturé et plus bossu que jamais, le meilleur vendeur itinérant qu'on eût jamais vu à Pouah-Soc.

Personne ne voulut acheter la boule représentant la planète. Yang Lelong tenta de faire comprendre à sa mère que l'objet pourrait vraisemblablement être coupé en deux pour faire cuire les aliments à la vapeur, il ne put rien répondre à l'objection que deux demi-boules, c'était au moins une de trop.

Nokal parvint à vendre quelques autres objets de plus évidente nécessité. Mais il repartit avec sa boule de la Terre et finit par la jeter, une semaine plus tard, dans le fleuve Oui.

Il serait amusant de penser que la boule descendit le fleuve Oui, se jeta dans l'océan Marin, traversa le canal de Casabel, puis poussée par le gulf Cooke, aboutit à Ville-Dieu ou tout près. Mais, non, la boule fut heurtée, quelques heures à peine après avoir été jetée à l'eau, par un bateau de contrebandiers remontant le fleuve Oui. Elle fut percée d'un tout petit trou qui suffit à l'emplir d'eau et à la faire sombrer aux pieds des monts Ricoh, où elle serait encore si elle n'avait pas été désagrégée par la rouille.

Mais la boule représentant la planète habitée par Yang Lelong joua toutefois un rôle important dans la vie — ou plutôt dans la mort — de celui-ci.

En effet, Yang Lelong n'oublia jamais le nom de Ville-Dieu, ni le fait que ce village était à l'extrême opposé du sien. Lorsqu'il perdit les enthousiasmes de son enfance, il lui arriva encore de penser à ce Ville-Dieu dont il ne savait rien mais dont il imaginait tout : les femmes blanches comme du silice, les maisons hautes comme des montagnes, le miel distribué gratuitement dans les fontaines publiques, les ports remplis de bateaux hérissés de cheminées fumantes, les bordels où des juments en chaleur attendaient les chevaux fatigués de la guerre ou du trait, les restaurants où on pouvait manger des centaines de plats en les choisissant puis en ouvrant une porte les gardant au chaud, tout cela et tout ce que l'imagination de Yang Lelong lui suggérait parce que sa vie était tout à fait dépourvue d'événements et d'aventures, s'ajoutait peu à peu, comme les taches de couleur sous la palette d'un peintre, pour donner de Ville-Dieu le portrait d'un village démesuré, tantôt riche, tantôt pauvre, tantôt sordide, tantôt sublime, qui n'était pas sans ressemblance avec le véritable Ville-Dieu.

Et l'image de ce village revint, comme une bouffée d'air frais, à l'esprit de Yang Lelong lorsqu'il se rendit compte qu'il n'y avait plus qu'une direction qui lui était ouverte : celle du sol boueux sous ses pieds.

Il se mit à creuser à la hâte, se disant que s'il creusait vite et si la Terre n'était pas, comme l'avait dit Nokal, tout à fait ronde mais le moindrement aplatie, il y arriverait peut-être avant l'aube.

Il creusa avec frénésie, rejetant autour de lui la boue qu'il enlevait du trou et qui s'infiltrait à nouveau sous lui sans qu'il la reconnût comme la boue qu'il venait tout juste de jeter par-dessus son épaule, parce que rien ne ressemble plus à de la boue que de la boue.

Il crut ne creuser que quelques heures, mais en réalité il s'obstina pendant trois jours à patauger dans la boue sans progresser et sans s'apercevoir qu'il ne progressait pas car l'aube qui n'arrivait pas ralentissait le temps à un point tel qu'il ne se rendait pas compte que le temps passait.

Il mourut les deux pieds dans la boue, à l'aube du septième jour, croyant que l'aube du premier jour était sur le point de se lever.

Et il était encore bien loin de Ville-Dieu.

NOËL LACHARD (I)

Lorsque tous les autres cadeaux eurent été distribués, Auguste Lachard fit mine de ne pas voir celui qui restait sous le sapin. Noël Lachard, lui, fit semblant de ne pas avoir remarqué qu'il n'en avait pas reçu. De toute façon, il n'était pas très sûr d'en mériter un (surtout avec la note de 43 pour cent en géographie de son dernier bulletin). Il n'avait pas envie de demander à qui était le dernier cadeau sous l'arbre et risquer qu'on lui réponde que c'était à quelqu'un d'autre.

Ce fut Louisette Lachard, mère de Noël et épouse d'Auguste, qui décida de mettre fin au supplice de son fils aîné, même si c'était par la même occasion mettre fin au plaisir de son mari.

— Tiens donc, dit-elle, il reste encore un cadeau sous l'arbre de Noël.

— C'est pourtant vrai, s'étonna faussement Auguste Lachard. Je me demande pour qui?

Noël Lachard prit un air détaché et se pencha nerveusement sur le paquet enveloppé de papier vert et rouge.

— C'est pour moi, dit-il avec ravissement en lisant le petit carton qui y était collé.

— Ouvre-le.

Les huit petits frères et petites sœurs de Noël se détournèrent de leurs jouets tout neufs (ou, au moins, tout nouveaux, car plusieurs de ces jouets n'étaient aucunement neufs) pour regarder ce que l'aîné avait reçu. C'était un paquet sans forme précise, plutôt oblong mais pas vraiment long.

Noël défit le paquet lentement, en prenant soin de ne pas déchirer le papier qui pourrait resservir l'année suivante. Déjà, un large sourire éclairait son visage. Il avait deviné qu'il tenait entre ses mains ce qu'il attendait avec impatience depuis dix ans...

— Des patins! s'écria-t-il triomphalement.

Il embrassa aussitôt sa mère avec émotion. Puis il serra la main de son père.

— Merci, papa.

— Il y en a un pour Noël et un pour ta fête, précisa Auguste Lachard, heureux d'offrir pour la première fois deux cadeaux à son fils en cette double fête, même si on ne pouvait pas vraiment dire que deux patins constituaient deux cadeaux.

— Je peux les essayer?

— Bien sûr.

Auguste Lachard regretta aussitôt d'avoir donné cette permission. Son cadeau avait un petit défaut qu'il aurait préféré ne révéler qu'au matin, après la fête.

Mais déjà Noël enfilait le premier patin, le laçait, assis sur le plancher, en prenant bien soin de garder le pied haut, presque au-dessus de sa tête, pour éviter d'abîmer le plancher pourtant fort mal en point.

— Des patins neufs, à part ça, disait Noël, enchanté.

— Y a juste une chose, dit Auguste Lachard piteusement. Y sont tous les deux du pied gauche.

— Aaah...

Mais Noël se remit vite de cette déception.

— Tu les as pris assez grands, au moins, dit-il en glissant son pied droit dans l'autre patin gauche.

— Comme ça, ils te feront plus longtemps, renchérit Auguste Lachard.

— Je peux, maman? demanda Noël lorsqu'il eut fini de lacer ses patins.

— Sur la catalogne, c'est correct.

Il se leva sur ses patins, les jambes flageolantes non d'émotion, mais à cause de lacets trop peu serrés sur des chaussures trop grandes.

— Un vrai joueur de hockey, admira Auguste Lachard.

— De gouret, corrigea Louisette Lachard qui n'aimait pas les mots zanglais et qui avait découvert ce mot dans les longues colonnes de la chronique «Ne dites pas... Mais dites...» qu'un brave prêtre plus porté sur la morale que sur la linguistique faisait paraître dans le *Journal des paysans*.

* * *

«Où est passé Noël?» demanda Auguste Lachard pendant que sa femme lui versait une tasse de thé.

Lui-même était allé se recoucher après avoir fait le train. Il se relevait maintenant, à onze heures. Tous les petits étaient debout. Seul Noël n'était pas là.

— Va donc réveiller ton frère, Léon, demanda Louisette Lachard à son troisième ou quatrième enfant.

Léon, le troisième-ou-quatrième, revint en secouant la tête.

— Il n'est pas dans sa chambre.

— Où c'qu'il est donc? se demanda tout haut Auguste Lachard.

Personne ne répondit, parce que toute la famille savait qu'Auguste n'aimait pas qu'on lui réponde quand c'était à lui-même qu'il posait une question.

* * *

Noël s'était levé avant le jour, tant il avait hâte d'essayer ses patins. Il se souvenait qu'à la Noël précédente son père ne l'avait pas réveillé et avait fait le train tout seul.

Il s'habilla chaudement et alla d'abord au hangar attenant à l'étable. Il alluma une bougie et parvint à se confectionner une crosse de hockey à partir de deux morceaux de bois retenus ensemble par deux boulons rouillés. Il trouva aussi un bout de gros tuyau qui ferait office de palet.

Il éteignit la bougie, puis partit dans la nuit. À peine le ciel commençait-il à pâlir vers l'est.

Il arriva en vue du lac Caché au petit jour. Une épaisse couche de nuages diffusait sur le lac une lueur blafarde. Noël Lachard fut ravi qu'il n'y eût personne que lui pour patiner à cette heure hâtive.

Il savait qu'il serait ridicule dans ses premières tentatives de se tenir debout sur les lames de ses patins, même en s'appuyant sur sa crosse, car il avait déjà vu des enfants patiner pour la première fois, et il ne voulait pas que quelqu'un le voie faire, lui, d'autant plus qu'il avait seize ans, qu'il était grand et qu'il serait par conséquent encore plus ridicule.

Et il le fut. Il tomba, de toutes les manières imaginables. Et, même lorsqu'il réussissait à se tenir debout sur ses patins, c'était dans un équilibre si précaire que cela était encore plus risible bien qu'il n'y ait eu personne pour en rire.

Mais vers midi — lorsque la lumière du soleil filtrée par les nuages se fit plus intense et qu'enfin d'autres patineurs vinrent le rejoindre au lac Caché — Noël Lachard maîtrisait déjà les techniques essentielles : il savait se tenir debout, sur place ; il savait accélérer ; puis continuer à peu près en ligne droite ; il savait arrêter lentement (une fois sur deux sans tomber) ; il savait tourner à gauche mais non à droite (plusieurs années plus tard, un universitaire spécialiste du conditionnement physique remarquerait que Noël Lachard tournait 94 pour cent du temps du côté gauche et tournait mal du côté droit, sans se douter que cela venait de sa première paire de deux patins du pied gauche) ; et il était incapable de patiner à reculons, pour la simple raison qu'il ignorait que cela pouvait se faire.

Lorsqu'ils furent huit garçons de huit à douze ans (plus Noël, seize ans), ils décidèrent de former deux équipes. Les deux meilleurs joueurs s'improvisèrent capitaines et choisirent leurs coéquipiers à tour de rôle. Noël, de toute évidence le moins bon joueur, fut choisi le dernier pour le premier match.

Mais, à la fin de la journée, Noël eut la grande joie d'être choisi le quatrième, puis le troisième.

Il avait faim au point de se sentir faiblir. Mais il parvenait encore à donner de suprêmes efforts chaque fois qu'il y avait un but à marquer.

Pour la première fois de sa vie, il était heureux. Et il savait qu'il avait trouvé une forme de bonheur infiniment renouvelable. Lorsqu'il fit trop noir pour jouer encore au hockey, les autres garçons partirent. Noël Lachard resta encore un peu. Mais il dut bientôt reconnaître qu'il ne voyait plus rien, qu'il avait trop faim et que ses pieds lui faisaient mal.

* * *

Il rentra enfin à la maison.

Personne ne songea à lui demander où il avait passé toute la journée. Il suffisait de le regarder avec sa grossière crosse aux boulons rouillés, avec ses patins noués ensemble par les lacets et pendant de chaque côté de son cou. Il suffisait de voir sa mine à la fois réjouie et désolée, pour savoir qu'il avait passé la journée à jouer au hockey et qu'il y avait pris beaucoup de plaisir.

— Ça a pas de bon sens, se lamenta Louisette Lachard.

— Bah, c'est pas tous les jours Noël, répliqua Auguste Lachard, bon prince.

Noël n'en voulut pas à son père d'avoir oublié que c'était aussi son anniversaire. Jamais il n'avait tant aimé son père que ce jour-là.

— Tu as vu ce que ça lui a fait, tes patins, Guste? fit encore Louisette Lachard lorsque Noël eut enlevé ses bottes et découvert ses pieds ensanglantés dans ses chaussettes grises qui faisaient ressortir les taches de sang.

— C'est pas les patins, protesta Noël. C'est juste moi qui a joué trop longtemps.

— Trop, c'est trop, renchérit Louisette Lachard.

Mais cela n'empêcha pas Noël Lachard, dès qu'il eut, le lendemain matin, aidé son père à s'occuper des vaches, de s'enfuir à nouveau jouer au hockey sur le lac Caché.

Et il ressentit le même plaisir intense que la veille. Et aussi la joie — pour le dernier match de la journée — d'être le premier choix du premier capitaine à choisir.

En rentrant à la maison, il constata que ses pieds étaient encore ensanglantés. Mais moins que la veille. «Mes pieds s'habituent au hockey», songea-t-il avec soulagement.

* * *

Lorsqu'un adolescent est pris d'une passion soudaine, il est difficile de la lui faire passer.

Et quiconque a déjà été passionné de hockey sait qu'il y a peu de passions plus vives pour un adolescent.

Il y a la passion du jeu — celle de marquer des buts, d'en empêcher, de déjouer l'adversaire, d'avoir un coup de chance ou d'en manquer soudainement, le plaisir de l'inattendu constamment renouvelé, comme si jamais deux jeux ne pouvaient être tout à fait semblables, quand bien même on jouerait jusqu'à la fin des temps.

Il y a aussi la passion de la compétition — celle de tenter de prouver à l'autre qu'on est supérieur à lui, qu'on a plus de courage, plus d'habileté, plus de détermination, plus de ruse, plus de génie du jeu.

Bien sûr, la passion du jeu et de la compétition se retrouvent aussi dans tous les sports. Mais au hockey, s'ajoute la passion de la vitesse, qu'on ressent mieux encore lorsqu'on joue dehors, au froid, dans le vent. Les patins propulsent le joueur de plus en plus rapidement, de plus en plus dangereusement. On sait qu'il suffit d'une chute pour aller se fracasser la tête contre le genou de l'adversaire ou se crever un œil sur la pointe d'un patin.

Sans doute Noël Lachard aurait-il été incapable de dire ce qui le fascinait tant dans le hockey. Mais, si on lui avait demandé, deux jours seulement après qu'il eut reçu ses patins, combien de temps durerait cette passion, il aurait répondu sans hésiter : « toujours ».

* * *

À la mi-janvier, Noël Lachard entendit dire que Ti-Cul Leduc, un des meilleurs joueurs des Collants de Saint-Nicol, s'était cassé une jambe lorsque le cochon qu'ils égorgeaient, son père et lui, s'était brusquement détaché et lui était tombé dessus.

Noël Lachard s'était rendu au village (une marche de plus d'une heure) le samedi matin suivant, dans l'espoir de faire une démonstration de son savoir-faire à l'abbé Carrier, vicaire responsable de l'équipe.

Il attendit patiemment que l'abbé Carrier ait épuisé avec son équipe la liste plutôt courte des exercices qu'il connaissait : patiner en avant, en arrière, à droite et à gauche.

— Attends, avait dit l'abbé Carrier à Noël Lachard, sans lui laisser le temps d'ouvrir la bouche.

Et Noël Lachard avait attendu, de plus en plus intimidé par ce qu'il croyait être la grande facilité des Collants de Saint-Nicol à pratiquer ces exercices compliqués (surtout patiner à reculons).

Puis, Noël Lachard avait attendu que l'abbé Carrier s'intéresse à lui. Mais l'abbé avait demandé à deux de ses joueurs de rester pour arroser la patinoire et il les surveillait sans se préoccuper du grand garçon timide debout derrière lui.

«S'ils commencent à arroser la patinoire, pensa Noël Lachard, j'en ai pour une heure avant que l'eau ait regelé.»

— J'ai entendu dire que Ti-Cul Leduc était blessé, hasarda-t-il.

— Pas de problème, dit l'abbé Carrier. Je vais mettre Barouette Landry à sa place à la défense, puis Bizoune Dupont va passer à l'aile gauche pour remplacer Barouette Landry. Puis Ti-Coune Ouellette, qui se plaint toujours de ne pas jouer assez, va être sur mon deuxième trio en plus du troisième.

Il s'apprêtait à expliquer que ces changements le forceraient à faire jouer un peu plus Patate Beaulé, ce qui n'était pas rassurant parce que Patate Beaulé avait la fâcheuse habitude de prendre panique dans les situations difficiles et de remettre le palet à l'adversaire, lorsqu'il posa enfin les yeux sur Noël Lachard.

— Tiens, tu as eu des patins pour Noël, Noël?

Il réprima un sourire à ce «Noël, Noël» qu'il trouvait amusant, parce qu'il savait que les adolescents sont souvent blessés par ces jeux de mots volontaires ou non.

— Oui, j'ai des patins.

— Puis, je gage qu'à cette heure, tu sais patiner?

— Pas correct, correct, mais je le sais.

— Puis je gage que tu voudrais me montrer comme tu sais bien patiner?

— J'aimerais bien ça.

— Qu'est-ce que tu attends? Mets tes patins avant qu'ils arrosent l'autre bout de la patinoire.

Noël Lachard ne se le fit pas dire deux fois. En quelques secondes, il avait lacé ses patins et s'élançait sur la patinoire, avec sa crosse de fabrication artisanale et son palet formé d'un bout de tuyau.

— Prends une vraie rondelle, au moins, lui cria le vicaire en lui lançant un palet de caoutchouc.

Noël Lachard avait déjà joué avec un palet de caoutchouc (ses petits camarades du lac Caché en possédaient un). Par contre, il n'avait jamais joué sur une vraie patinoire entourée d'une clôture. Il trouva très impressionnant le bruit du palet contre les panneaux de bois. Mais il s'efforça de se concentrer sur son jeu, transportant le palet d'un côté à l'autre de la patinoire, à fond de train, le tirant au passage dans le but (il était fier d'avoir appris, la veille seulement, à soulever le palet). Il avait ensuite bien du mal à s'arrêter, puis à tourner pour repartir en sens inverse.

L'abbé Carrier le laissa faire une vingtaine d'allers et retours à toute vitesse.

«Je n'ai jamais vu patiner si vite quelqu'un qui ne sait pas patiner», songea-t-il.

Noël Lachard jeta un coup d'œil en coin du côté de l'abbé, dans l'espoir de recueillir un indice sur ses chances de se joindre aux Collants de Saint-Nicol dès cet hiver-là. L'abbé lui fit signe de s'approcher.

— Sais-tu que je pourrais peut-être te prendre sur la ligne de Bedon Beaupré. Mais à une condition...

— Oui?

Noël Lachard était prêt à toutes les conditions et à tous les compromis, à s'engager à arroser la patinoire même en été, s'il le fallait.

— Enlève tes patins, puis viens avec moi...

Noël hésita. Son père, qui n'aimait pas les prêtres,

l'avait souvent mis en garde contre leurs perversions. Mais l'abbé Carrier n'avait pas une tête de vicieux. Noël enleva ses patins, remit ses bottes et suivit le prêtre dans la cave du presbytère.

Là, l'abbé Carrier tourna une ampoule dans sa douille pour l'allumer, et se mit à fouiller dans un grand coffre. Il en tirait diverses pièces d'équipement de hockey — dont certaines que Noël ne connaissait pas puisqu'elles se portaient sous les vêtements.

De temps à autre, le prêtre remettait à Noël une jambière (une de ces antiques jambières constituées de baguettes de bois) ou un bas ou un gant.

— Prends ça.

Noël avait les bras chargés lorsque l'abbé Carrier poussa enfin un cri de triomphe et lui tendit un patin.

— Ce n'est pas neuf, neuf, mais au moins c'est solide, dit le prêtre en continuant à fouiller dans le coffre.

— Et j'ai l'autre aussi! s'exclama-t-il en trouvant le patin jumeau du précédent. Essaye-les.

Noël s'assit sur une chaise branlante et essaya les deux patins. Ils étaient un peu trop serrés, mais ils dégageaient une impression de solidité, comparés à ses autres patins qui semblaient faits en carton (pour la simple raison qu'ils en étaient effectivement fabriqués).

— Prends aussi ça, dit encore le prêtre en lançant à Noël un sac de toile troué mais encore solide.

Noël y plaça tous les articles que le prêtre lui avait donnés, à l'exception des patins qu'il garda aux pieds.

— Ils te font? demanda l'abbé Carrier.

Noël fit oui de la tête.

— Tu peux les garder avec le reste. Enlève-les et apporte-les chez vous. Tu demanderas à ton père de te les aiguiser. Puis viens pratiquer avec l'équipe samedi prochain.

Noël ne savait pas que des patins pouvaient s'aiguiser. Mais il apprit rapidement à le faire lui-même, dans le hangar, sur la meule à manivelle de son père.

* * *

Noël Lachard fit tant et si bien, allant jusqu'à sortir par les nuits de pleine lune pour s'exercer seul sur le lac Caché, que l'abbé Carrier lui donna l'occasion de jouer pendant les séries éliminatoires entre les Collants de Saint-Nicol et les Beux de l'Anse-en-l'air.

Noël marqua un but pendant le premier match, deux pendant le second, quatre pendant le troisième. Et il est heureux que cette série finale ait été de trois matches sur cinq, car on devine le nombre de buts que Noël Lachard aurait marqués dans une série beaucoup plus longue s'il avait continué sa progression géométrique.

* * *

L'année suivante, Noël Lachard, grâce à l'abbé Carrier qui l'accompagnait dans sa vieille Hupp à vitesse unique, fit un essai avec les Rameurs de Ramaki et fut admis dans l'équipe.

De la mi-décembre à la fin de février, il joua vingt-deux matches avec les Rameurs, une des plus fortes équipes de la Ligue junior de l'Est. Malgré un début de saison fort lent, il marqua seize buts — un record pour une recrue.

Mais l'événement qui impressionna le plus Noël

Lachard se produisit lors du dernier match de la saison, en finale contre les Cyclopes de Monœil.

Il ne restait plus que dix minutes avant la fin du match, et les Rameurs menaient quatre à un. Ils étaient sûrs de remporter le championnat, et leurs adversaires démoralisés se laissaient aller.

Noël Lachard, qui jouait avec acharnement même lorsque la victoire était assurée, venait de déjouer les deux défenseurs adverses et se lançait à fond de train vers le gardien. Sans regarder, il avait tiré le palet avec force.

Avant même de relever la tête, il remarqua que le palet avait fait un bruit anormal — ni le sifflement du palet qui pénètre dans le filet, ni le bruyant éclat du palet contre le bois de la clôture, ni même le claquement sourd du palet contre le cuir des jambières ou du gant du gardien.

Le palet avait fait une espèce de grincement bizarre, puis plus rien.

En relevant la tête, Noël Lachard vit le gardien tomber à la renverse. Ce n'est que lorsque les autres joueurs s'élancèrent à l'aide du gardien des Cyclopes, qu'il commença à s'inquiéter et s'approcha lui aussi.

Étendu sur le sol, le gardien avait le visage rouge comme une tomate. Le palet lui avait pénétré dans la bouche, fracassant les dents au passage. Il s'était logé au fond de la gorge, et le gardien n'arrivait plus à le recracher. Ses yeux se révulsèrent.

L'arbitre tenta de lui arracher le palet. Mais les dents refusaient de le laisser ressortir.

Des joueurs songèrent alors à remettre le gardien sur pied, à lui donner de violentes tapes dans le dos. Rien à faire. Le gardien des Cyclopes fit de grands gestes des bras. Noël s'approcha lui aussi, voulut essayer à son tour d'arracher le palet d'entre les dents du gardien. Mais celui-ci fit de grands yeux effrayés, comme si Noël Lachard avait voulu lui faire du mal une dernière fois.

Son regard devint fixe et, lentement, son corps se fit mou aux mains de ceux qui le soutenaient.

On se hâta de l'amener à l'hôpital où un médecin ne put que constater le décès.

* * *

En retournant à Saint-Nicol avec son protégé, l'abbé Carrier mit longtemps à chercher les mots à lui dire.

Lorsqu'il vit le clocher de Saint-Nicol poindre à l'horizon, le prêtre immobilisa la Hupp sur le bord de la route et se tourna vers Noël Lachard.

— J'espère, dit-il, que tu ne vas pas penser que c'est de ta faute?

— Ma faute?

Noël Lachard le regardait d'un air étonné.

«Il ne sait même pas de quoi je parle», pensa l'abbé Carrier. Il se hâta d'ajouter:

— Je parle du bâton que tu as brisé. Ils vont t'en donner un autre, tu sais.

Et il remit la voiture en marche.

Effectivement, Noël Lachard ne se sentit aucunement coupable de la mort du gardien des Cyclopes.

Il se disait que c'était un accident. Et, si ce n'était pas un accident, que c'était au gardien des Cyclopes de tourner la tête ou de fermer la bouche.

Mais peut-être est-ce cet événement qui poussa Noël Lachard à développer le tir bas et précis, dans les coins du filet, qui devait faire sa renommée et sa fortune.

* * *

Dix ans plus tard, Noël Lachard avait brisé dix-huit re-
cords de la Ligue continentale de hockey. Il jouait à
l'aile droite pour les Paysans de Ville-Dieu. Son nom
faisait frémir tous les garçons de Hauturie. Sa tête aux
cheveux blonds bouclés meublait les fantasmes de centaines de milliers de fillettes, de jeunes filles et même de
femmes éminemment mariées. Sa signature au bas
d'un contrat lui avait valu le salaire annuel fabuleux de
deux cent vingt-cinq mille piastres.

Noël Lachard avait épousé une femme qu'il avait cru
aimer et qui l'aimait. Il avait eu un fils qu'il croyait
aimer et qui l'aimait. Il s'apprêtait à jouer pour l'équipe
nationale de Panurie dans la première Coupe du
monde, qui réunirait les six équipes nationales les plus
fortes.

Noël Lachard était au sommet de sa gloire.

Mais il n'était pas heureux et il commençait à en
prendre conscience. Pourtant, cette absence de bonheur le faisait jouer au hockey avec encore plus de rage,
de courage et de détermination que jamais.

MISSEL MASSON

Missel Masson fut le premier automobiliste de la paroisse de Saint-Nicol.

Un matin, il s'était rendu à Ramaki où on lui avait dit que se vendaient les premières voitures automobiles. Missel Masson possédait un cheval fort vieux et aveugle, qu'il donna à un Ramakien à condition qu'il lui achète sa carriole.

Puis il se présenta chez le concessionnaire Hupp — le seul marchand de voitures du comté de Ramaki. Le marchand lui montra ses différents modèles, lui vantant la simplicité de la transmission à vitesse unique, les économies de la transmission à deux vitesses, et la douceur de roulement de la transmission à trois vitesses.

Missel Masson, qui ne connaissait rien à la mécanique, choisit la Hupp à vitesse unique, parce qu'il appréciait la simplicité, étant fort simple lui-même.

Dans le grand parc de stationnement derrière son établissement, le marchand donna aussitôt une leçon de conduite à Missel Masson, lui enseignant le fonctionnement des phares et du klaxon (de loin l'accessoire préféré du nouvel automobiliste), de l'accélérateur, du frein et du guidon. Il lui apprit à ouvrir les portes, à baisser et remonter la capote, lui expliqua qu'il fallait de temps à autre remettre de l'essence dans le réservoir. Missel Masson écouta toutes ces explications religieusement, répéta plusieurs fois chaque geste, chaque manœuvre, pour être sûr de bien l'assimiler.

Puis, lorsqu'il fut convaincu qu'il pourrait rentrer chez lui au volant de sa nouvelle Hupp à vitesse unique, il sortit enfin de sa poche un rouleau de billets de banque de petites coupures, et régla l'achat de la voiture.

Il rentra à Saint-Nicol sans s'arrêter une seule fois, grisé par la vitesse et par le bruit.

Lorsque la pétaradante Hupp à vitesse unique se fit entendre du village en approchant par la grande côte juste avant le petit pont, toute la population alertée sortit voir ce qu'était ce bruit étrange, car presque personne n'avait encore vu ou entendu de voiture.

Missel Masson appuya sur l'accélérateur pour remonter la côte une fois passé le petit pont. Et il traversa le village à fond de train, dans un nuage de poussière, sous les vivats de la foule qu'il n'entendit point mais qu'il devina.

Il ne relâcha l'accélérateur qu'en approchant de sa ferme.

Sa femme et ses sept enfants le regardèrent, bouche bée. Missel Masson passa devant eux sans s'arrêter, laissant la voiture continuer sur la lancée du moteur. À peine fit-il un petit geste en passant devant les siens stupéfaits, car il ne les avait pas mis au courant de son projet d'acheter une voiture automobile.

La voiture se dirigea vers la grange, où Missel Masson voulait vraisemblablement la ranger. Mais sa femme et ses enfants le virent s'agiter sur son siège, lever les bras au ciel...

— Woh, woh, cria-t-il.

— Woooohhhh, cria-t-il encore.

Mais la voiture, peu habituée à obéir aux ordres qu'on donne à un cheval, entra dans la grange sans ralentir. Missel Masson disparut des yeux de sa famille.

On entendit un grand fracas de planches brisées.

La voiture venait de passer à travers la grange.

* * *

On enterra Missel Masson avec sa voiture, jugée morte comme lui de cet accident. Le curé eut beau protester, la veuve insista que son mari l'aurait voulu ainsi.

Et le curé, qui n'aimait pas beaucoup les machines, au point de toujours ajouter le mot diabolique après le mot machine, convint qu'une fois en terre la machine ne serait plus en état de nuire.

La brève aventure automobile de Missel Masson retarda pendant plus de vingt ans l'avènement des voitures dans la paroisse de Saint-Nicol. On y refusa même de laisser paver les rues, les ornières ralentissant les véhicules des rares étrangers qui traversaient Saint-Nicol, car la plupart des gens des environs préféraient faire un long détour plutôt que d'aller y abîmer leurs amortisseurs.

Ce n'est que lorsque l'abbé Carrier s'amena un jour à Saint-Nicol au volant de sa voiture personnelle (une vieille Hupp, à vitesse unique, exactement la même qu'avait brièvement possédée Missel Masson) que certains paroissiens commencèrent à se dire que conduire une voiture automobile pouvait ne pas être un péché.

SYLVANE LAFOREST (III)

Dix années avaient passé depuis que Sylvane Laforest avait quitté le Parti ouvrier hauturois.

La guerre s'était terminée, sans vainqueurs véritables, sans véritables vaincus.

Hervé Desbois avait dix ans de plus. Il n'abandonnait qu'une fois par année sa patiente attente devant la maison de Mélodie Hyon. Chaque fois que l'hiver arrivait, il montait dans les chantiers, couper du bois avec une dextérité surprenante. Puis il redescendait au printemps, se réinstallait devant la grille des Hyon, muni d'assez d'argent pour se nourrir jusqu'aux premières neiges.

Marie-Clarina, la grosse dame du restaurant du quartier des tanneries, avait vieilli de dix ans elle aussi, mais cela se voyait peu parce qu'elle avait atteint l'âge auquel on semble ne plus avoir d'âge.

Hilare Hyon lui non plus ne semblait pas avoir dix

ans de plus. Il n'était pas plus chauve qu'avant. Et il avait encore plus d'énergie qu'avant, brassant plus de millions que jamais, menant la vie dure à ses concurrents comme à ses ouvriers.

Arthur Métallique, son secrétaire-architecte, vieillissait mal, peut-être à cause de sa vie mal remplie, peut-être à cause du mépris dans lequel il tenait son corps. Il devenait bedonnant et vulgaire. Et jamais on n'aurait pu deviner chez cet homme le moindre souci de modernité.

Mélodie Hyon, en avançant en âge, semblait de plus en plus fragile et vaporeuse. Pourtant, elle était toujours la même, solide à sa manière, indestructible parce qu'intouchée. Elle passait ses étés dans sa chambre, à guetter de derrière ses rideaux le manchot en chemise de bûcheron qui l'attendait toujours ; et ses hivers à l'intérieur aussi, parce qu'elle n'aimait ni le froid, ni la neige, ni les gens.

Agénor Hyon était devenu un homme, beau comme un dieu, de plus en plus conscient du pouvoir qu'il exerçait sur les autres mais aussi de plus en plus méfiant de ce pouvoir qui finissait toujours par faire de lui un jouet aux mains de personnes qu'il n'aimait pas.

Noël Lachard était devenu l'idole d'un peuple.

Sylvane Laforest s'apprêtait à le devenir.

* * *

Au sujet des femmes, la loi des élections était on ne peut plus claire : une femme ne pouvait voter, et une femme ne pouvait être élue députée. Rien de plus. Rien de moins.

Cela n'interdisait nullement aux femmes de se présenter aux élections. Et cela n'interdisait pas non plus aux hommes de voter pour une femme.

Cette loi — répétons-le — n'interdisait aux hommes que d'élire une femme et aux femmes que de voter. Rien de plus. Rien de moins.

Sylvane Laforest avait été candidate à deux reprises.

Les deux fois, elle n'avait pas été élue. D'ailleurs, à quoi bon l'être, puisqu'elle ne pouvait l'être?

La première fois, elle n'avait recueilli que 32 voix — encore moins que le candidat égalitaire. Et un de ses voisins, méchante langue mais passionné de statistique, avait prétendu que 32 était le strict minimum de voix qu'un candidat pouvait obtenir, parce qu'il y avait toujours au moins 32 personnes qui votaient pour chaque candidat, soit par erreur, soit parce qu'elles votaient au hasard.

Sylvane Laforest ne répondit rien à cela. Ni qu'elle n'était aucunement vexée de n'avoir eu que le strict minimum de voix. Ni qu'elle croyait qu'un jour elle serait élue et qu'ainsi elle forcerait le gouvernement à reconnaître qu'une femme pouvait être élue. Et alors pourquoi empêcherait-on encore les femmes de voter si elles pouvaient être élues, ce qui est bien plus grave?

Beaucoup de femmes combattaient alors pour le droit de vote des femmes, mais sans succès. Ne pouvant voter pour leur propre mouvement, elles étaient condamnées à une défaite perpétuelle. Et les hommes qui s'opposaient à elles soutenaient tantôt que le vote des femmes changerait trop de choses parce que les femmes ne s'intéresseraient qu'à des choses sans importance, comme la prestance et l'éloquence des candidats; et tantôt que le vote des femmes ne changerait rien, puisqu'elles voteraient de toute façon comme leur mari. Et ils soutenaient ces choses contradictoires avec l'extraordinaire conviction que permet la mauvaise foi qu'on se cache à soi-même. Sylvane Laforest, sans nécessairement comprendre tout cela, le sentait. Et elle avait, dès sa première campagne électorale, préféré se présenter à la manière d'un homme et parler de politique non pas nécessairement comme un homme mais pas comme une femme en tout cas. Sur ses 32 affiches — une par vote, avait-elle remarqué après l'élection — elle avait fait inscrire son nom «S. Laforest», tout simplement. Et elle avait choisi une photo d'elle-même où il fallait un œil exercé pour remarquer que ce visage était celui d'une femme. À celles qui lui avaient reproché de se faire passer pour un homme, elle avait répondu: «Oui, mais je suis une femme.» Aux hommes qui lui avaient fait reproche de se déguiser en homme, elle avait répondu: «Oui, mais je ne suis pas un homme.»

* * *

Dès la deuxième élection à laquelle elle se présenta, Sylvane Laforest frôla de si près la victoire que cela força le Vieux Parti Gagnant à adopter, lors de son dernier mandat, une loi donnant aux femmes le droit de voter et le droit d'être élues, dans l'espoir que cela lui amènerait les votes des femmes et les meilleures candidates lors de l'élection suivante.

Cette remontée spectaculaire, Sylvane Laforest la devait-elle à son travail constant au niveau du comté des Tanneries — elle avait été de toutes les manifestations et de toutes les luttes, s'étant infatigablement prononcée sur tous les sujets, rencontrant les gens dans leur cuisine, dans leur usine, dans les restaurants et même dans les tavernes (dont les propriétaires n'auraient pas osé la chasser, connaissant le sort de la taverne O'Brien quelques années plus tôt)?

Ou la devait-elle au programme politique qu'elle avait établi, et qui se résumait en trois points faciles à retenir et faciles à expliquer, et que connaissaient par cœur et comprenaient pratiquement tous les hommes, femmes et enfants du comté des Tanneries?

Ce programme en trois points, Sylvane Laforest l'avait établi en une soirée, lorsqu'elle s'était demandé quels objectifs politiques seraient les plus aptes à attirer le maximum d'électeurs, en en repoussant le moins possible.

«*Premièrement*, éliminer la pauvreté. *Deuxièmement*, donner à tous et à toutes les mêmes chances à leur naissance. *Troisièmement*, une fois les deux premiers points obtenus, laisser à tous et à toutes la plus grande liberté possible.»

Ce programme, en apparence simpliste, devait résister à toutes les attaques, à toutes les critiques, à toutes les questions sournoises.

Prenons par exemple la question de la liberté du commerce, question cruciale à cette époque pour les nombreux petits commerçants du quartier des Tanneries, qui s'estimaient de plus en plus étouffés par les lois et règlements qui décrétaient leurs heures d'ouverture, leurs prix, leurs taxes, leur marge de profit... bref, qui enlevaient à ces petits commerçants, qui exerçaient ce métier par goût de ne pas avoir de patron, tous les plaisirs de la liberté.

Aux petits commerçants, Sylvane Laforest faisait valoir que son programme politique leur redonnerait le plaisir de faire du commerce : que tant que leurs activités n'auraient pas pour effet d'accroître la pauvreté de la population ou l'inégalité des gens à leur naissance, ils pourraient faire tout ce qu'ils voudraient — fixer leurs prix, ouvrir quand ils voudraient, engager et congédier qui il leur plairait, etc. Et les petits commerçants applaudissaient et se juraient de voter pour « la petite » aux prochaines élections, même si elle n'avait aucune chance d'être élue.

Par contre, lorsqu'elle se retrouvait devant un public plus vaste, composé partiellement de commerçants mais surtout de clients de ces commerçants, Sylvane Laforest tenait un langage qui, sans être contradictoire, menait à des conclusions toutes différentes.

Par exemple, elle faisait valoir qu'un commerçant ne pourrait demander pour ses produits des prix excessifs, car cela appauvrirait ses clients ; et que, de toute façon, rien ne lui servirait de s'enrichir excessivement, car il ne pourrait transmettre ses richesses à ses enfants, tous devant être égaux à la naissance. Et les pauvres gens applaudissaient et se juraient de voter pour « la petite », même si elle n'avait aucune chance d'être élue.

C'est ainsi qu'elle avait raté la victoire de huit voix seulement sur plus de quarante mille lors de la deuxième élection à laquelle elle s'était présentée.

* * *

Les journaux qui, depuis la fin de la guerre, n'avaient plus grand-chose à écrire, s'emparèrent alors du « phénomène Laforest » avec une avidité d'autant plus grande que cette jolie femme, qui avait failli être la première députée au parlement hauturois, excitait la curiosité de toute la population.

Bientôt, le nom de Sylvane Laforest et les trois points de son programme furent connus de tous et de toutes. Des hommes et des femmes — certains par ambition, d'autres par idéalisme et d'autres encore par ambition et par idéalisme — vinrent la voir et lui demandèrent de fonder un parti.

Sylvane Laforest accepta. Et, lors du congrès de fondation du Parti hauturois, elle accepta d'en être la cheffe, ce qu'elle n'avait pas véritablement souhaité — mais elle n'avait pas non plus, comme la plupart de ses partisans, songé que quelqu'un d'autre pourrait l'être.

Elle écrivit alors un livre, intitulé *Premièrement, deuxièmement et troisièmement,* qui connut tant de succès que ses droits d'auteur lui apportèrent une prospérité telle qu'elle accepta enfin d'abandonner son travail de commis aux écritures chez un notaire de Ville-Dieu secrètement amoureux d'elle et qui l'avait toujours laissée faire ce qu'elle voulait même si cela n'en faisait pas une employée particulièrement rentable.

Sylvane Laforest put donc se consacrer entièrement à son parti. Elle l'organisa patiemment, calmement, systématiquement, s'entourant des plus dignes de confiance, laissant parler les plus forts en gueule mais sans les laisser agir et laissant agir les gens actifs même s'ils étaient incapables de s'exprimer en public.

Bientôt, la porte d'entrée de centaines de milliers de maisons hauturoises arbora l'autocollant « 1, 2, 3 », symbole du Parti hauturois.

Les dirigeants du Vieux Parti Gagnant et les financiers zanglais de Ville-Dieu trouvèrent ce mouvement risible et le décrétèrent voué à l'échec.

Bien entendu, ils furent surpris lorsque le Parti hauturois remporta la victoire trois ans seulement après sa fondation. Mais beaucoup moins surpris que Sylvane Laforest qui se retrouva première ministre alors qu'elle ne possédait que trois robes usées, démodées et froissées par trois mois de campagne électorale.

* * *

Si la franchise et la politique n'étaient pas irrémédiablement inconciliables, beaucoup de politiciens admettraient que le pouvoir est suprêmement ennuyeux. Bien sûr, ils persistent à l'exercer, mais c'est surtout parce que la rémunération est excellente par rapport aux efforts fournis et parce qu'ils se sentiraient déshonorés d'être éventuellement oubliés de leurs commettants.

Rien n'est plus fastidieux que serrer des mains, écouter les récriminations et les réclamations de tout un chacun, prendre des décisions sur des questions sans intérêt réel, tenter de faire passer ses erreurs pour des coups de maître, mentir, cabotiner, toutes ces tâches qui occupent le plus clair du temps des hommes et femmes politiques.

Nous n'alourdirons donc pas notre récit en vous racontant par le menu les faits et gestes politiques de Sylvane Laforest. C'est le travail des historiens, pas des romanciers, qui doivent plutôt se pencher sur les phénomènes profonds et sur les détails superficiels plus importants encore parce qu'ils semblent, justement, sans importance alors qu'ils sont capitaux.

Nous n'essaierons pas non plus d'établir si Sylvane Laforest fut ou non une bonne première ministre. Personne ne l'est de façon absolue, objective ou éternelle.

Un personnage politique peut être jugé par un parti ou en fonction d'une idée ou même d'un idéal. Il peut être bien vu d'une époque ou d'une autre. Mais il n'est jamais «bon» pour tous et pour toujours.

Et Sylvane Laforest fut bonne première ministre pour les uns, mauvaise pour les autres. Bonne pour cette décennie, mauvaise pour la prochaine et bonne à nouveau pour celle qui suivra.

Elle se fit, bien sûr, beaucoup d'ennemis, mais quelques-uns seulement à la fois, s'assurant que chaque fois qu'elle se créait un nouvel ennemi cela lui gagnait au moins deux amitiés. Elle fut extrêmement populaire auprès des petites gens, qui devinaient que les ennemis de Sylvane Laforest devaient être leurs ennemis à eux aussi car ils étaient les ennemis de la première d'entre eux.

Sylvane Laforest fut beaucoup plus aimée que son principal adversaire, le triste Alexandre Legrand, parce qu'elle voulait être aimée alors que celui-ci voulait être admiré. Vouloir être aimée rendait Sylvane Laforest aimable. Et le peuple qui aimait aimer aima Sylvane Laforest d'une affection exceptionnelle.

Et Sylvane Laforest, qui voulait être aimée du plus grand nombre, adopta essentiellement une politique du plus grand nombre, donnant plus aux classes laborieuses parce qu'elles étaient plus nombreuses et donnant moins aux classes privilégiées parce qu'elles l'étaient moins. Mais même les classes privilégiées l'aimaient au moins un peu, la trouvant tour à tour à demi-mal et à demi-bien.

* * *

C'est en valsant avec le Bras droit du roi que Sylvane Laforest avait ouvert le premier bal de la treizième session du parlement hauturois.

Le petit vieillard qui portait ce titre était veuf et laid, et avait assez d'esprit (il avait été écrivain étant jeune, car il croyait que c'était là une excellente préparation à la carrière diplomatique ou politique, et la suite lui avait donné raison) pour reconnaître que sa laideur écartait d'office tout ragot qu'aurait pu susciter cette danse solennelle devant tous les députés et leurs conjoints, ainsi que tous les hauts fonctionnaires et leurs conjoints également — d'autant plus que devant une telle foule et en de telles circonstances il est difficile d'amorcer une liaison clandestine. Sa femme, qui avait été fort belle, avait fait l'objet de rumeurs persistantes chaque fois qu'un nouveau premier ministre avait ouvert avec elle le premier bal de la session.

« Enfin, pensa-t-il en virevoltant avec une grâce étonnante aux flonflons de l'orchestre de Ville-Dieu venu expressément pour cela parce que Balbuk n'en avait pas, enfin la rumeur publique pourra s'intéresser à autre chose, maintenant que le Bras droit du roi est laid et que la première ministre a la réputation de ne pas s'intéresser à la chose. »

Ravi, il s'abandonnait au plaisir de la valse, faisant tourbillonner sa partenaire qui se laissait conduire docilement.

« C'est sûrement, pensa encore le Bras droit du roi, la dernière fois que c'est moi qui la dirige et non elle moi. »

Sylvane Laforest retourna s'asseoir parmi un petit groupe de ses ministres et de leurs conjoints.

« On dirait que c'est la première fois qu'ils portent un

habit de soirée», songea-t-elle en regardant les hommes discrètement.

En effet, la plupart d'entre eux n'avaient jamais rien porté de plus chic que le traditionnel costume à veste qui constituait l'essentiel de la mode masculine à cette époque — et plusieurs n'étaient même pas à l'aise dans ce costume, sautant sur chaque occasion de laisser tomber la veste et de s'adresser aux foules en manches de chemise, «comme des travailleurs», disaient-ils.

Les femmes, par contre, peut-être parce que les femmes sont faites ainsi naturellement ou parce qu'elles l'ont si bien appris dès leur bas âge qu'on jurerait qu'elles sont faites ainsi naturellement, portaient fort élégamment de grandes robes blanches à crinoline. Et on aurait juré qu'elles n'avaient toujours porté que cela, rien de moins.

Les hommes les moins ambitieux et les plus économes s'étaient contentés de louer leur tenue pour cette seule soirée, se disant qu'il ne valait pas la peine d'en faire l'achat. Les plus ambitieux se disaient qu'en une dizaine d'années au pouvoir ils auraient amorti cet achat et que mieux valait toujours avoir une telle tenue à sa disposition, car on ne savait jamais quand on devrait rencontrer un dignitaire étranger, par exemple, à quelques minutes d'avis.

Quant à Sylvane Laforest, de quoi avait-elle l'air dans sa robe blanche, toute simple? Elle avait choisi cette robe dépourvue de dentelle parce qu'elle s'était dit qu'on n'inaugure pas un régime de droiture et d'intégrité en faisant étalage de richesse. Mais cette robe, par sa simplicité même ou par la façon dont elle la portait, avait une allure si noble et si fière qu'aucun des chroniqueurs mondains admis au bal ne dirait un seul mot de cette simplicité, se contentant plutôt de basses platitudes sur «le premier ministre le plus digne de regards qu'ait jamais connu la Hauturie». Dans une feuille de chou antiarchiste, *Les Fesses nu-tête*, un journaliste qui n'avait pas été invité au bal et qui n'y serait pas allé de toute façon parce qu'il préférait imaginer ces choses plutôt que les voir, avait pourtant été plus près de la vérité en écrivant simplement : «La première ministre était bandante.»

Cela était un peu exagéré. À quarante ans, Sylvane Laforest était aussi belle qu'elle l'avait toujours été. Mais elle n'avait jamais eu une beauté éblouissante. Toutefois, le pouvoir lui avait déjà donné — soit dans la réalité, soit uniquement dans la tête des gens, cela importe peu puisque le résultat était le même — une présence qui s'imposait à l'œil. Et comme Sylvane Laforest n'avait jamais été laide, les gens la trouvaient maintenant plus belle que jamais.

* * *

Le bal traînait en longueur. Il était peut-être deux ou trois heures du matin. L'orchestre de Ville-Dieu, qui n'avait pourtant jamais bien joué, jouait franchement mal, prétextant la fatigue du voyage mais n'ayant vraiment besoin d'aucun prétexte pour mal jouer.

C'est alors qu'Hilare Hyon, qui avait été invité parce qu'il avait contribué presque autant à la caisse électorale du Parti hauturois qu'à celle du Vieux Parti Gagnant, et qui était venu seul, Mélodie ayant une fois de plus prétexté une migraine, s'approcha de Sylvane Laforest et l'invita à danser.

Sylvane Laforest le regarda curieusement pendant

quelques secondes avant de le reconnaître aux caricatures qu'elle avait vues de lui dans les journaux.

— Monsieur Hyon, fit-elle enfin. Avec joie.

Ils dansèrent serrés l'un contre l'autre au rythme de
La Polka des déblousés, une mélodie lente, que l'orchestre joua encore plus lentement qu'il ne fallait.

Trop près l'un de l'autre pour se voir vraiment, ils
s'examinèrent par la pression de leurs bras et de leurs
poitrines, par le frôlement de leurs cuisses, par la chaleur de leurs joues l'une contre l'autre, par les lents dé-
placements de leurs corps.

«Oui, vraiment, elle est forte et têtue, pensait Hilare
Hyon. Elle est douce et chaude et sensuelle, peut-être.
Mais c'est la tête qui contrôle tout. Elle va me donner
beaucoup de mal.»

«Ainsi, c'est lui, l'abominable Hilare Hyon, pensait
Sylvane Laforest. C'est à cause de lui et contre lui que je
suis devenue première ministre de Hauturie. Et me voilà
dans ses bras. S'il le voulait, il n'aurait qu'à serrer un peu
fort pour me casser en deux. Mais je parie que ce n'est
pas de cette manière qu'il aimerait me détruire.»

* * *

Lorsque les invités, fatigués de boire, de valser ou de
s'ennuyer, commencèrent à partir, Hilare Hyon se mit à
manœuvrer de façon à ne pas partir avant Sylvane Laforest. C'est-à-dire qu'il se joignait à des groupes, mais en
prétextant que c'était pour quelques minutes seulement. Il acceptait qu'on lui remplisse son verre, mais
dès que celui-ci était à moitié plein, il demandait d'un
geste de la main qu'on cesse de lui verser du vin,
comme s'il avait été sur le point de partir.

Quant à Sylvane Laforest, elle refusa toutes les offres de la raccompagner, jouant à l'hôtesse qui doit attendre que tous ses invités fussent partis pour se retirer à son tour.

L'orchestre était parti depuis longtemps. Presque tous les invités avaient salué Sylvane Laforest une dernière fois.

Il ne restait plus dans la grande salle de l'hôtel Balbuk (simplement affilié à la chaîne Hyon, sans en être la propriété, autrement il aurait été indécent d'y tenir ce bal), outre Sylvane Laforest, que deux garçons de table, le maître d'hôtel et Hilare Hyon.

Celui-ci glissa quelques piastres au creux des mains du personnel. Et il se retrouva enfin seul avec Sylvane Laforest, dans cette salle immense, aux candélabres prétentieux, entourée de dorures et de moulures. Ils marchèrent l'un vers l'autre, jusqu'au centre de la salle, sur le plancher de bois poli avec la dernière énergie par des détenues de la prison des femmes à qui on avait dit que cela pourrait abréger leur peine.

Ils s'arrêtèrent, de part et d'autre du blason de Balbuk en marqueterie contrastante, juste sous le lustre central.

— Puis-je vous reconduire chez vous, Madame la première ministre?

— Pour l'instant, j'habite encore cet hôtel, répondit Sylvane Laforest.

— Puis-je alors vous faire découvrir le plus bel endroit d'où voir lever le soleil sur Balbuk?

— Très volontiers, si vous promettez que personne ne nous verra.

— C'est juré, suivez-moi.

En rentrant à sa suite de l'hôtel Balbuk à la fin de sa journée de travail, Sylvane Laforest jeta un regard blasé sur son journal intime grand ouvert, posé sur le petit secrétaire dans un coin du salon. Elle l'avait acheté quatre mois plus tôt pour y noter tous les sentiments que lui inspirerait sa vie de première ministre.

Mais elle n'y avait encore laissé que des pages blanches. Certains jours, il n'était rien arrivé de remarquable. D'autres jours, il se produisait tant d'événements qu'il était difficile d'en tirer les lignes de force. D'autres jours encore, elle aurait pu, effectivement, remplir des pages entières de journal — mais en rentrant dans sa chambre d'hôtel, elle était si fatiguée qu'elle n'avait même plus la force de tenir une plume.

«Qu'ai-je fait aujourd'hui?» se demanda-t-elle une fois de plus en regardant son journal ouvert.

Pendant un instant, elle ne songea qu'à sa journée de travail, harassante comme les autres, presque dépourvue de sens. Puis, la nuit précédente lui revint à l'esprit.

«Tiens, hier je suis allée à mon premier bal, j'ai fait mon premier tour de voiture automobile à impériale et j'ai eu mon premier soupirant millionnaire.»

Mais elle n'en écrivit rien dans son journal.

* * *

Ils se revirent souvent dans les mois qui suivirent.

À leur troisième rencontre, ils passèrent la nuit au lit, Hilare Hyon parce qu'il en avait envie, autant par son corps que par son esprit, et Sylvane Laforest parce que son corps en avait envie et parce qu'elle craignait qu'un refus de sa part passe pour de la peur.

* * *

Rationnellement, Sylvane Laforest justifiait ses amours avec Hilare Hyon en se disant qu'elle acquérait ainsi — très rapidement et à peu de frais — une connaissance profonde de «l'ennemi». Elle avait lu tout ce qui s'était écrit sur les riches, les chevaliers d'industrie, les exploiteurs. Mais jamais elle n'en avait véritablement touchés, sentis, approchés. Jamais elle n'en avait vu vivre et penser. D'un accord tacite, Hilare Hyon et elle avaient décidé de ne jamais parler de politique. Mais de vivre ainsi parfois de brefs moments (il s'agissait souvent d'une heure seulement en une semaine, Hilare Hyon étant souvent retenu à Ville-Dieu et Sylvane Laforest devant presque toujours rester à Balbuk) avec quelqu'un qui était l'opposé d'elle-même lui permettait de mieux comprendre les positions opposées aux siennes, et, partant, de mieux défendre ces dernières.

Au niveau des sens, Sylvane Laforest n'avait aucune difficulté à justifier sa liaison. Elle avait longtemps été prude et quasi vierge. Il était temps qu'elle se dégourdît un peu. Et sa vie de première ministre était si bien remplie qu'elle n'avait plus de temps que pour des plaisirs rapides. Parfois, Hilare Hyon lui téléphonait de venir le rejoindre dans une autre chambre de l'hôtel Balbuk. Une demi-heure plus tard, Sylvane Laforest était de retour à son bureau, un peu décoiffée peut-être, mais elle n'avait jamais été particulièrement soigneuse de sa personne. Et ne valait-il pas mieux qu'elle confie son corps à cet homme d'âge sûr, plutôt qu'à des jeunes hommes indiscrets et brutaux?

* * *

Une fois, une seule, Sylvane Laforest passa une partie de la nuit chez Hilare Hyon.

Mélodie avait été appelée au chevet de sa mère malade. Hilare Hyon avait donné congé aux domestiques et insisté pour que Sylvane Laforest, qui était à Ville-Dieu ce soir-là, passât la nuit chez lui.

Il alla la chercher avec la voiture à impériale. Il était fier de lui montrer sa maison — en particulier la grande salle surbaissée. Et il lui avait fait voir sa bibliothèque, avec ses romans élégamment reliés dans lesquels le nom d'Hilare Hyon remplaçait celui d'un des personnages. Sylvane Laforest avait fait semblant d'en rire. Mais elle avait regardé cela avec étonnement.

Un traiteur avait apporté un repas fin, qu'ils avaient mangé du bout des doigts, sans savoir ni l'un ni l'autre quel était ce malaise qu'ils ressentaient à être là, dans cette maison, alors qu'ils avaient toujours été en terrain neutre, ni chez l'une ni chez l'autre.

Ils avaient ensuite fait l'amour dans la chambre du maître, sans conviction.

Hilare Hyon s'était endormi ou avait fait semblant de s'endormir. Mais Sylvane Laforest ne prit pas la peine de vérifier. Elle se rhabilla sans bruit et sortit de la maison.

Elle poussa la grille de fer, contente qu'elle ne grinçât pas, et faillit trébucher sur des jambes étendues au sol.

— Pardon, dit-elle à voix basse en découvrant un homme qui s'éveillait au pied de la grille.

— C'est rien, fit l'homme en se levant.

Sylvane Laforest s'éloignait, lorsque le jeune homme lui fit remarquer que l'endroit était dangereux et parfois fréquenté par des malfaiteurs. Il lui offrit de la raccompagner.

L'homme avait une voix rassurante et un beau visage doux. Sylvane Laforest accepta son offre.

À quelques reprises, alors qu'ils descendaient la côte, puis un peu plus tard lorsqu'ils traversèrent le quartier des tanneries, Sylvane Laforest chercha à engager la conversation. Mais l'homme ne répondait que par des monosyllabes et des grognements.

— Pourquoi ne venez-vous pas coucher dans ma chambre? offrit-elle lorsqu'ils arrivèrent à l'entrée de l'hôtel Hyon. Il fait un peu froid, cette nuit.

Sans un mot, l'homme la suivit dans sa chambre, puis dans son lit. Ce n'est que lorsqu'il se déshabilla que Sylvane Laforest remarqua qu'il était manchot, car il laissait la manche gauche de sa veste de bûcheron pendre le long de son corps.

Mais le jeune homme était beau, doux, fort et frêle en même temps. «Il est impossible, pensa Sylvane Laforest, qu'il y eût en cette province un homme plus différent d'Hilare Hyon.»

* * *

Sans s'en douter, ils inventèrent une nouvelle position pour l'amour, position qu'on pourrait appeler celle du manchot et de la petite dame, car il faut un partenaire masculin manchot et une partenaire féminine de petite taille pour l'adopter sans se casser la figure. Nous ne prendrons pas la peine de la décrire, puisqu'il est peu probable qu'un seul couple de nos lecteurs possède ces caractéristiques. Et rien n'est plus frustrant que se faire décrire des plaisirs dont on ne peut pas soi-même faire l'expérience.

Après, l'homme se leva, se rhabilla et partit sans bruit pour ne pas réveiller la femme qui ne faisait que semblant de dormir.

Lorsqu'il eut refermé la porte derrière lui, Sylvane Laforest se dit qu'il était bon que la première ministre de Hauturie ait comme amants à la fois le plus riche et le plus pauvre de ses électeurs.

Mais elle ne revit jamais le plus pauvre. Et elle ne le chercha pas non plus.

* * *

Un seul incident législatif mérite d'être relaté, non à cause de son importance réelle, mais parce qu'il permet de comprendre le plaisir que Sylvane Laforest pouvait retirer de la vie politique.

Le Parti hauturois était au pouvoir depuis deux ans environ. Et malgré le troisième point de son programme, il créait un nombre incessant de nouvelles lois, insistant que chacune de ces lois en apparence inutile ou presque était parfaitement justifiable en vertu des points numéro un ou numéro deux du programme.

Ainsi, Ignace Capit, le jeune et bouillant ministre de la langue et des problèmes culturels, avait invoqué l'un et l'autre à tour de rôle pour justifier son projet de loi sur la langue d'écoute dans les endroits publics.

Pour bien saisir la portée de cette loi et son sens profond si elle en avait un, il faut d'abord comprendre la situation de la Hauturie d'alors. Le lecteur pourrait acheter d'énormes volumes expliquant tous les détails de cette situation. Mais s'il se contente du paragraphe qui suit, il économisera beaucoup d'argent et de temps.

La Hauturie faisait partie d'une fédération de provinces, la Panurie. Les Hauturois, en majorité d'origine vieux-paysanne, parlaient le vieux-paysan. Les Panuriens, pour la plupart d'origine zanglaise, parlaient le zanglais. Mais la proportion de la population hauturoise à l'intérieur de la fédération panurienne diminuait constamment. Les Hauturois se sentaient donc souvent menacés non seulement dans leur langue, mais aussi dans leurs intérêts économiques et dans leur survivance même. C'est pourquoi plusieurs membres du Parti hauturois s'étaient donné pour mission la promotion et la protection du fait vieux-paysan en Hauturie. Cela avait donné naissance à plusieurs lois — dont celle sur la langue d'écoute dans les endroits publics — même si ces lois ne répondaient pas toutes aux trois points du programme tels que rédigés par Sylvane Laforest.

Cela n'avait pas empêché Ignace Capit de soutenir que son projet de loi répondait au point numéro un, puisque l'appauvrissement culturel des Hauturois parlant vieux-paysan entraînait aussi à long terme leur appauvrissement économique. De plus, tant que la langue des plus pauvres demeurerait la langue exclusive des plus pauvres, il ne pouvait être question que l'on pût être véritablement égal à tous dès sa naissance. C'est pourquoi la Loi sur la langue d'écoute dans les endroits publics répondait parfaitement aux points numéro un et numéro deux du programme du parti.

Le projet de loi fut adopté rapidement, en fin de session, à cinq heures du matin, par des députés épuisés, qui pensaient à autre chose.

La Loi sur la langue d'écoute dans les endroits publics avait pour but de combler un «oubli» dans les différentes lois déjà adoptées pour donner à la langue vieux-paysanne priorité sur les autres et ainsi, espérait-on, donner aux Hauturois qui la parlaient un statut social et économique au moins égal à celui des zanglophones.

Cette loi stipulait que dans les endroits publics (restaurants, ascenseurs, taxis, autobus) il était obligatoire de faire entendre des stations de radio vieux-paysannes.

Elle partait d'un objectif tout à fait légitime. Ignace Capit, comme de nombreux Hauturois, était souvent agacé par des chansons ou des commentaires zanglophones lorsqu'il se trouvait dans des restaurants ou des taxis. Et les différentes lois sur la langue avaient jusque-là négligé cette forme «d'agression linguistique» selon les propos d'Ignace Capit.

De plus, en forçant les restaurateurs et chauffeurs de taxi à faire entendre à leurs clients les stations de radio paysannophones, on accroîtrait les cotes d'écoute de celles-ci, ce qui serait normal et souhaitable — même si des adversaires de la loi soutinrent par la suite que deux amis d'Ignace Capit étaient propriétaires de stations de radio paysannophones.

Sitôt adoptée, la loi dut faire face à un tollé de protestations.

Il y eut d'abord les chauffeurs de taxi qui protestèrent contre l'obligation qui leur était faite d'écouter la radio vieux-paysanne alors qu'ils étaient seuls dans leur véhicule ou avec un client zanglophone.

Les restaurateurs protestèrent que la radio paysan-

nophone ne faisait tourner que des chansons démodées et vieillottes, alors que leur clientèle commandait
des repas plus copieux et surtout mangeait plus rapidement lorsqu'on lui faisait jouer de la musique
zanglophone, plus rythmée et plus moderne.

Les propriétaires de rouleauthèques — ces lieux où
on pouvait danser et boire en écoutant de la musique
enregistrée sur rouleaux — firent remarquer que la loi,
par une erreur des rédacteurs législatifs, les obligeait à
faire jouer de la radio vieux-paysanne, et ne leur permettait nullement de faire entendre de la musique enregistrée. Mais, même si cette permission leur avait été
accordée, il n'en demeurait pas moins que s'il était pro-
hibé de faire entendre les derniers succès zanglophones
dans leurs établissements, ceux-ci seraient rapidement
désertés, en particulier par les touristes, ce qui aurait
des conséquences économiques désastreuses pour
l'ensemble de la Hauturie.

Les propriétaires d'immeubles munis d'ascenseurs
furent les seuls à ne pas se plaindre. Ils débranchèrent
tout simplement les systèmes d'écoute de musique in-
sipide et les passagers des ascenseurs ne formulèrent
pas la moindre plainte.

Ce qui agaça le plus Ignace Capit fut de remarquer
que les protestations venaient autant des chauffeurs
de taxis et restaurateurs paysannophones que zanglophones.

Le mouvement d'opposition prit de l'ampleur. Il y
eut une «journée sans musique» pendant laquelle on
n'entendit absolument rien dans les restaurants, les
taxis et même les rouleauthèques où on vit les couples
danser tant bien que mal sur des rythmes inaudibles. Il
y eut la pétition des «roqueurs», amateurs d'un genre

de musique ultra-rythmée pratiquement inexistante en vieux-paysan. Cette pétition réunit plus de quatre cent mille signatures, en particulier de jeunes gens, clientèle électorale à laquelle le Parti hauturois qui se voulait un parti d'avenir était particulièrement sensible. Il y eut même un mouvement de boycottage des stations paysannophones, qui perdirent alors des revenus publicitaires importants et finirent par protester auprès d'Ignace Capit qui croyait qu'elles étaient ses plus solides appuis.

Bref, trois mois après son entrée en vigueur, la Loi sur la langue d'écoute dans les endroits publics dut être considérablement amendée, de façon à permettre aux rouleauthèques (la nouvelle loi précisait «tout endroit où la danse est permise») de faire entendre à leurs clients des enregistrements en zanglais et aux chauffeurs de taxis d'écouter des stations de radio zanglophones s'ils étaient seuls ou si leurs passagers le permettaient. Quant aux restaurants, la loi demeura inflexible.

Les restaurateurs, encouragés par cette première déconfiture d'Ignace Capit, protestèrent de plus belle et prirent différents moyens pour contourner la loi. Ils firent, par exemple, aménager dans leurs établissements de minuscules pistes de danse, où un seul couple aurait pu faire du surplace, mais qui leur permettaient de prétendre qu'ils étaient des «endroits où la danse était permise» au sens de la loi. Un inventeur ville-déiste mit au point une machine permettant d'enregistrer vingt-quatre heures de radiodiffusion. Cela permit aux restaurateurs de faire écouter à leurs clients la radio de la veille, en prétendant qu'il s'agissait bel et bien d'enregistrements au sens de la loi.

Quant aux chauffeurs de taxis, chaque fois que l'un

d'entre eux était interpellé par un policier parce qu'il faisait jouer la radio zanglophone en présence d'un client, il prétendait avoir l'autorisation de celui-ci. Et le client, qui n'avait pas envie de perdre du temps pendant que le policier dressait une contravention, répondait invariablement que oui, il avait donné sa permission.

Bref, même modifiée, la Loi sur la langue d'écoute dans les endroits publics demeurait sans effet. Ignace Capit bredouilla alors, devant les journalistes qui le pressaient de questions, que le gouvernement réévaluerait la situation dans le cadre d'une prochaine refonte globale des lois sur la langue. Évidemment, cette refonte n'était aucunement prévue et ne se fit jamais. Mais ces paroles suffirent pour enlever toute force à la loi.

Cet épisode, qui marqua à jamais la carrière politique d'Ignace Capit (il avait espéré devenir un jour le successeur de Sylvane Laforest), eut un effet d'entraînement sur les autres ministres, qui commencèrent à se rappeler un peu plus souvent les vertus du point numéro trois.

Quant à Sylvane Laforest, elle évita soigneusement de se mêler de cette affaire, Ignace Capit s'étant suffisamment mis les pieds dans les plats. Elle se contentait de hocher la tête gravement chaque fois qu'on lui demandait son opinion sur cette question, et de renvoyer les journalistes à Ignace Capit qui, disait-elle, «connaissait parfaitement son dossier».

Elle fut contente que ces problèmes eussent pour effet d'assagir ses ministres les plus impulsifs. Et elle prit un malin plaisir à voir Ignace Capit tenter de se tirer de ce bourbier dans lequel il s'enfonçait un peu plus à chaque décision, à chaque déclaration. Et si on lui avait demandé quels sont les plus grands plaisirs de la politique, elle aurait aussitôt pensé à celui de voir un ministre orgueilleux se détruire ainsi lui-même.

De toute façon, songeait-elle souvent, jamais elle n'entendait de radio zanglophone lorsqu'elle entrait dans un endroit public. Ignace Capit lui avait souvent dit que c'était parce qu'on la reconnaissait et qu'on se hâtait de changer de station. Sylvane Laforest était prête à le croire, mais sans en être sûre: était-il possible qu'elle se fût à ce point éloignée de la réalité?

HUBERT SEMPER

Hubert Semper avait du génie.

Remarquez bien qu'il n'était pas un génie. Il avait du génie — une partie seulement de ce qu'il faut pour être un génie à part entière.

Par exemple, c'était lui qui avait inventé le système de location de mouchoirs pour gens enrhumés.

En effet, Hubert Semper avait remarqué que même les gens qui possèdent trop de mouchoirs pendant la plus grande partie de l'année se trouvent à court chaque fois qu'ils attrapent une grippe ou le moindre rhume.

La réponse à ce problème ? Louer deux ou trois douzaines de mouchoirs dès qu'apparaît un rhume et les rendre lorsqu'on est guéri.

Ainsi, on n'encombre plus ses tiroirs d'un nombre excessif de mouchoirs ; on peut disposer du nombre de mouchoirs nécessaires au moment où on en a besoin, selon que ce rhume est petit ou grand ; et cela, à un coût nettement inférieur au prix d'achat des mouchoirs, la location pour deux semaines coûtant la moitié seulement du prix d'achat.

Mieux encore : la Grande Compagnie de location de mouchoirs, qui appartenait entièrement à Hubert Semper, stérilisait chaque mouchoir avant de le louer de nouveau, ce qui garantissait une hygiène absolue, assurément plus grande que lorsqu'on lave ses mouchoirs soi-même.

La Grande Compagnie de location de mouchoirs, quoique lancée par Hubert Semper au plus fort d'une épidémie de grippe, fut un désastre.

À quel point ? Devinez le nombre de douzaines de mouchoirs qui furent louées à la Grande Compagnie de location de mouchoirs pendant les deux mois de son existence :

☐ 0 ☐ 10 ☐ 18 ☐ 92

Oui, vous avez deviné juste : la Grande Compagnie de location de mouchoirs ne loua jamais un seul mouchoir.

Cela découragea-t-il Hubert Semper ?

Pas totalement. Il fut déçu que son idée géniale n'eût pas reçu l'accueil qu'elle méritait. Mais il se mit aussitôt à la recherche d'une idée tout aussi géniale, dont le mérite serait plus aisément reconnu.

« Il est dommage, se disait-il, que les capitalistes zanglais n'aient qu'à placer leur argent n'importe comment pour le faire fructifier, alors que je dois, moi, tenter d'obtenir les mêmes résultats sans argent, et par la seule force de mon intelligence et de mon travail. »

Nullement révolté par cette injustice, il préférait

savourer la perspective de la surmonter un jour par ses seuls mérites.

Deux ans avant de lancer sa Grande Compagnie de location de mouchoirs, il s'était joint brièvement au Parti ouvrier hauturois, qui n'avait jamais connu plus de trois membres et qu'il avait fini par quitter lorsque le seul attrait de ce parti — la possibilité de coucher un jour avec sa camarade Sylvane Laforest — disparut avec le départ de la jeune femme. Victor Grak avait cherché, sans trop de conviction, à le retenir. Mais Hubert Semper avait graduellement espacé ses présences aux réunions, en se disant que la politique n'était ni très amusante ni très imaginative.

Après l'échec de la Grande Compagnie de location de mouchoirs, Hubert Semper avait passé quelques semaines fortement déprimé, jusqu'à la nuit où il avait perdu son pucelage avec sa voisine de palier qui avait beaucoup bu ce soir-là et qui ne voulut jamais recommencer.

Mais cette première expérience sexuelle et les recherches qu'il fit ensuite à la bibliothèque de Ville-Dieu mirent Hubert Semper sur la piste d'une invention qui aurait pu faire sa fortune s'il était parvenu à la réaliser.

En effet, une nuit avec sa voisine avait suffi à le convaincre que le meilleur moment de la copulation était l'éjaculation. Mais celle-ci ne durait que quelques secondes. Pourquoi ne pas trouver un moyen de la prolonger?

C'est ainsi que naquit la Grande Corporation de l'éjaculation permanente qu'Hubert Semper appela plus familièrement «Éjacuper».

Le but de cette entreprise nouvelle? Trouver un moyen de prolonger l'éjaculation à volonté. Hubert

Semper lut tout ce qu'il put trouver sur la biologie, les relations sexuelles, la médecine, la plomberie, les pompes à eau et de nombreux autres sujets qui l'instruisirent fortement et lui permirent de découvrir avec fierté qu'il semblait être le seul être humain à faire des recherches en ce sens. Mais ses lectures lui démontrèrent aussi que son projet aussi ambitieux qu'original était fort complexe.

Hubert Semper parvenait à imaginer et même à dessiner un sac de liquide similiséminal fixé au dos du sujet et muni d'une ouverture permettant d'ajouter du liquide au fur et à mesure que le sac se viderait. Ce sac serait relié au pénis par un tube de caoutchouc souple, sur lequel une mini-pompe hausserait la pression du liquide similiséminal au niveau désiré. La partenaire serait, quant à elle, équipée d'un autre tube souple permettant au liquide de sortir et, avec le modèle de luxe, ce liquide serait repompé dans le sac fixé au dos de l'homme.

Un étudiant en médecine qui partageait le même palier décréta qu'il était impossible que le pénis puisse garder son érection même sous l'afflux d'un liquide sous pression.

Hubert Semper ne le crut pas et tenta d'intéresser les milieux médicaux et financiers à son projet. Il envoya même une lettre, accompagnée d'un dessin, à Hilare Hyon qu'il continuait pourtant d'abhorrer, mais il savait que l'humanité ne progresse pas toujours uniquement avec ses meilleurs éléments. Il reçut de lui une réponse qu'il ouvrit fébrilement. Mais c'était la brève note que faisait envoyer Hilare Hyon à tous les importuns:

«Cher Monsieur, Chère Madame, Chère Mademoiselle,

Non.»

Sans abandonner à jamais la réalisation de l'éjaculateur permanent, dont il espérait faire sa grande contribution au progrès de l'humanité, Hubert Semper travailla à plusieurs autres inventions.

Les spaghetti de couleur, particulièrement indiqués à Noël. L'indicateur de cuisson (un petit point rouge sur les saucisses, biftecks et autres aliments à cuire, qui changerait de couleur lorsque serait atteint le niveau de cuisson désiré). Le fouet mécanique manuel à trois vitesses (une pour les œufs, une pour la crème et une pour la purée de pommes de terre). Le plac-plac (un sport qui se serait joué entre quatre murs, à deux personnes dos à dos, chacune étant munie d'un fouet et d'une passoire). Les ciseaux à trois lames, permettant de couper deux feuilles de papier à la fois. La voiturette de bébé symétrique — utilisable dans tous les sens, car elle n'avait ni devant ni derrière, ni dessus ni dessous.

Ces inventions, il les imaginait aisément. Il lui arrivait parfois d'en dessiner de grossières esquisses. Mais, maladroit de ses mains, Hubert Semper ne put réaliser aucun prototype, aucun modèle d'argile ou de bois.

Au bureau des brevets hauturois, à Ville-Dieu, on le connaissait bien. Une fois par mois, environ, il arrivait en demandant s'ils avaient déjà «quelque chose comme un gicleur pour pipe». L'employé du bureau des brevets fronçait les sourcils, étonné, et Hubert Semper précisait la nature de son invention : «Il s'agit d'un petit gicleur, comme dans les chambres d'hôtel, mais qui est fixé à une pipe et qui, grâce à une soupape contrôlée par la chaleur du tabac qui brûle, permet d'éviter que le tabac se consume trop rapidement, rende la pipe trop chaude et brûle les doigts du fumeur.»

Lors des premières visites d'Hubert Semper, l'employé du bureau des brevets regardait dans le fichier, sous «gicleur», sous «pipe», sous «incendie», etc., avant de déclarer qu'il ne semblait pas y avoir de telle invention déjà brevetée. Mais, après une dizaine de visites d'Hubert Semper, l'employé le laissa fouiller lui-même dans le fichier.

Hubert Semper n'y trouvait d'ailleurs jamais mention de quelque invention qui aurait ressemblé aux siennes. Mais il finit par connaître le fichier presque par cœur, et après deux ans, il pouvait savoir instantanément si une idée qui lui passait par la tête avait ou non déjà été brevetée.

Ne retirant aucun revenu de ses inventions, Hubert Semper travaillait dans une usine de lacets de chaussures. Il faisait fonctionner une machine qui posait les ferrets aux bouts des lacets. La tâche d'Hubert Semper consistait à prendre un lacet dans une pile posée à sa gauche, à insérer les deux extrémités du lacet dans la machine, à appuyer sur une pédale qui actionnait la machine, et ensuite à prendre le lacet maintenant muni de ferrets pour le placer sur un support à sa droite. Il ferrait ainsi quelque vingt mille lacets par jour. C'était un travail éminemment répétitif, qui laissait Hubert Semper tout à fait libre de penser à ce qu'il pourrait inventer pour soulager l'humanité et lui rendre la vie plus agréable.

Mais ce travail fut à l'origine d'une des deux plus grandes frustrations de la carrière d'inventeur d'Hubert Semper.

Un matin, il arriva au travail et fut surpris de voir le mécanicien de l'usine affairé à sa machine.

— Que se passe-t-il?

— J'installe un senseur, répondit le mécanicien.

— Un senseur?

— C'est un machin qui va éviter que tu aies à appuyer sur la pédale après chaque lacet. Tu vois, ce truc-là est sensible au toucher et quand un bout du lacet y est posé, il met la machine en marche automatiquement. Plus besoin de peser sur la pédale.

— C'est pas bête, admit Hubert Semper.

— C'est le petit Leduc, à la comptabilité, qui y a pensé.

La machine permit en effet d'accroître considérablement la cadence qui passa à près de trente mille lacets par jour, sans qu'Hubert Semper reçoive un sou de plus.

Cela, en soi, aurait pu suffire à l'irriter. Mais ce qui le blessa profondément, ce fut de se rendre compte que ce petit imbécile de Leduc à la comptabilité, qui ne connaissait rien à sa machine, avait pensé à cette invention alors que lui, Hubert Semper, qui y passait toutes ses journées, n'y avait pas songé.

La seconde grande frustration de la vie d'Hubert Semper lui fut occasionnée par l'adoption de la Loi sur la langue d'écoute dans les endroits publics. Il fut le premier à songer que les restaurateurs auraient tout avantage à utiliser un appareil qui enregistrerait les émissions radiophoniques du jour pour les diffuser automatiquement le lendemain et ainsi contourner une loi qu'Hubert Semper savait juste — mais, que voulez-vous, quand on a du génie on doit parfois passer par-dessus ses principes pour mettre son génie en valeur.

Hubert Semper s'était précipité chez un fabricant d'appareils de radio, lui avait exposé son projet. Le fabricant lui avait fait signer un contrat, rédigé en zanglais parce que c'était la seule langue que comprendraient les gens de son siège social, à De Soto. Ne comprenant pas le zanglais, Hubert Semper s'était bien fait expliquer les clauses du contrat.

Il reçut par la poste, le lendemain, un chèque de dix piastres portant la mention «Pour paiement final, idée 217-518-570».

Hubert Semper se précipita aussitôt aux bureaux de la Great Northern Pharynxiscope. La personne qui l'avait reçu la veille le fit poireauter pendant trois heures avant de lui envoyer sa secrétaire lui dire que ce paiement était parfaitement conforme à son contrat, qu'elle venait de lire elle-même.

Déçu, Hubert Semper ne se consola pas du tout à l'idée que la Great Northern Pharynxiscope perdit beaucoup d'argent avec son invention. En fait, il ne cherchait pas du tout l'argent par ses inventions, mais plutôt la gloire.

Le destin, on le sait, joue souvent de mauvais tours. Et c'est justement lorsqu'il décida d'abandonner sa recherche de la gloire, qu'Hubert Semper se retrouva au beau milieu du chemin de celle-ci.

Une équipe de cinéastes était venue tourner un film à l'usine Bo-Lacets où travaillait Hubert Semper. Ce film avait pour ambition de démontrer que c'était grâce à sa force ouvrière hautement productive que la Hauturie méritait d'attirer les investissements industriels.

On avait choisi l'usine Bo-Lacets parce qu'elle avait un nom vieux-paysan, parce que le produit qu'on y fabriquait était éminemment anonyme et jugé représentatif de l'ensemble de la production industrielle et aussi parce que le beau-frère du ministre des investissements étrangers en était le propriétaire (ce qui, on le comprendra aisément même si l'opposition officielle le comprit mal, facilitait grandement les contacts entre le gouvernement et cette entreprise).

Les cinéastes avaient décidé de choisir comme héros du film l'ouvrier qui aurait la plus belle voix. Après trois jours à écouter tous les ouvriers de l'usine, on avait choisi Hubert Semper dont le profil sonographique semblait le plus avantageux, sa voix couvrant une vaste gamme du spectre sonore.

Quelques semaines plus tard, Hubert Semper était devenu la vedette du film le plus plat jamais tourné sur terre. Cent quatre-vingt-deux fois, on voyait ses mains, en gros plan, déposer sur le senseur les extrémités de lacets. Et seize fois on voyait un gros plan de son sourire de satisfaction après qu'il eut répété le leitmotiv du film, en zanglais mais avec un fort accent : « Moi, je sais me servir de mes mains. »

Peu de gens le virent et l'entendirent plus de trois ou quatre fois prononcer ces paroles. Presque toujours, après quatre ou cinq minutes de projection, les investisseurs étrangers pressentis réclamaient qu'on allume les lumières et ne demandaient même pas à voir, sur une carte, où se trouvait exactement la Hauturie.

Et même lorsque, quelques mois plus tard, le film fut diffusé par la toute nouvelle station de télévision de Ville-Dieu parce qu'elle n'avait rien à montrer au public, des milliers de personnes tournèrent presque aussitôt le bouton, préférant fermer leur téléviseur (il n'y avait pas encore d'autre chaîne) plutôt que d'entendre et de voir de telles sottises.

Ce ne fut donc pas ce film qui fit la gloire d'Hubert Semper, mais la campagne de publicité qui l'appuya en Hauturie.

Les spécialistes en communication avaient fait remarquer qu'il ne servait à rien d'inviter les investisseurs étrangers si la main-d'œuvre elle-même ne coopérait pas. Ils avaient donc recommandé une campagne de publicité susceptible de donner aux ouvriers et ouvrières hauturois et hauturoises la fierté de leur travail.

On avait donc littéralement couvert toute la Hauturie d'affiches portant la photo d'Hubert Semper montrant ses mains, ainsi que la phrase : « Moi, je sais me servir de mes mains. »

Cela fit sa gloire. On le reconnaissait dans les tramways, dans les autobus, dans la rue et dans le métro de Ville-Dieu récemment inauguré même s'il ne comptait encore que trois stations, d'ailleurs tellement rapprochées les unes des autres que la plupart des usagers auraient préféré marcher s'ils n'avaient pas été si fatigués.

Pendant quelques jours, Hubert Semper fut fier de cette gloire. Mais il commença à voir, de plus en plus souvent, des graffiti ajoutés à ses affiches. Et ces graffiti n'avaient rien de flatteur.

Il y avait, bien sûr, les graffiti obscènes, qui lui dessinaient des pénis dans les mains ou qui ajoutaient la mention « crosseur » en travers du visage d'Hubert Semper.

Il y avait les graffiti purement moqueurs, qui lui ajoutaient des moustaches, une barbe, une cigarette, des marques de coupures dans les mains, ou qui l'ornaient de la mention « con » ou « cocu ».

Mais il y avait aussi des graffiti plus politiques. En général, il s'agissait d'une remarque humiliante : « Vendu », « Nouille » ou « J'adore me faire fourrer par mes patrons ». Une fois, Hubert Semper vit une affiche sur laquelle on avait ajouté le mot «traître», et sur laquelle on avait peint ses mains en rouge — la main rouge étant (ou ayant été) le symbole du Parti ouvrier hauturois. Et Hubert Semper avait été sûr que Victor Grak était passé par là.

Il eut honte et demanda aux publicitaires du gouvernement de faire enlever les affiches. On lui répondit que les affiches avaient été imprimées en grand nombre, qu'il était impossible de les enlever ni même d'empêcher qu'on en colle d'autres.

Il lui fallut deux semaines pour retrouver Victor Grak. Et ce fut tout à fait par hasard qu'il l'aperçut en passant devant l'Accueil Lacordert, un refuge pour ivrognes et clochards.

Si Hubert Semper reconnut Victor Grak malgré le poids des ans et son allure misérable, celui-ci l'examina longuement de ses yeux rougis avant de le reconnaître.

— Ah! oui... Hubert.

Victor Grak insista pour qu'Hubert lui paie une bière à la taverne voisine. Et ils passèrent la soirée ensemble, Hubert payant la bière et Victor la buvant.

Des propos souvent incohérents de son vieux camarade, Hubert Semper comprit qu'il avait été congédié trois ans plus tôt parce qu'il refusait, à l'épicier qui l'employait, d'ajouter systématiquement cinq pour cent au poids des denrées qu'il pesait.

Victor Grak était ensuite tombé de déchéance en déchéance.

Un jour, il avait reconnu son ancien camarade de parti sur une affiche et n'avait pas pu résister à la tentation de lui peindre les mains en rouge et d'ajouter le mot «traître».

— Mais le plus drôle, ajouta Victor Grak, c'est que je

me souvenais même plus de ton nom. C'est comment, déjà?

— Hubert Semper.

— Bien oui, Hubert Semper. Comment j'aurais pu oublier? Ça fait tellement longtemps. Hubert comment, déjà?

Lorsque Hubert Semper mentionna le nom de Sylvane Laforest, Victor Grak laissa tomber un tel flot d'obscénités et d'imprécations qu'Hubert Semper changea rapidement de sujet.

À la fin de la soirée, Hubert Semper demanda à Victor Grak comment il pourrait lui être utile. Et l'ivrogne hésita longuement, en l'examinant d'un regard fixe et vitreux.

— Peut-être qu'un jour on va recommencer avec le Parti ouvrier. Mais pas comme avant, pour de la parlotte. On va faire de l'action, de la vraie, cette fois-ci. D'accord?

— Bien sûr, Victor. Tu peux compter sur moi.

— Promis?

— Juré.

Hubert Semper lui laissa un billet de cinq piastres et rentra chez lui, convaincu qu'il ne le reverrait jamais plus.

Deux ans plus tard, on frappa à sa porte.

C'était Victor Grak. Encore en guenilles. Mais rasé et les yeux clairs, quoique plus maigre encore.

— J'ai un cancer, expliqua Victor Grak. J'en ai pour six mois. Mais on va passer à l'action. Tu vas me donner un coup de main?

— Quand je fais une promesse, c'est une promesse, répondit Hubert Semper en regrettant que son ancien camarade ait eu souvenir de celle-là.

HERVÉ DESBOIS (II)

La dernière substitution dont Hervé Desbois fit l'objet fut incontestablement la plus dramatique de toutes.

Comme il ne lui restait plus un sou, il avait passé la matinée à mendier, sur le parvis de la cathédrale, sans trop de succès, puis était allé dormir à l'entrée de la villa Hyon, lorsqu'il se réveilla soudain dans la Grande Banque de Ville-Dieu. Celle-ci s'appelait la Grande Banque de Ville-Dieu parce qu'elle avait beaucoup d'ambition. Mais, pour l'instant, la Grande Banque de Ville-Dieu ne comptait qu'une succursale, et c'était la plus petite succursale bancaire de Ville-Dieu.

Hervé Desbois s'éveilla donc au beau milieu de la Grande Banque de Ville-Dieu, sans savoir que c'était là qu'il était parce qu'il n'y avait jamais mis les pieds.

Il était debout, devant un des deux guichets. Et non seulement avait-il ses deux bras et ses deux mains, mais encore il avait à chaque poing un énorme pistolet à trois canons, comme il en avait utilisé quand il était soldat.

Immédiatement à sa gauche, un autre jeune homme, vêtu de noir comme lui, brandissait deux autres pistolets.

Hervé Desbois n'avait pas encore eu le temps de se demander ce qu'il faisait là, qu'une sonnerie stridente se faisait entendre.

— L'alarme, fit le jeune homme à côté de lui. Laisse tout tomber, on s'en va.

Mais déjà la caissière en face d'Hervé Desbois lui jetait dans les bras un lourd sac de toile grise. Il en échappa son pistolet droit, tandis que son compagnon le tirait par la manche.

En quelques enjambées, ils furent dehors. Une voiture (une Myers sport à roues arrière surdimensionnées, véhicule aux accélérations foudroyantes) s'arrêta devant eux en soulevant un nuage de poussière. Hervé Desbois et son compagnon sautèrent dans la voiture, Hervé Desbois sur la banquette arrière, l'autre à l'avant.

— Que s'est-il passé ? demanda la jeune femme au volant.

Hervé Desbois la regarda, de trois quarts arrière, et il eut aussitôt un coup de foudre violent, qui lui fit oublier jusqu'à l'existence de Mélodie Hyon.

La jeune femme portait un chapeau noir qui lui serrait la tête, un de ces chapeaux transpercés d'une grande plume rouge dont la tige ressortait de l'autre côté comme si la plume lui avait traversé le crâne de part en part. Et elle portait une robe rouge en similisatin, très collante, qui moulait de très jolis seins (ou devrait-on dire son très joli sein droit, car c'était le seul que pouvait voir Hervé Desbois assis sur le siège arrière). C'était la première fois qu'il voyait une femme conduire une voiture (il en avait vu conduire des tramways, mais cela ne semblait présenter aucune difficulté, le tramway roulant sur des voies toutes tracées) et il était très impressionné par la façon dont celle-ci conduisait, la main gauche sur le volant et la droite sur son chapeau, sauf lorsqu'elle devait passer les vitesses.

— Montre, dit l'homme.

Hervé Desbois lui tendit le sac de toile. L'homme y jeta un coup d'œil, y entra la pointe de son revolver pour en secouer le contenu.

— Mille piastres, deux mille peut-être.

— C'est pas mal, dit la fille.

— Tu trouves?

Hervé Desbois fut ravi que la fille dont il venait de tomber amoureux sût se contenter de peu. Mais le cri d'une sirène mit fin à ses réflexions. Il se retourna et vit une voiture de police qui les poursuivait, quoique de loin.

— Plus vite, ordonna le jeune homme assis à l'avant.

La jeune femme appuya sur l'accélérateur et la voiture fit presque un saut en avant, au point qu'Hervé Desbois faillit tomber à la renverse.

— Tiens-toi bien, Phil, dit la jeune femme avec un peu de retard.

«Phil» déposa le sac au fond de la voiture, passa son pistolet dans sa ceinture et se tint bien.

La voiture de police avait accéléré elle aussi et devait être conduite par quelqu'un de plus expérimenté que la jeune femme, car elle gagnait peu à peu du terrain sur la voiture des voleurs.

— Monte vers le mont Dieu, ordonna le jeune homme. Je suis sûr qu'on va les perdre dans les côtes.

Au carrefour suivant, la voiture tourna à gauche.

— Plus vite, idiote, hurla le jeune homme en voyant que la voiture de police gagnait toujours sur eux.

La jeune femme tourna encore à gauche à la première occasion, mais si brusquement que son compagnon faillit être éjecté. Il se retint d'une main à une barre d'appui. Mais Hervé-Phil en profita pour lui donner un coup de poing sur la main. Le jeune homme lâcha prise et alla rouler sur la chaussée.

— Qu'est-ce que tu fais, Phil? cria la jeune fille.

— À deux, on sera mieux.

La Myers commença bientôt à gravir la pente du mont Dieu et la voiture de police au moteur moins puissant se laissa distancer.

Hervé-Phil alla s'asseoir sur le siège avant, passa son bras autour de la jeune femme.

— Comment t'appelles-tu? demanda-t-il.

— Tu es malade, ou quoi? Tu ne sais plus comment s'appelle ta sœur?

«Oupse, pensa Hervé-Phil, je n'avais pas songé à celle-là.»

La voiture s'était rapidement rendue au sommet du mont Dieu et les policiers recommencèrent à gagner du terrain.

— Fais le tour, dit Hervé-Phil.

Et la jeune fille continua à rouler à fond de train sur le chemin du Sommet.

* * *

Pendant ce temps, il n'était rien arrivé au véritable Phil, car il était resté endormi dans le corps d'Hervé Desbois devant la villa des Hyon. Il n'avait commencé à se réveiller que lorsqu'il avait entendu au loin quelques coups de feu. Puis il s'était éveillé pour de bon en voyant arriver sur lui, à fond de train, la voiture conduite par sa sœur Desneiges, à côté de laquelle il crut reconnaître son beau-frère Lucien, qui s'habillait comme lui.

Il s'était aussitôt levé, sans même remarquer qu'il lui manquait un bras, et s'était lancé à la rencontre de la voiture.

Desneiges ralentit en voyant le bûcheron manchot courir au milieu de la chaussée, en direction de la voiture, le bras levé pour lui faire signe d'arrêter. Elle n'entendit pas ses cris: «Arrête, Desneiges, arrête.» Mais elle hésitait à foncer sur un piéton, alors que la semaine précédente elle avait étranglé de sang froid une femme riche qu'ils avaient prise en otage et qui refusait de signer une demande de rançon.

En effet, Desneiges savait être sans pitié lorsqu'elle n'écoutait que sa tête. Pourtant, dès qu'elle n'avait pas le temps de réfléchir, elle avait un cœur de midinette.

Hervé-Phil, lorsqu'il vit que la voiture ralentissait en approchant du manchot, eut le réflexe de sortir son pistolet de sa ceinture. Il l'arma, puis le brandit à bout de bras lorsque le bûcheron ne fut plus qu'à deux ou trois pas.

Il eut toutefois le temps de se reconnaître, juste au moment où il appuyait sur la détente.

— Merde, dit-il, je viens de me tuer.

Effectivement, il mourut. Car presque au même instant une balle tirée par un policier traversait le corps du jeune bandit juste sous l'épaule, du côté gauche.

Hervé Desbois mourut-il dans le corps du bandit, dans le costume élégant du rastaquouère? Ou dans son corps à lui de manchot, vêtu d'une veste de bûcheron, sale et usée?

Tout ce qu'on sait, c'est qu'il mourut. Et Desneiges aussi, lorsque la voiture alla s'écraser sur un des piliers de pierre à l'entrée de la villa des Hyon.

Mélodie Hyon, alertée par tout ce bruit et accourue avec les domestiques, vit l'ancien soldat, mort d'un coup de pistolet qui lui avait arraché la moitié de l'épaule, et trouva cela bien triste.

Elle trouva aussi triste que le jeune homme en costume noir fût mort aussi, même si on lui expliquait que c'était un bandit. Et elle trouva triste encore que la jeune fille fût morte.

Mélodie Hyon trouva donc tout cela bien triste mais n'en fut pas véritablement attristée.

SAINT-NICOL

Bien avant d'être un lac ou une rivière, une montagne ou un village, Saint-Nicol existait.

Saint-Nicol s'appelait-il déjà Saint-Nicol alors que la planète qui allait lui donner naissance n'était qu'une boule incandescente voyageant dans l'espace, expulsée par son soleil et cherchant le fragile mais éternel équilibre de son orbite ?

On l'ignore. Mais il est sûr que Saint-Nicol existait dans cette matière en fusion, dans les molécules et les atomes qui s'ordonneraient un jour de manière précise pour former ses rives et ses collines, ses arbres et son humus, et même ses éphémères champignons, de mille et une couleurs. Tout le devenir de Saint-Nicol était là, de la même façon que son avenir est dès maintenant inscrit dans les nuages qui flottent dans son ciel et dans le magma qui bouillonne sous son sol, même si personne ne peut en déchiffrer les signes.

Saint-Nicol fut d'abord un lieu sans limites précises,

les berges de sa rivière se déplaçant selon les caprices des pluies et du sol. Le grand fleuve lui-même s'enfonçait parfois loin dans les côtes, inondant Saint-Nicol et le transformant en frayère pour quelques milliers de générations de brochets ou de poissons plus primitifs encore, pour un jour retraiter vers la mer et laisser derrière lui un sol plus riche et plus fertile que celui qu'il avait recouvert. Et le fleuve enfin se fixa (définitivement?) là où est maintenant sise la longue plage sablonneuse au confluent de la rivière Saint-Nicol.

Saint-Nicol fut tour à tour le royaume marécageux des grands sauriens, le paysage rocailleux des mammifères velus des premières glaciations, puis une forêt si dense que les orignaux préféraient en faire le tour plutôt que de risquer de s'emprisonner, à cause de leurs bois trop larges, dans un labyrinthe inextricable.

Lorsque les premiers indigènes arrivèrent dans les Terres Nouvelles, ils traversèrent cette forêt, sans lui trouver le moindre intérêt car il semblait y avoir une infinité de forêts et de côtes semblables et rien ne permettait de croire que le gibier et le poisson y seraient plus abondants que partout ailleurs.

Et ils avaient raison, Saint-Nicol étant juste au début de la côte de Cahin, succession de rochers abrupts et de falaises inaccessibles. Seule sa plage, la dernière de la côte, distinguait Saint-Nicol de ce rivage inhospitalier. Mais, pour le reste, c'était un endroit où jamais personne n'aurait songé à s'établir si le seigneur de Galipan n'avait pas été un aussi fieffé menteur.

Le seigneur de Galipan avait reçu cette terre en reconnaissance des services qu'il avait rendus aux rois jumeaux pendant la guerre de succession de la couronne hispane.

Pour le remercier d'avoir levé sous leur bannière un régiment de condamnés de droit commun, les rois jumeaux avaient cédé au seigneur de Galipan des territoires du Nouveau-Pays aussi grands que toute une province vieux-paysanne.

Enthousiaste, le seigneur de Galipan s'était embarqué sur le premier navire faisant voile vers les Terres Nouvelles. Son voyage désastreux (provisions avariées, eau imbuvable, mal de mer et grand mât brisé) se termina de façon catastrophique. Tandis que le bateau remontait le grand fleuve en longeant la côte, le seigneur de Galipan examinait la rive dans sa lunette et bientôt les larmes lui vinrent aux yeux, embrouillant une image qu'il préférait d'ailleurs ne plus voir.

Ainsi, c'était cela, ces belles terres neuves, ces beaux boisés, ces havres naturels que décrivaient ses lettres patentes ? Le seigneur de Galipan ne vit que des conifères rabougris, une forêt-fouillis sans commune mesure avec les plantations arbrières de sa province natale, une côte hérissée de rochers sur lesquels une mer hostile venait se briser en soulevant des montagnes d'écume.

Il refusa de descendre à terre, même si le capitaine lui faisait remarquer qu'il y avait là un bout de plage où accoster en chaloupe.

À Balbuk, qui n'était encore qu'un gros village, il fit dresser un plan de ses terres par un fonctionnaire qui ne les avait jamais vues et qui laissa aller son imagination — dessinant de jolis coteaux, des ruisseaux paisibles, des prairies ondulantes, des anses bien abritées du vent, et subdivisant le tout à la vieux-paysanne, c'est-à-dire en longues bandes de terre pour permettre à chaque paysan d'avoir accès au fleuve ou à la rivière.

Le seigneur de Galipan repartit la semaine suivante

par le même bateau réparé à la hâte. La traversée lui donna l'occasion de mûrir un projet pour tirer profit de ces terres incultes.

Une fois rentré dans son domaine, il fit le tour des paysans qui cultivaient ses terres et leur offrit d'échanger tout arpent de terre fatiguée, usée, vieillie, contre dix arpents de terre fraîche, vierge, neuve, dans les prairies ensoleillées du Nouveau Pays.

Peu de paysans acceptèrent cette offre. Trois seulement — ceux qui avaient toujours dû cultiver les trois terres les plus petites, les plus caillouteuses et les plus improductives — jugèrent que cette occasion de changer de pays leur était peut-être envoyée par le ciel. N'y avait-il pas d'ailleurs quelque chose de céleste dans ces plans méticuleusement tracés de leurs terres futures ?

* * *

Pendant que les marins descendaient deux chaloupes à la mer, Jacques Cyr regardait la côte.

Il avait trente ans. Il n'avait ni femme ni enfant parce que la terre qu'il avait quittée en Vieux-Pays n'aurait pu suffire à nourrir plus d'une tête. Et cette nouvelle terre qu'il voyait mal parce qu'il en était trop éloigné mais qui, il le voyait bien, n'avait pas la moindre ressemblance avec les plans qu'on lui avait montrés, ne l'effrayait nullement.

Il se sentait fort et jeune, capable de transformer ces rives arides pour les rendre semblables aux prairies de sa Materne natale.

À sa droite, sur le quai du navire, la famille de Nicolas Meunier regardait le rivage avec consternation, sans dire un mot. L'homme, âgé de plus de cinquante ans,

tenait serrée contre lui la femme du même âge ou presque, tandis que leurs six enfants de six à seize ans se
tenaient par la main, comme un chapelet.

«Ils sont trop vieux, songea Jacques Cyr, et leurs
enfants sont trop jeunes.»

Et il se réjouit d'être si jeune et si fort et si libre de
femme et d'enfants. «Ce pays est fait pour moi, pensa-
t-il, et non pour eux.»

À gauche, un couple plus jeune que lui conversait,
mais trop loin pour que Jacques Cyr pût distinguer leurs
paroles.

Pendant la traversée, il avait souvent parlé avec eux.
La femme, Galicia, était belle comme il souhaitait que le
serait un jour la femme qui serait sienne. Et l'homme,
Original Martaile, était souriant, un peu benêt peut-
être, mais solide et généreux.

«Eux devraient survivre en ce pays, se dit Jacques
Cyr, s'ils ne font ni trop d'enfants ni trop peu.»

* * *

On finit de descendre dans une chaloupe les posses-
sions des colons, puis les colons eux-mêmes y prirent
place.

— Nous ne sommes pas trop nombreux pour la
chaloupe? demanda Nicolas Meunier.

— Ça ira, répondit le capitaine. Vous garderez la
chaloupe. Vous en aurez plus besoin que nous.

* * *

La plage était en vue maintenant, et Jacques Cyr qui avironnait se retourna encore une fois pour la regarder. Les trois colons adultes souquaient ferme contre les vagues de côté qui envoyaient souvent de grands paquets d'eau dans la chaloupe. Le plus jeune des enfants pleurait parce qu'il avait peur et les pieds mouillés.

Jacques Cyr avironna plus fermement en voyant la plage qui se rapprochait. Et les autres l'imitèrent, donnant de la vitesse à la chaloupe.

C'est alors qu'on sentit plus qu'on entendit un long grincement sous la chaloupe. Un rocher à fleur d'eau souleva la chaloupe à bâbord. Et les passagers de tribord perdirent l'équilibre, penchant trop de ce côté. Sans qu'on eût vraiment le temps de savoir pourquoi ou comment, la barque s'était renversée, jetant dans les eaux glacées du fleuve tous les passagers et leurs bagages.

Jacques Cyr fut le premier à se noyer. Il était jeune et fort, mais son cœur avait une faiblesse depuis sa naissance, qui ne s'était jamais manifestée et qui, sans doute à cause de la froidure saisissante des eaux, le fit sombrer en un instant.

Moururent aussi presque aussitôt les six enfants de Nicolas Meunier. Puis Galicia et Original Martaile, sachant tous les deux qu'ils ne pourraient jamais atteindre le rivage même s'ils savaient un peu nager l'un et l'autre, se laissèrent sombrer dans les eaux noires du fleuve en se tenant par la main.

Le femme de Nicolas Meunier qui, manquant de valises, avait préféré porter sur elle toutes ses jupes et toutes ses blouses, pataugea encore quelques instants, cherchant des yeux son mari.

— Nicolas, Nicolas, cria-t-elle.

Son mari l'entendit et tenta de s'approcher. Mais elle n'était plus là lorsqu'il arriva à l'endroit d'où il croyait avoir entendu sa voix.

Soudain, il ressentit une vive douleur à sa jambe gauche qui venait de heurter le rocher sur lequel la chaloupe avait chaviré. Il sentit une déchirure sous son genou et du sang qui coulait.

Il s'agrippa au rocher qui affleurait à peine de l'eau. Presque au même moment, il sentit quelque chose de mou qui lui touchait les jambes. Il crut d'abord que c'était un poisson, peut-être un de ces poissons mangeurs d'hommes dont parlaient les marins pour faire peur aux passagers. Mais il baissa la main et toucha une chevelure. Il tira ces cheveux vers lui, faisant émerger le visage de Galicia Martaile.

Elle avait les yeux révulsés. Il lui secoua la tête. Et elle se mit à tousser et à cracher. Elle reprit conscience, regarda l'homme avec de grands yeux étonnés.

— Ça ira, dit-il doucement.

Ils restèrent quelques minutes accrochés au rocher, reprenant leur souffle, leur tête seulement émergeant des eaux, regardant autour d'eux, cherchant des yeux leurs compagnons. Mais il n'y avait plus qu'eux dans le clapotis des vagues. La masse sombre de la chaloupe renversée s'éloignait dans le courant, vers la mer.

Puis Nicolas Meunier tenta de monter sur le rocher, pour qu'on puisse le voir du navire et venir à leur rescousse. Mais il n'y parvint pas. Et bientôt il vit s'éloigner, en amont du fleuve, les voiles du navire dont la coque lui était cachée par les vagues.

— Savez-vous nager? demanda-t-il à Galicia Martaile.

— Un peu.

Il enleva ses vêtements encombrants. Elle l'imita. Il fit un signe de la tête, et ils se mirent à nager côte à côte, en petit chien, vers le rivage qu'ils atteignirent, à bout de forces.

* * *

Il peut sembler incroyable qu'un homme et une femme presque nus, abandonnés sur le rivage de Saint-Nicol comme sur celui d'une île déserte, aient survécu à la faim et au froid, à l'automne et à l'hiver, aux loups et aux ours.

Mais il y a des gens qui meurent d'un rhume et d'autres qui survivent au cancer.

Nicolas Meunier et Galicia Martaile étaient de ceux-ci et non de ceux-là.

Nicolas était habile et astucieux, et fort malgré ses cinquante ans. Galicia était intelligente et patiente, et forte malgré ses vingt-deux ans.

Lorsque arriva le premier hiver, ils s'étaient déjà construit une cabane, avaient accumulé de la viande fumée, s'étaient confectionné des vêtements de peaux de bêtes.

Le jour de la première neige, des chasseurs indigènes étaient passés par là, longeant la côte pour aller rejoindre les troupeaux de caribous plus au nord. Et ils avaient pris cet homme aux cheveux blancs et cette femme aux cheveux d'or pour des indigènes d'une autre tribu, parlant une autre langue. Ils étaient repartis, un peu envieux de cet homme si vieux pour une femme si jeune.

Pourtant, ce ne fut qu'au creux de l'hiver, lorsque la tempête les força à rester dans la cabane huit jours de suite, le vent soufflant avec tant de force qu'on ne pouvait voir sa main lorsqu'on la tendait dehors à bout de bras, que Nicolas Meunier décida enfin de déclarer son amour à Galicia. Et Galicia, qui aimait encore plus cet homme simple et droit que lui-même cette femme encore plus belle et douce que la femme qu'il avait eue auparavant, accepta cet amour avec joie.

Et lorsque revint le printemps et avec lui les premiers bateaux venant du Vieux-Pays pour remonter le grand fleuve, ils n'eurent plus envie d'allumer de grands feux de bois pour attirer leur attention.

Ils s'aimèrent sans témoins et sans enfants parce que Galicia était stérile, même si Nicolas se disait que c'était lui qui, ayant déjà eu trop d'enfants, n'était peut-être plus capable d'en faire.

Plusieurs années plus tard, un bateau jeta l'ancre devant la plage de Saint-Nicol. Et trois chaloupes remplies de nouvelles gens recrutées par le seigneur de Galipan qui leur avait promis vingt arpents de terre neuve contre chaque arpent de terre usée en Vieux-Pays, accostèrent à quelques pas de la cabane de Galicia et Nicolas.

Ceux-ci, qui avaient perdu l'habitude de parler vieux-paysan parce qu'ils n'avaient pas besoin de se parler pour se comprendre, reconnurent des sons qui leur avaient déjà été familiers.

Mais ils n'eurent aucun rapport avec les nouveaux colons, qui n'en souhaitaient aucun avec ces sauvages crasseux.

Les colons eurent tôt fait d'ouvrir de grandes clairières plus haut dans la forêt, à un endroit d'où ils pourraient voir au loin, même s'il n'y avait presque jamais rien à voir au loin.

L'année suivante, trois nouvelles chaloupes débarquèrent encore leur plein de colons. Il y avait parmi eux un prêtre, qui exigea aussitôt qu'on lui construise une église et qui nomma le village Saint-Marseille parce que ce saint était né dans le même village que lui.

Mais, un an plus tard, un représentant du gouverneur vint sommer le curé de changer le nom du village, car il y avait déjà un autre Saint-Marseille et le nouveau gouverneur n'appréciait pas les noms de village composés comme Saint-Marseille-les-Oies, Saint-Marseille-d'en-Haut, Saint-Marseille-du-Lac.

Le curé compara longuement les listes de villages déjà existants et les listes de saints du paradis. Et enfin, à la lettre « N », il trouva un saint Nicol jusque-là négligé. Comme il en avait assez de chercher, il baptisa donc son village Saint-Nicol sans chercher plus loin, même s'il ne connaissait rien du patron auquel il vouait son village, et même si plusieurs de ses paroissiens soutenaient que Nicol était un nom de fille.

Il eut d'ailleurs raison de ne pas pousser ses recherches, le seul autre nom de saint n'ayant pas encore été pris étant celui de Winceschlaw, si difficile à prononcer.

Dès l'été suivant, trois familles de Saint-Nicol firent baptiser leur garçon nouveau-né Nicol, et le curé sut qu'il avait fait le bon choix.

* * *

Nicolas Meunier mourut très vieux. Et Galicia, qui se trouvait assez vieille pour mourir, se laissa mourir elle aussi.

Quelques mois plus tard, le curé qui était lui aussi très vieux fit poser à l'entrée de son église une plaque de bronze, fondue à Balbuk, où figuraient les noms des premiers arrivants du village.

Ni le nom de Nicolas Meunier ni celui de Galicia Martaile n'y figuraient.

Ce qui prouve bien qu'il ne faut pas plus se fier aux plaques commémoratives qu'aux monuments aux morts des guerres pour connaître la véritable histoire des lieux et des gens.

* * *

Comment se fait-il que, trois siècles plus tard, Saint-Nicol et des gens qui y ont vécu se retrouvent mêlés de si diverses façons aux péripéties de ce récit?

Y a-t-il dans le sol, dans l'eau ou dans l'air de Saint-Nicol quelque chose qui prédispose les gens à entrer dans les histoires — que ce soit pour des rôles de premier plan ou comme simples figurants? Bien sûr, certains collèges ont donné plus que d'autres naissance à des générations entières de politiciens ou de comédiens. Mais que plusieurs enfants d'un même village se retrouvent liés, par le hasard ou par une volonté supérieure, à la trame d'un même récit semble miraculeux.

C'est sans doute même le plus extraordinaire des miracles de saint Nicol alias Nicolosk, aussi appelé le thaumaturge du MaMti.

SAINT NICOL

Saint Nicol naquit, vécut et mourut il y a si longtemps que personne ne connaît l'année de sa naissance et que l'on se querelle encore sur l'année de sa mort, deux changements successifs du calendrier jupinien ayant créé une confusion inextricable.

Saint Nicol ne s'appelait pas ainsi à sa naissance, c'est évident. Comment sa mère, en apercevant ce fils chétif sortir d'elle, aurait-elle pu se douter qu'il deviendrait un jour saint de la sainte Église ? De plus, elle hésita longuement avant de lui donner un prénom. C'était son premier fils, après trois filles consécutives, et lui donner un nom était une tâche délicate. Fallait-il l'appeler Raskaïm comme son père et ainsi fonder une longue lignée de Raskaïm qui, de père en fils, finiraient par se doter de vertus communes dont était jusqu'alors dépourvu le père du bébé ? Fallait-il le faire baptiser Cabal comme son grand-père paternel ou Sygdom comme son grand-père maternel et ainsi faire plaisir à un vieillard qui n'avait rien obtenu de la vie et n'en attendait plus grand-chose? Ou, pour éviter de ne plaire qu'à l'un en faisant de la peine à l'autre, l'appeler Cabal-Sygdom ou Sygdom-Cabal?

Fallait-il le prénommer Lustodic comme son oncle et futur parrain? Ou Riomion, équivalent masculin de Riomiona, sa marraine?

Pendant de longs mois, tout le clan attendit que la mère prît une décision. Souvent, on lui faisait des suggestions, mais sans insister, parce qu'on reconnaissait qu'une mère qui avait porté un enfant pendant neuf mois et avait enfanté dans la douleur avait le droit de choisir le nom de son enfant, car elle n'avait pas celui de choisir son sort, qui serait misérable comme l'est toujours celui des hommes et des femmes.

Un matin, la mère annonça enfin au milieu de la crestiana (maison circulaire typique des Kirgans) dans laquelle étaient réunis les grands-pères et les grand-mères, les oncles et les tantes de son fils, que celui-ci s'appellerait Nicolosk.

Personne ne lui demanda où elle était allée chercher ce prénom inconnu jusque-là. Personne non plus ne lui dit (même si presque tous le pensèrent) que Nicolosk était bien près de nicoskol qui veut dire, en langue kirganne, «chèvre morte de syphilis».

Le petit Nicolosk s'habitua rapidement à ce que ses camarades, souvent cruels, l'appellent Nicoskol. Et peut-être fut-ce cette habitude tôt prise de se laisser ainsi martyriser qui le prédisposa dès son plus jeune âge à devenir un saint de la sainte Église.

Lorsque Nicolosk eut vingt ans, il était si laid que seule sa mère l'aimait. Les filles du village le laissèrent pour compte. Même celles qui avaient la cuisse la plus légère auraient refusé de se laisser tripoter par lui s'il avait osé le leur demander. Mais il n'aurait jamais osé, parce qu'il savait qu'elles auraient refusé.

Sa laideur fut-elle la seule ou la principale cause de sa chasteté? Cela n'est pas sûr, mais il est évident que l'une et l'autre font souvent bon ménage.

Il y avait, dans les montagnes qui dominent la plaine kirganne, le tombeau du MaMti, un saint homme qui avait écrit un poème de seize millions sept cent soixante-dix-sept mille deux cent seize vers louant chacun la gloire de Dieu tout-puissant.

Ce poème, les *MaMtines*, était recopié pieusement par les moines kirgans qui se réjouissaient de rendre ainsi grâce à Dieu tout en étant assurés de recevoir une ration quotidienne de riz au cari, ce qui faisait du métier de moine une profession fort enviée et fort courue.

Mais la garde du tombeau du MaMti, perdu loin dans la montagne, était une tâche ingrate. D'abord, parce qu'il fallait être chaste et l'avoir toujours été pour prendre sous sa responsabilité le tombeau d'un homme aussi saint. De plus, on vivait là-haut isolé pendant des semaines et des mois entiers, sans voir personne. Souvent on était oublié des gens de la vallée et on devait se contenter de manger de l'herbe et des ronces en attendant que quelqu'un songeât enfin au ravitaillement.

Depuis dix ans, le vieux Margar qui gardait le tombeau du MaMti avait demandé qu'on le remplace parce qu'il se trouvait trop vieux pour vivre si seul et si loin de tout. Mais personne ne s'était donné la peine de lui trouver un remplaçant, jusqu'au jour où le berger monté le ravitailler aperçut Margar immobile, assis sur la coupole de cuivre du tombeau. Margar était mort, mais continuait à surveiller la tombe et aucun pilleur de tombe n'aurait osé l'enlever de là pour ouvrir la coupole et se servir dans les bijoux de pacotille ternis dont on avait orné le corps du MaMti plusieurs siècles plus tôt.

Au monastère le plus près, on accueillit la nouvelle avec un certain affolement. On ne pouvait décemment laisser le tombeau du saint homme sans la garde d'un homme vivant. Et chaque moine du monastère craignit pendant quelque temps d'être choisi pour remplacer Margar là-haut.

Lorsque le sirak (supérieur du monastère) fit défiler dans sa cellule, un à un, les moines qu'il jugeait aptes à garder le tombeau du MaMti, chacun avoua comme à regret une chose ou une autre qui le rendait inéligible. L'absence de chasteté fut invoquée le plus souvent — et presque toujours en vertu d'une vieille faute de jeunesse, commise bien avant l'entrée au monastère.

Le sirak fut donc forcé de faire rechercher dans la vallée un homme chaste, jeune ou vieux mais de préférence jeune pour ne pas risquer d'avoir à lui chercher un successeur avant quelques décennies.

On ne songea pas immédiatement à envoyer Nicolosk là-haut parce qu'il ne savait ni lire ni écrire. Mais lorsque le moine envoyé par le sirak eut précisé qu'il s'agissait de qualités absolument inutiles pour monter la garde auprès d'un tombeau, Nicolosk fut choisi à l'unanimité. Sa mère, quoiqu'elle regrettât de perdre si tôt son seul fils, fut fière de voir confier à sa progéniture le corps d'un homme aussi saint que le MaMti.

Nicolosk s'habitua rapidement à la solitude et à la vie rude de la montagne.

De la solitude, il apprécia que jamais le vent, le soleil

ou les vautours ne le traitassent de vieille chèvre morte de syphilis. De la vie rude, il aima avoir toujours quelque chose à faire — allumer le feu, chercher des noix et des baies, suivre un bélier à la trace dans la neige. Ainsi, Nicolosk ne s'ennuyait jamais.

* * *

Il n'était pas sensible à la beauté des paysages spectaculaires qui l'entouraient, de la même manière qu'on finit par ne plus prêter attention aux motifs du papier peint de sa chambre. Mais cette beauté ne le pénétrait pas moins. Et, au fil des années, les gens qui montaient visiter le tombeau du MaMti trouvaient que le visage de Nicolosk, en prenant de l'âge, ressemblait de plus en plus aux montagnes des environs : rude, aride, buriné par le vent, mais vigoureux et, d'une certaine manière, pur et droit.

* * *

Nicolosk habitait la montagne depuis plus de vingt ans lorsqu'il fit son premier miracle.

Depuis longtemps, il avait appris à être totalement autonome, car on les oubliait bien souvent, lui et le MaMti. Et, entre Nicolosk et le cadavre abandonné sous la coupole de bronze, s'était développée une étrange intimité. Souvent, Nicolosk parlait au MaMti — non pour le prier bruyamment comme le faisaient les pèlerins qui gravissaient la montagne, réclamant du saint homme que leur prochain enfant fût un fils ou que leur source se remît à donner de l'eau ou que leur vache guérît. Nicolosk préférait raconter au MaMti chacun des gestes qu'il posait, même s'il les posait des dizaines de fois par jour et même lorsqu'il lui eut raconté les mêmes gestes des milliers de fois. Nicolosk se disait que s'il décrivait ainsi au saint homme chacune de ses actions, celui-ci aurait le temps de l'arrêter si jamais il s'apprêtait à en poser un inconvenant.

Et, comme jamais le MaMti ne l'avait empêché de faire quoi que ce fût, Nicolosk pouvait dormir tranquille, sûr de n'avoir fait dans sa journée que des choses qui plaisaient au ciel.

Un jour, une femme enceinte de plus de cinq mois était montée au tombeau du MaMti malgré les difficultés des trois jours de marche. Le père de son enfant ne voulait ni de lui ni d'elle. Et elle voulait demander au MaMti de la faire aimer de cet homme, parce qu'elle avait en vain tout fait pour être aimée de lui et que seul un saint pourrait dorénavant intervenir et forcer cet homme sans cœur à l'aimer, elle.

À plat ventre devant la coupole, comme le rite l'exigeait des femmes, car ainsi leurs seins ne pourraient distraire le saint auquel elles adressaient leurs prières, la femme implora longuement le MaMti, lui expliquant pourquoi elle aimait cet homme et pourquoi, ayant péché avec lui, elle méritait d'être aimée elle aussi.

Nicolosk avait entendu sa prière mais il ne l'avait pas écoutée. Depuis des années, il avait renoncé à écouter les prières des pèlerins, qu'il jugeait toutes semblables et toutes injustifiables, car il évitait lui-même toute chose susceptible de faire l'objet d'une prière : l'amour, la maladie, les biens terrestres.

La femme pria pendant plus de deux heures. Puis, séchant ses larmes, elle se releva. Mais elle se rassit aussitôt, saisie par des douleurs au ventre. Ses plaintes, plus fortes que ne l'avaient été ses prières, attirèrent l'attention de Nicolosk, occupé à débarrasser de leurs épines des ronces qu'il avait cueillies pour son repas du soir.

Nicolosk s'approcha de la femme, n'osant la toucher parce qu'il craignait que cela ne fût pas suffisamment chaste.

— Je m'approche de cette femme, se contenta-t-il de marmonner à l'intention du MaMti.

La femme s'allongea sur les pierres, saisissant son ventre à deux mains. Nicolosk, embarrassé, ne songea même pas qu'elle pût être enceinte, parce qu'il avait depuis longtemps oublié que les femmes enceintes ont un gros ventre.

La femme se remit à geindre de plus en plus fort. Puis à crier qu'elle mourait. Nicolosk, qui avait déjà vu des pèlerins mourir une fois rendus au tombeau du MaMti, ne porta d'abord pas trop d'attention à ces cris.

Il se contenta de rester accroupi devant la femme, à enlever les épines de ses ronces. Mais après une heure la femme cessa de geindre et se mit à respirer bruyamment, péniblement.

Nicolosk la regarda et vit que cette femme était belle malgré sa douleur. Et il songea qu'il était dommage qu'elle mourût, parce qu'il trouvait que toute femme belle ou laide ajoutait quelque chose à la Terre, de la même manière que les nuages font partie du paysage.

— Fais quelque chose, MaMti, dit-il enfin.

La femme ne l'entendit pas, toute à sa douleur. Mais le MaMti l'entendit peut-être. Ou peut-être fut-ce l'enfant dans le ventre de la femme qui entendit Nicolosk et fut touché par le ton désespéré de cette voix rude que l'on sentait difficile à émouvoir.

Toujours est-il que, quelques instants plus tard, l'enfant sortit de la femme qui hurlait de douleur à en faire frissonner Nicolosk.

La femme perdit conscience. Nicolosk comprit que l'enfant était mort-né.

— Je te rends cet enfant, dit-il au MaMti.

Et il commença à creuser, dans le petit cimetière où une douzaine de pèlerins avaient été enterrés au cours des siècles, un trou juste assez grand pour y jeter le fœtus.

Mais il n'y jeta pas lui-même le petit corps. Il attendit que la femme reprenne conscience.

Celle-ci jeta d'abord un coup d'œil autour d'elle, se demandant où elle était, ce qu'elle y faisait. Puis elle aperçut le fœtus à ses pieds, entre elle et le gardien du tombeau. Elle eut honte d'avoir eu cet enfant mort-né en présence d'un homme. Mais Nicolosk ne semblait lui faire aucun reproche. Elle resta assise encore quelques instants, à reprendre ses esprits. Puis elle alla porter le fœtus dans le trou que Nicolosk referma de ses mains.

Cette femme n'aurait rien trouvé de miraculeux à cela si, une fois rentrée dans son village, elle n'avait appris que l'homme qu'elle aimait était mort à l'heure précise où, là-haut dans la montagne, son enfant avait décidé de mourir. Peu après, elle rencontra un autre homme qu'elle aima et qui l'aima. Ils se marièrent et eurent des enfants.

La femme, chaque fois que quelqu'un lui disait avoir un problème, l'envoyait dans la montagne prier sur la tombe du MaMti, car le saint homme et son gardien faisaient des miracles.

Et plusieurs personnes, espérant des miracles, gravirent la montagne et obtinrent les miracles qu'ils souhaitaient.

* * *

Sans trop s'en rendre compte, Nicolosk et le MaMti guérirent des goitres et des purulences, des pieds bots et des becs-de-lièvre. Ils redonnèrent des mains à des manchots, des jambes à des culs-de-jatte. Bientôt, chaque matin, une longue file de pèlerins montait vers le tombeau du MaMti.

Nicolosk, embarrassé parce qu'il ne savait que faire, demandait au MaMti de faire quelque chose et le MaMti faisait quelque chose.

Parfois, une main gangrenée tombait ou un enfant mourait parce qu'on ne lui donnait aucun remède. Mais la personne dont c'était la main ou la mère dont c'était l'enfant se disait alors que c'était mieux ainsi puisque Dieu le voulait ainsi.

* * *

Souvent, Nicolosk se plaignit au MaMti qu'il en avait assez de voir ces gens et que s'il fallait continuer à les aider, ne pourrait-on pas les aider à distance, sans qu'ils aient à gravir la montagne, d'autant plus que ce serait bien moins fatigant pour eux?

Mais le MaMti ne répondait jamais à cette prière. Et Nicolosk se résigna à voir tous ces gens tous les jours et à en guérir plusieurs.

* * *

Un jour, un pèlerin, marchand fort prospère, atteint de rougeurs sur tout le corps, fit remarquer à Nicolosk que le tombeau du MaMti était dans un état bien pitoyable et que le MaMti et lui, Nicolosk son serviteur, méritaient bien mieux et bien plus grand que cela.

Sans que Nicolosk eût réagi de quelque manière, l'idée se répandit comme une traînée de poudre. Et bientôt commencèrent à affluer des dons de toutes sortes : des alliances en or, des pièces de monnaie, des sabres en acier trempé, des bijoux finement ciselés.

Et le riche marchand, guéri de ses rougeurs, offrit à Nicolosk de veiller à l'administration de ces biens. Nicolosk acquiesça. Bientôt, il y eut assez d'or et d'argent pour commencer la construction de la basilique dont rêvait le marchand.

On fit venir un architecte vieux-paysan, renommé pour les constructions imposantes qu'il avait réalisées jusque-là avec de petits budgets. Et l'architecte dressa bientôt les plans d'une immense église.

Des maçons et des menuisiers, poussés par la foi, affluèrent bientôt de nombreux pays et la basilique commença à s'élever autour du tombeau du MaMti.

Nicolosk voyait cela avec appréhension, mais comme le MaMti laissait faire, il se dit que cela devait lui plaire, et il ne se plaignit pas.

Lorsque la basilique fut terminée — à un coût beaucoup plus élevé que prévu — Nicolosk refusa d'en être nommé le curé. Il préféra rester près de la grande porte, qu'il se contentait d'ouvrir chaque fois qu'un pèlerin en approchait. Et beaucoup de pèlerins, qui ne se doutaient pas qu'un saint homme comme Nicolosk pût se contenter d'être portier, glissaient dans sa main une pièce de monnaie, que Nicolosk acceptait en souriant et en marmonnant que le MaMti l'avait voulu.

Lorsque Nicolosk mourut, on lui fit des funérailles considérables. Le représentant de Dieu sur terre vint lui-même présider l'office funèbre. Et on plaça le corps de Nicolosk dans une tombe dorée, à côté de celle du MaMti.

Comme la basilique avait coûté fort cher et était loin d'être payée, on construisit aussi, à mi-chemin entre la basilique et la route de la vallée, une auberge avec des restaurants et un magasin de souvenirs. On érigea aussi un musée où on exposa les objets ayant appartenu à Nicolosk : ses vêtements, son chapelet (dont il ne se servait jamais, n'ayant pas compris comment), son grabat. On pouvait aussi y voir son cœur et ses viscères dans des bocaux de verre. Et des moulages de ses mains et de son visage.

Jamais cela ne suffit à payer la basilique. Mais peut-être les basiliques ne sont-elles pas construites pour être payées ?

* * *

Cinquante ans après sa mort, Nicolosk devint saint Nicol. Il y avait déjà trois saints Nicolas (de Latra, le-bègue, et de Cirisi), deux saints Nicolosk (le grand et le petit), mais aucune sainte Nicole. Comme ce dernier prénom était devenu très à la mode dans certains pays, le représentant de Dieu sur terre jugea bon de lui consacrer un saint — fût-il de sexe masculin — de façon à régler ainsi les problèmes de conscience des curés confrontés avec ce prénom fort populaire ne correspondant à aucun saint du calendrier.

Quant à Nicolosk après sa mort, il est amusant de l'imaginer dans un paradis où sa chasteté n'aurait plus aucune raison d'être et où sa luxure aurait des occasions quotidiennes de se manifester enfin.

Il est toutefois douteux que de tels paradis existent, n'attendant que notre mort pour nous accueillir. Et il est plus douteux encore que ces paradis répondent à nos attentes.

CHARLYNE LADOUCEUR

Tout le collège de l'Abnégation était là : le supérieur, tous les prêtres et même les deux professeurs laïcs (de dessin et de gymnastique), perchés sur une vaste estrade dressée pour l'occasion devant la façade, au mépris des bancs de fleurs qui ne se remettraient à pousser qu'au printemps suivant.

Tous les élèves aussi étaient là, massés en un vaste entonnoir qui amènerait le premier ministre et sa suite jusqu'à la chaire dressée au pied de l'estrade.

Toute la ville de l'Abnégation était là, aussi, dispersée le long de la rue Principale. Les plus petits, au premier rang, agitaient des drapeaux hauturois.

Le défilé arriva-t-il en retard, ou la foule arriva-t-elle en avance ? Sans doute un peu les deux, car il fallut attendre longtemps avant que ne parviennent aux oreilles des élèves et des professeurs les éclats lointains de la fanfare qui était allée accueillir le cortège gouvernemental aux limites de la ville, là où le pont du Point du jour traversait la rivière l'Abnégation.

On tendit d'abord l'oreille, peu sûr que c'était vraiment la fanfare qu'on entendait. Mais bientôt le supérieur sourit en reconnaissant la lente mélopée qui servait d'hymne au collège, «Je t'ai tout donné, mon Dieu», et dont il chantait parfois, en faussant généreusement, les deux premiers vers devant les élèves réunis, ceux-ci concluant en silence que le supérieur avait même donné sa voix à son créateur.

On tendit ensuite le cou, lorsque la fanfare s'approcha, en marquant le pas par les roulements des tambours. Et enfin les six tricycles de la gendarmerie provinciale, chargés d'ouvrir la voie, tournèrent le coin qui débouchait sur la grande place en face du collège.

La fanfare et la garde d'honneur formée de collégiens porteurs de sabres et de fusils de bois débouchèrent à leur tour sur la place. Ils étaient vêtus d'habits verts tout neufs, car le supérieur avait décidé que la fanfare et la garde d'honneur avaient besoin de tenues neuves, et qu'il valait mieux, tant qu'à choisir une couleur, choisir celle du parti de Sylvane Laforest.

Au grand étonnement de la foule et du supérieur lui-même, Sylvane Laforest suivait à pied, précédant le carrosse repeint à neuf qu'on lui avait réservé. De loin, plusieurs des prêtres enseignants la trouvèrent plus belle que ne le laissaient soupçonner les caricatures que publiaient d'elle les journaux. Les autres la trouvèrent moins belle que ce qu'ils avaient imaginé. Mais tous trouvèrent qu'à bien y réfléchir elle ressemblait tout à fait à l'image de mauvaise femme qu'ils s'étaient faite d'elle.

Elle était aussi suivie d'un autobus ouvert, dans lequel quelques-uns de ses ministres et plusieurs de ses collaborateurs avaient pris place.

Jusque-là, l'accueil des gens de la ville avait été enthousiaste. C'était la première fois depuis plus de trente ans qu'ils recevaient la visite d'un premier ministre, et cela les flattait qu'enfin on songe à eux.

Sylvane Laforest marchait seule, souriant à droite et à gauche, faisant parfois un petit geste d'amitié, du bout des doigts, comme si elle avait été convaincue de l'affection qu'on lui portait et ne sentait aucunement le besoin de la forcer.

Deux fois, une fillette poussée par sa mère fendit la foule pour lui remettre en rougissant un grand bouquet de fleurs. Et Sylvane Laforest continua son chemin en portant un bouquet dans chaque bras, ne saluant plus que de la tête.

Au pied de l'estrade, la fanfare et la garde d'honneur se séparèrent, s'installant l'une à droite, l'autre à gauche.

Sylvane Laforest, constatant que les dignitaires du collège ne daignaient pas se lever pour lui serrer la main, monta aussitôt sur la chaire. L'autobus ouvert laissa descendre ses passagers qui prirent place sur un rang de chaises laissées libres à leur intention.

Elle nota qu'il n'y avait pas de microphone. Mais elle avait l'habitude de parler sans amplification. «S'ils croient que cela va empêcher qu'on m'entende, pensa-t-elle, ils se trompent.»

L'agitation des collégiens et des gens de la ville se calma dès qu'elle s'éclaircit la gorge.

«Quel beau nom pour un collège, pour une ville, pour une rivière, que ce nom de l'Abnégation, continua Sylvane Laforest. Car il en fallut, de l'abnégation, pour construire ce collège consacré au savoir. Et il en fallut, de l'abnégation, pour bâtir cette ville, là où il n'y avait que des terres incultes. Et il en faut, de l'abnégation, pour qu'une rivière, jour après jour, abreuve les assoiffés sans rien attendre en retour...»

Sylvane Laforest continua de réciter son discours, en s'étonnant une fois de plus que personne n'interrompît un tel flot d'insipides clichés. Mais il était évident que son discours plaisait et que le corps professoral entier opinait du bonnet, car c'était là une bien jolie introduction. La preuve : c'était bien la dixième ou centième fois qu'il l'entendait. Seul le supérieur, plus méfiant, devinait déjà où Sylvane Laforest allait en venir.

Un instant, elle eut d'ailleurs envie de ne pas gâcher cette belle journée, de continuer à réciter des platitudes. Mais elle n'était pas venue à l'Abnégation pour rien...

«L'abnégation, c'est le don de soi, l'art de donner sans rien attendre en retour. Et lorsqu'on parle d'enseignement, l'abnégation, c'est donner du savoir sans rien attendre en retour...»

Les plus perspicaces et les plus éveillés des enseignants s'agitèrent un peu. Ils commençaient eux aussi à voir ce que le premier ministre visait : reprocher au collège de l'Abnégation de donner son enseignement uniquement dans le but de former des prêtres. Le gouvernement de Sylvane Laforest avait menacé de couper les subventions au collège si au moins la moitié de ses diplômés n'embrassaient pas la vie laïque à la fin de leurs études. À cette proposition, le supérieur avait répondu que les élèves étaient libres de leur sort, mais il avait donné discrètement aux professeurs (sauf à ceux de gymnastique et de dessin) l'ordre de donner de la vie laïque une image infernale. Certains professeurs avaient alors redoublé leurs insistants discours contre l'alcoolisme. D'autres avaient appris à leurs élèves de dix ou onze ans que l'impureté pouvait occasionner de petites bestioles qui se fixaient sous la peau et causaient de profondes démangeaisons, des bestioles impossibles à déloger et qui constituaient un châtiment terrible. D'autres professeurs encore, plus positifs, avaient fait valoir les beautés de la vie religieuse, de l'apostolat en pays étranger et de la mission la plus noble — celle, bien sûr, de l'enseignement lorsqu'on porte la soutane.

Par les fils de deux de ses ministres qui fréquentaient ce collège, Sylvane Laforest avait été mise au courant de cette riposte. Et c'est alors qu'elle avait décidé de venir parler au collège, devant tout le corps professoral, devant les étudiants et devant toute la ville réunie. Elle s'apprêtait à annoncer une subvention spéciale pour la construction d'un gymnase ultra-moderne. Mais aussi un nouveau programme qui permettrait aux enfants du village d'accéder au collège en priorité sur les enfants de Ville-Dieu (les familles de Ville-Dieu qui envoyaient leurs enfants à l'Abnégation étaient en général fort pieuses). Ce programme finirait donc par forcer le collège à accepter plus d'élèves qui ne se destineraient pas à la carrière ecclésiastique. Cela semblait à Sylvane Laforest un compromis presque gênant pour le gouvernement. Mais elle savait que la direction du collège pousserait les hauts cris. Peut-être même y aurait-il un esclandre public — le supérieur répondant par un discours enflammé ou même se levant au beau milieu du discours pour rentrer au collège et en fermer l'accès à la première ministre.

Pourtant, plus elle avançait dans ce discours, plus

Sylvane Laforest songeait qu'il ne l'intéressait pas, et plus elle se demandait comment tant de gens pouvaient continuer à l'écouter avec tant d'attention.

Depuis trois ans qu'elle était première ministre, le pouvoir commençait à l'ennuyer. Une fois, elle avait parlé à son cabinet de la possibilité de quitter son poste. Atterrés, ses ministres l'avaient suppliée de n'en rien faire, soutenant que la Hauturie avait besoin d'elle et que démissionner serait donner le pouvoir en cadeau à Alexandre Legrand. Sylvane Laforest avait réfléchi, puis s'était ravisée lorsqu'elle n'avait pu trouver de réponse à la question « que pourrais-je faire d'autre de ma vie ? »

Tout en poursuivant son discours, elle songea à cela puis à d'autres choses encore. Ferait-elle un détour par Ville-Dieu pour rencontrer Hilare Hyon ? Comment se faisait-il que cette ville de l'Abnégation avait donné une des plus fortes majorités au Parti hauturois ? Ce petit nuage gris, au-dessus des maisons, n'était-il pas l'annonce d'un orage pour bientôt ?

Elle pensait à cela puis à d'autres choses encore, comme elle avait appris à le faire pendant les longues réunions du cabinet, pendant les interminables séances de l'assemblée, pendant les innombrables discours qu'elle devait prononcer pour inaugurer des ponts ou des gares. Et elle se disait une fois de plus que la politique est bien triste quand on doit en faire tous les jours — et que l'idéal serait de ne garder un premier ministre qu'un jour, ce qui donnerait à un nombre beaucoup plus grand de mères hauturoises l'occasion de voir leur fils ou leur fille accéder à cette charge.

Sylvane Laforest fit une brève pause avant d'annoncer la subvention pour le gymnase. Elle se tourna à demi vers la foule à sa droite, et son attention fut attirée par un léger mouvement de quelques personnes au premier rang.

* * *

Charlyne Ladouceur avait trois ans. Au premier rang de la foule parce qu'elle était toute petite, elle tenait un drapeau hauturois qu'elle agitait de temps à autre pour se distraire, car elle trouvait que la dame en vert parlait depuis bien longtemps.

Tout à coup, la petite Charlyne vit un homme à sa droite sortir de sous son manteau un ballon noir qu'il fit rouler devant lui sur le sol en direction de la chaire.

Charlyne crut que le monsieur avait échappé son ballon, et elle se mit à courir pour le rattraper et le rapporter à son propriétaire. C'était une bonne occasion de se délier les jambes.

— Non! cria l'homme lorsque Charlyne s'élança vers le ballon et elle crut que l'homme était jaloux et ne voulait pas qu'elle touche à son ballon.

Mais il était trop tard. Charlyne Ladouceur toucha le ballon du bout du pied.

Même les gens qui avaient aussi vu le ballon rouler vers la chaire furent surpris par l'explosion.

* * *

Le docteur Bombardier jeta un coup d'œil dégoûté au ventre de la femme étendue devant lui sur un lit de l'infirmerie du collège.

Croyant avec raison que la venue du premier ministre lui éviterait toute visite de malade cet après-midi-là, il en avait profité, la veille, pour aller prendre un verre au Rouge et Noir, une auberge mal famée dont les chambres n'avaient qu'un tarif horaire.

Ayant trop bu pour rendre hommage aux filles du Rouge et Noir, il était rentré chez lui peu avant l'aube et s'était endormi dans le corridor, entre son bureau et sa chambre.

Il avait mal dormi, et était presque éveillé lorsqu'il avait entendu une forte détonation venant du collège juste en face de chez lui. Un instant plus tard, on sonnait à sa porte. Ayant dormi tout habillé, il alla répondre sans tarder.

— Venez vite, dit un policier en uniforme : il y a eu un attentat contre le premier ministre.

Et le docteur Bombardier s'était retrouvé devant ce corps immobile, mais dont les entrailles ouvertes palpitaient d'une vie qui s'échappait. Des bouts de vêtements, des lambeaux de chair, des éclats de métal, du sang et encore du sang : il y avait là une espèce de trou informe et fumant comme un cratère de volcan en éruption. Le docteur Bombardier ne savait que faire, et sa nausée ne faisait qu'augmenter.

À côté de lui, l'infirmier du collège, surexcité, disait pour la troisième fois : «Il faut faire quelque chose, vite, il faut faire quelque chose.»

— Rien à faire, dit le docteur Bombardier.

L'infirmier s'agitait encore, essayait d'essuyer avec de la ouate le sang qui coulait. Et le docteur Bombardier pensa qu'il aurait fallu une boule de ouate grosse comme la femme pour essuyer tout ce sang.

— Il faut faire quelque chose, vite, il faut faire quelque chose, répéta encore l'infirmier.

Le docteur Bombardier se pencha, fouilla dans son sac noir à la recherche d'un quelconque instrument qui aurait pu être utile. Il examina, en hochant la tête, des pinces, un bistouri, une seringue, puis laissa tout retomber dans le sac.

Il se releva, déchira le haut de la robe de la femme — c'est tout ce qui ressemblait encore à un vêtement — lui dénuda la poitrine, lui appuya les paumes du côté du cœur.

— Elle est morte.

— Il faut... protesta l'infirmier.

— Il n'y a rien à faire.

Le docteur se passa une main ensanglantée sur le front et sortit de l'infirmerie.

— Comment va-t-elle? demanda une voix.

— Merde, dit-il entre ses dents, en reconnaissant Sylvane Laforest entourée d'autres personnes qu'il ne connaissait pas.

Il baissa la tête, croisa les bras.

— J'ai bien peur, madame le premier ministre, que vous ne deviez vous chercher un nouveau ministre de l'éducation.

— Elle est morte?

— Oui.

— Les salauds, dit à haute voix Sylvane Laforest, en pensant que le clergé était responsable de l'attentat.

Le docteur Bombardier se dirigea vers les toilettes. Une fois à l'intérieur, il poussa le verrou. Et il se mit à vomir, sans savoir si c'était à cause de ce qu'il avait bu la veille ou de ce qu'il venait de voir.

* * *

Charlyne Ladouceur reprit connaissance et se mit à pleurer. Elle était sur un arbre, au milieu du feuillage. Et il commençait à faire noir. Elle ne savait pas pourquoi elle était là. Et ne savait pas non plus comment descendre de là.

Mais un des policiers qui regardaient distraitement le concierge du collège et quelques ouvriers démonter l'estrade et combler le trou creusé par la bombe entendit pleurer un enfant au-dessus de sa tête.

Levant les yeux, il vit une fillette perchée sur l'arbre. Il alerta aussitôt ses collègues qui l'aidèrent à grimper. Il redescendit bientôt avec l'enfant qui avait cessé de pleurer.

— Où habites-tu? demanda-t-il à la fillette en la posant sur le sol.

— Je le sais, se contenta de répondre l'enfant en se mettant à courir.

Charlyne Ladouceur entra chez elle. Sa mère lui demanda où elle était allée, parce qu'il commençait à se faire tard.

— À la fête, répondit la fillette.

— Mon Dieu! s'écria sa maman. Il y a eu une bombe.

— C'est quoi, une bombe?

Charlyne Ladouceur ne se douta jamais que ce n'était pas un ballon qu'elle avait fait dévier, et encore moins que c'était à cause d'elle si la ministre de l'éducation était morte à la place de la première ministre. Elle avait l'âge où on peut croire qu'un ange vous a transporté au faîte d'un arbre. Et elle n'eut bientôt aucun souvenir de cet incident.

* * *

Sylvane Laforest descendait de l'infirmerie lorsque le capitaine Mailloux, de la gendarmerie hauturoise, vint la trouver.

— Nous les avons. Ils sont deux.

— Qui sont-ils?

— Ils disent s'appeler Victor Grak et Hubert Semper.

Les noms semblèrent familiers à Sylvane Laforest. Et la mémoire lui revint lentement.

— Savez-vous pourquoi ils ont fait ça? demanda-t-elle.

— Ils disent que c'est vous qu'ils visaient, parce que vous n'avez pas tenu vos promesses.

— Quelles promesses?

Le policier hésita.

— Eh bien! ils ont dit que vous comprendriez.

— Ah bon.

Sylvane Laforest continua dans le sombre escalier, laissant le capitaine Mailloux derrière elle.

— Dites donc... cria-t-elle soudain d'un étage plus bas.

Le capitaine se pencha sur la balustrade.

— Oui?

— Ne leur faites pas trop de mal.

— Comptez sur moi.

Mais il était trop tard. Hubert Semper avait trois côtes et le nez cassés. Victor Grak, dans le coma, se mourait d'une série de coups de pied dans le visage et sur le crâne.

HILARE HYON (II)

Depuis trois heures, la Bourse de Ville-Dieu était en effervescence.

Bourse d'importance secondaire, où n'étaient inscrits en exclusivité que quelques titres locaux, jamais elle n'avait senti fixés sur elle les yeux de tout le continent. Même les correspondants des grands réseaux d'information étaient accourus, voir ce qui se passait là.

Pourquoi Hilare Hyon et Lou Win s'affrontaient-ils dans une si petite arène, alors que c'était sur toute la planète que leurs usines, que leurs marques de bière, que leurs agences de publicité, que leurs représentants de tous genres se livraient à toute heure du jour et de la nuit une lutte sans merci pour s'arracher quelques points de part de marché, pour décrocher de nouveaux contrats, pour s'immiscer dans les officines gouvernementales, pour corrompre des ministres, pour se gagner l'appui du crime organisé?

Hilare Hyon était évidemment chez lui dans cette Bourse de Ville-Dieu où tous le connaissaient, alors que peu de gens y avaient déjà vu la photo de Lou Win. Pourtant, c'est à De Soto qu'Hilare Hyon avait depuis quelques mois cherché à croiser le fer avec Lou Win. Mais celui-ci avait refusé le combat, évitant les pièges d'abord trop visibles que lui tendait son adversaire hauturois, rejetant même les possibilités de lutte plus égale qu'Hilare Hyon s'était senti forcé de lui offrir.

Lou Win, peut-être pour humilier plus sûrement son adversaire, avait préféré attendre une occasion de s'attaquer à son ennemi sur son propre terrain. Et, comble de l'ironie, c'est pour l'acquisition d'une minuscule entreprise au bord de la faillite (Ville-Dieu Power Structures), ne comptant que huit employés sans salaire depuis deux mois, que Lou Win et Hilare Hyon s'affrontèrent.

Dès les premières minutes, le plan mis au point par Lou Win fonctionna comme prévu. Lorsque Hilare Hyon apprit que son ennemi avait commencé à acheter des actions de Ville-Dieu Power Structures, il s'était mis à en acheter lui aussi, même s'il savait que c'était un piège. Mais il n'avait pas envie de fuir cette démonstration de force.

La valeur des actions de Ville-Dieu Power Structures monta en flèche, dépassant de loin la valeur (ou plus précisément l'absence de valeur) de l'entreprise. Lou Win et Hilare Hyon se retrouvèrent bientôt chacun avec près de la moitié des titres, le reste appartenant à un vieil investisseur parti en vacances sans avoir donné d'instructions à son courtier.

Lou Win jeta alors son dévolu sur Prothèses contemporaines, une petite usine de dentiers, elle aussi peu prospère. Hilare Hyon acheta plus rapidement les actions libres et en prit le contrôle en quelques minutes seulement.

Lou Win tenta de faire l'acquisition de Saint-Nicol Light and Power, des Entreprises Masson, de Kenecut Paper et de plusieurs autres entreprises, de plus en plus importantes. Chaque fois, Hilare Hyon parvenait, parce qu'il était sur place et connaissait mieux le personnel du parquet, à prendre le contrôle de ces entreprises sans grande valeur.

Pendant deux heures, Lou Win acheta des actions d'une vingtaine de sociétés ville-déistes, mais ne parvint à obtenir le contrôle que d'une, la Société des cierges réunis.

Surexcité, Hilare Hyon ne portait aucune attention aux avis de son directeur des acquisitions, qui soutenait que ces achats d'entreprises peu prospères risquaient de mettre en péril les Entreprises Hyon, et que c'était sûrement ce que recherchait Lou Win.

Soudain, Hilare Hyon apprit que quelqu'un cherchait à acheter des actions des Entreprises Hyon, bien qu'il y en eût peu de disponibles. Il devina que c'était Lou Win — même si ces transactions se faisaient sous le couvert de différents prête-noms. Hilare Hyon décida de vendre un bloc important d'actions, pour voir si elles trouveraient preneur. Les actions furent aussitôt achetées.

Hilare Hyon décida alors en revanche d'acheter des actions de Win Incorporated, même s'il savait que c'était sans doute ce que souhaitait Lou Win.

Une heure plus tard, Hilare Hyon se rendit compte, non sans surprise, qu'il détenait le contrôle de Win Incorporated. «Mais, ajouta piteusement le directeur des acquisitions qui lui rapportait ce fait, nous avons perdu le contrôle des Entreprises Hyon.»

Hilare Hyon eut un grand éclat de rire. Ainsi, Lou Win et lui venaient de s'échanger leurs empires. Il ne restait plus qu'à savoir lequel avait la moindre valeur. À ce moment, les actions des Entreprises Hyon se transigeaient à $39^1/_2$, alors que celles de Win Incorporated se vendaient à 37.

Déjà, sur le parquet, des rumeurs fomentées par Lou Win laissaient entendre que Win Incorporated (devenue propriété d'Hilare Hyon) éprouvait de sérieuses difficultés, et que c'était pour cela que Lou Win s'en était débarrassé. Toutes les cinq minutes, ses actions perdaient un point.

Hilare Hyon devait réagir rapidement. En laissant à son tour courir des rumeurs de faillite sur les Entreprises Hyon? Déjà, dans le climat de surexcitation, plusieurs agents de change prétendaient que les Entreprises Hyon avaient de sérieuses difficultés de liquidité, causées par l'achat de plusieurs mauvaises entreprises en début de séance. Mais, malgré cela, les actions des Entreprises Hyon chutaient moins rapidement que celles de Win Incorporated, car beaucoup de gens croyaient Lou Win plus solide financièrement qu'Hilare Hyon.

— Dans ce cas, ordonna Hilare Hyon, on rachète du Hyon.

— Avec quoi? demanda le directeur des acquisitions. La caisse de Win Incorporated est à sec. Et nos actions sont si faibles que nous n'en tirerons pas grand-chose.

— Sortez la petite caisse.

— Mais...

— Sortez la petite caisse.

La petite caisse, c'était la fortune personnelle de Mélodie Hyon. Hilare Hyon s'était fait nommer tuteur financier de sa femme, ce qui lui donnait en principe le droit d'administrer sa fortune. Mais il ne pouvait le faire qu'en respectant les lois de la tutelle qui lui interdisaient formellement d'utiliser la fortune de sa femme à des fins personnelles. Si jamais cela se savait, Hilare Hyon risquait la prison.

Le directeur des acquisitions, prudemment, exigea de son patron un ordre écrit. Ce qu'Hilare Hyon lui donna sans maugréer, mais en se jurant de le congédier en fin de journée.

Hilare Hyon prit la précaution de continuer à vendre, à la baisse, un petit nombre d'actions de Win Incorporated, de façon à laisser croire à son adversaire qu'il était en difficulté. Mais il fit racheter un plus grand nombre d'actions des Entreprises Hyon — pas trop rapidement, pour éviter d'empêcher le cours de descendre.

Vers la fin de l'après-midi, les actions des Entreprises Hyon étaient cotées à 6^1/$_2$ et celles de Win Incorporated à 5^1/$_4$. Mais Hilare Hyon, sans que son adversaire y eût pris garde, possédait le contrôle des deux groupes. Il cessa alors d'acheter et de vendre, et se contenta de faire envoyer à Lou Win un télégramme ainsi rédigé: «Avons 53 % Entreprises Hyon, et 61 % Win Incorporated. Bonne chance.»

La nouvelle du suicide de Lou Win fit le tour du parquet comme une traînée de poudre. Et celle du contrôle par Hilare Hyon des deux groupes d'entreprises fit rapidement remonter les cours.

À la fin de la journée, Hilare Hyon possédait les deux plus grandes sociétés de gestion du monde. Et il faisait remettre dans la petite caisse les capitaux qu'il y avait empruntés, et dont Lou Win avait ignoré l'existence, ce qui avait entraîné sa perte.

— C'est gagné, fit Hilare Hyon en quittant son bureau.

— Vous risquiez gros, fit son ex-directeur des acquisitions en s'essuyant le front encore moite de sueur.

— C'était un risque calculé, fit Hilare Hyon avec orgueil.

Mais, il l'aurait su si sa vanité ne le lui avait pas caché, il n'avait rien calculé du tout.

RIGNOLF ULHAN

Arthur Métallique était ravi. Non seulement avait-il réussi à mettre la main sur un exemplaire du fameux *Fœtus de paille* de Rignolf Ulhan en langue originale, mais encore avait-il trouvé un vieux typographe qui jurait avoir passé les vingt-deux premières années de sa carrière en Rustanie, à composer des textes rustanes, et affirmait pouvoir recomposer *Le fœtus de paille* en langue originale sans la moindre faute.

Il savait que son patron connaissait le rustane pour avoir passé un hiver en Rustanie, trente ans plus tôt, alors qu'il était marin, coincé dans son bateau par un fleuve gelé exceptionnellement tôt.

Hilare Hyon était très fier d'être un des rares Hauturois à connaître cette langue peu répandue. Et lorsqu'il lui arrivait de rencontrer des Rustanes (c'étaient en général de pauvres gens, récemment arrivés, préposés aux tâches les plus humbles dans une de ses usines), il se lançait avec eux dans des conversations qui semblaient fascinantes à tous les observateurs. Et elles l'étaient en effet, pour ces pauvres gens qui découvraient soudain que leur patron parlait leur langue et qu'il ne pouvait donc être aussi méchant qu'on le disait puisqu'il connaissait les mots et la grammaire d'un des peuples les plus démunis de la terre. Hilare Hyon après quelques mots avec ces pauvres gens se sentait redevenir jeune et aventureux.

Le seul problème du *Fœtus de paille*, c'est qu'il comprenait peu de personnages dignes de se réincarner sous le nom d'Hilare Hyon. C'était en effet un roman fort bizarre, comme avait pu le constater Arthur Métallique en le lisant en traduction. Rignolf Ulhan savait en l'écrivant qu'il était le plus grand écrivain rustane qui eût jamais vécu et qui vivrait jamais. Et il était parfaitement conscient d'écrire son chef-d'œuvre, car il se mourait de tuberculose et n'écrirait plus d'autres romans par la suite — à peine aurait-il le temps d'écrire un ou deux contes.

Convaincu donc à juste titre qu'il écrivait le chef-d'œuvre de la littérature rustane, Rignolf Ulhan avait voulu en faire une œuvre baroque, sans queue ni tête, sans sens précis, mais totalement conforme à l'esprit fantasque du peuple rustane dont elle serait à la fois l'*Odyssée*, l'*Iliade*, l'*Énéide* et la *Comédie humaine*.

Il avait centré ce roman sur une étrange coutume rustane : celle des femmes qui, ne voulant pas faire d'enfant, s'inséraient dans le vagin une grossière représentation en paille d'un fœtus humain. L'homme qui les pénétrait trouvait cet objet si piquant qu'il se retirait et, dans la plupart des cas, préférait se masturber plutôt que de risquer d'abîmer en permanence la meilleure partie de lui-même.

Le fœtus de paille racontait l'histoire d'un homme issu malgré tout d'une telle situation, son père ayant décidé de faire un enfant à sa mère malgré la présence d'un fœtus de paille. Pendant toute une nuit, ce futur père était plusieurs fois monté à la charge, reculant souvent, mais n'abandonnant jamais. Et, au petit jour, enfin, le sexe meurtri avait éjaculé en la femme et le sperme avait contourné les brins de paille pour remplir sa fonction.

L'enfant né de cette union avait — par la vision poétique de l'auteur — tout de la paille : les cheveux blonds, un caractère piquant, s'enflammant aisément mais s'éteignant toujours trop tard. Bref, il était tout à fait représentatif du peuple rustane.

Outre le père et le fils, il y avait dans ce roman plusieurs autres personnages étranges, fort différents les uns des autres mais tous typiquement rustanes.

Arthur Métallique hésita longuement avant de décider s'il donnerait le nom d'Hilare Hyon au jaloux ou au paysan, au notaire ou à l'épicier, au cocu ou au séducteur, à l'évêque ou à l'ivrogne.

Lorsqu'il eut enfin pris sa décision, il commanda aussitôt la recomposition du texte à son typographe rustane.

Mais il lui fallait aussi trouver quelqu'un pour lire le texte à Hilare Hyon car si Arthur Métallique s'était donné la peine d'apprendre un peu de rustane dans l'espoir de comprendre quel plaisir son patron pouvait trouver à cette langue bizarre avec ses trois niveaux de conjugaison, il n'était jamais arrivé à la maîtriser et, surtout, il la parlait avec un accent absolument ridicule

— en particulier la façon dont il prononçait les consonnes «dzc» (qui était d'ailleurs pour un Rustane le moyen le plus sûr de distinguer un véritable concitoyen d'un étranger qui aurait appris sa langue).

Pendant deux semaines, Arthur Métallique fréquenta les milieux rustanes de Ville-Dieu et même de Balbuk. Mais tous les Rustanes qu'il rencontrait ne savaient pas lire, lisaient trop lentement, bégayaient ou avaient une voix de fausset.

Un matin, un de ses informateurs lui fit envoyer un vieillard enveloppé dans un grand manteau fripé.

— Je suis rustane, dit l'homme avec son fort accent traînard et zézaillant.

Arthur Métallique l'examina silencieusement, l'imagina lavé et changé de propre : oui, il pourrait être à ùpeu près présentable. Il avait sous les yeux les premières épreuves du *Fœtus de paille*. Il les tendit au vieil homme.

— Lisez-moi ça.

L'homme se contenta d'une moue méprisante en jetant un coup d'œil aux longs feuillets.

— Je ne lis pas.

Arthur Métallique pesta intérieurement contre son informateur qui lui avait envoyé ce vieil illettré.

— Qu'est-ce que vous êtes venu faire ici, alors?

— Je suis, dit fièrement le vieillard, le plus grand comédien rustane qui ait jamais existé.

— Et vous ne savez pas lire? ricana le secrétaire-architecte.

— En Rustanie, la tradition interdit aux comédiens d'apprendre à lire. Il y a les lecteurs et il y a les interprètes. Il y a ceux qui lisent et il y a ceux qui jouent la comédie. Les deux sont incompatibles, vous savez.

— Mais comment faites-vous pour apprendre un rôle si vous ne pouvez pas lire?

— Nous engageons des lecteurs qui nous lisent le rôle, fit le vieux comédien comme si c'était la plus évidente des solutions.

— Pouvez-vous apprendre cinq pages pour la semaine prochaine?

— Cinq pages seulement? J'ai déjà, Monsieur, appris par cœur en deux jours *L'Incantation de Mira-Bella*, huit heures de texte que je peux encore vous réciter aujourd'hui sans sauter un mot.

Arthur Métallique remit au comédien les feuillets couvrant les pages 106 à 111 et lui demanda de revenir une semaine plus tard, convenablement vêtu, pour une répétition générale.

* * *

Au jour dit, le vieillard rasé de frais, parfumé, vêtu d'un superbe costume de velours à peine élimé aux poignets et au col, entrait fièrement dans le bureau d'Arthur Métallique et se mettait à réciter, d'une voix de stentor, les premières lignes de la page 106 du *Fœtus de paille*.

— *Caram Diou, MyOvna, Caram Diou!*

Il continua ainsi sans s'arrêter, sans hésiter, changeant sa voix selon les rôles, prenant une petite voix douce et aigre pour les répliques de MyOvna, une voix rude mais sensible pour Pirmin, une voix insidieuse et diabolique pour le vent de la luxure et ainsi de suite. Cela donnait un spectacle fort théâtral, avec des gestes amples et surfaits, mais Arthur Métallique devait convenir que le tout était absolument convaincant, même lui qui n'aimait guère le rustane percevait la poésie étrange et baroque du texte de Rignolf Ulhan.

— Un seul problème, dit-il lorsque le comédien eut terminé les pages demandées : vous ne semblez aucunement lire.

— Je vous l'ai dit, je suis un comédien, pas un lecteur, protesta le vieillard.

— Ce n'est pas ce que je veux dire. Il faudrait que vous jouiez le rôle de quelqu'un qui lit ce texte.

— Cela est différent, admit le comédien.

Arthur Métallique lui tendit l'exemplaire unique du *Fœtus de paille*, fraîchement imprimé et relié.

— Prenez-en bien soin. Et apprenez à tourner les pages au bon moment.

Le vieillard prit une pose de quelqu'un qui lit, puis jeta un coup d'œil dans le livre ouvert au hasard.

— *Caram Diou, MyOvna, Caram Diou!*

— C'est parfait, interrompit Arthur Métallique. Oui, c'est encore mieux comme ça.

Le vieux comédien, flatté, ne comprit pas qu'Arthur Métallique voulait dire qu'en tenant le livre d'une main, il gesticulait deux fois moins, même si cela était encore beaucoup trop.

* * *

Une semaine plus tard, Arthur Métallique frappait à la porte de son patron.

— Entrez.

— J'ai une surprise pour vous, fit le secrétaire.

— Vraiment?

— Monsieur Schmodtz?

Le comédien entra à son tour dans le bureau d'Hilare Hyon. Il fut impressionné par l'opulence des meubles et par les livres élégamment reliés qui ornaient les murs.

— Vous pouvez commencer, Monsieur Schmodtz.

— *Caram Diou, MyOvna, Caram Diou.*

Aussitôt, Hilare Hyon reconnut avec plaisir la langue rustane et une de ses lignes préférées du *Fœtus de paille.* Il sourit aimablement à Arthur Métallique de s'être donné la peine de trouver le chef-d'œuvre rustane en langue originale, de l'avoir fait composer pour lui et de le lui faire présenter par un de ces vieux comédiens rustanes illettrés, comme Hilare Hyon en avait vus et entendus pendant cet hiver délicieux passé en Rustanie.

Le comédien continuait sa lecture.

— *MyOvna garadet clava. Gal misdtam sul gradzin.*

— *Caram Diou, MyOvna, rapscitz Dégul.*

MyOvna uscit, fittellit su vagiscnia. Gel testicet schalem bisiognia...

Hilare Hyon avait hâte de savoir à quel personnage son nom serait donné. Il savait que, comme d'habitude, ce serait d'ici peu qu'il ferait son apparition — et donc que ce serait au tiers environ du volume, là où était rendu le lecteur rustane.

Mais Hilare Hyon n'arrivait pas à se souvenir de ce qui se passait ensuite dans cet extrait plutôt obscène. Gal, le garçon surnommé «Fœtus de paille», s'apprêtait à perdre son pucelage avec la petite MyOvna. Mais que se passait-il ensuite?

— *Gal, miu cornadz, MyOvna scheppit.*

Nicoplaz diu graner, Galpiétrat siu kizi canvi MyOvna...

Hilare Hyon se laissa encore distraire. Il savait bien que pour Arthur Métallique le jeu de trouver un personnage auquel donner le nom de son maître était devenu un exercice d'insolence, une recherche d'équilibre entre la flatterie et la provocation, passant de l'une à l'autre équitablement, touchant aux deux à la fois.

...zed glupadzc. Siu kizificlantz sza delirancz. Noi dela MyOvna.

— *Caram Diou, MyOvna, Caram Diou.*

Clamascincz, za pliorta schellit. Mel oumbra prozerin: Hilara Hyon...

Hilare Hyon se leva brusquement, franchit rapidement les douze pas qui le séparaient de la porte, et sortit en la claquant violemment derrière lui.

— Hilare Hyon, Hilare Hyon, corrigea le vieux comédien rustane, convaincu que c'était son erreur (Hilara était un prénom féminin fort répandu dans son pays) qui avait chassé le riche personnage.

Il ne s'agissait pas de cela. Mais Arthur Métallique, qui aimait les petites méchancetés gratuites, ne dit rien pour le détromper.

Lorsque le vieillard, atterré, fut sorti à son tour, Arthur Métallique dit à haute voix, sans doute pour bien s'en convaincre lui-même :

— Cette fois, je suis allé trop loin.

Ce qui n'était pas exact. Cet incident n'eut pas de suite immédiate, et Hilare Hyon rangea lui-même dans sa bibliothèque son exemplaire unique du *Fœtus de paille*. Il n'en reparla jamais plus, préférant laisser Arthur Métallique croire qu'il avait effectivement dépassé les bornes.

Mais souvent, avant de terminer sa journée, Hilare Hyon sortait son exemplaire du *Fœtus de paille,* relisait les quelques pages où on trouvait son nom et il en tirait un grand plaisir.

Et si jamais le lecteur trouve un exemplaire du *Fœtus de paille* de Rignolf Ulhan, dans une langue qu'il comprend, nous ne saurions trop lui conseiller de lire la deuxième moitié du chapitre VII, même si les spécialistes jugent que ces pages sont les plus vulgaires qu'ait jamais écrites Rignolf Ulhan.

FERNAND FOURNIER

Chaque fois que Fernand Fournier s'éloignait de son téléviseur pour aller à la salle de bains, son équipe de hockey préférée marquait un but.

Fernand Fournier avait presque quarante ans lorsqu'il se rendit compte de son étrange pouvoir.

Tant qu'il avait été dans la trentaine, il s'était peu intéressé au hockey à la télévision.

Mais l'âge, le chômage et le départ de sa femme avaient réduit ses distractions à leur plus simple expression. Finies, les soirées au Coliseum à regarder les Paysans de Ville-Dieu massacrer leurs adversaires. Finies, les veillées à la taverne à regarder le match à la télévision avec les copains, parce que les tavernes étaient de moins en moins nombreuses et parce que les amis se font rares eux aussi lorsqu'on n'a plus de quoi payer une tournée quand vient son tour.

Fernand Fournier s'était donc réfugié dans une

chambre minuscule de la rue Saint-Nicol, où il vécut d'abord de l'assurance-chômage, puis de l'assistance sociale.

Dans cette pièce qui lui servait à la fois de chambre à coucher et de salon trônait un énorme appareil de télévision. Ce téléviseur était vieux et lui avait été donné par le frère de son ex-femme qui l'avait pris en pitié car, pour avoir lui-même vécu avec Mariette pendant vingt ans, il savait à quel point cela pouvait être pénible. Un jour, il s'était amené à la porte de Fernand Fournier, l'avait invité à l'accompagner à sa voiture. Ouvrant la portière arrière, il avait désigné l'appareil volumineux, comme on n'en fabriquait plus depuis longtemps.

— C'est à toi, je n'en ai plus besoin, avait-il dit.

Et il avait aidé Fernand Fournier à le transporter dans sa chambre. Un seul endroit où placer le téléviseur : sur la table, pourtant petite.

Et Fernand Fournier s'était habitué à partager sa chambre avec cet encombrant compagnon. À peine lui resta-t-il assez de place pour son assiette au bout de la table. Le téléviseur était, somme toute, plus encombrant que Mariette, mais il avait sur elle un avantage incontestable : il suffisait de pousser un bouton pour le faire taire.

* * *

Fernand Fournier avait graduellement augmenté sa consommation de télévision — et surtout d'émissions sportives parce que ce sont celles qui permettent de tuer le plus de temps quand on en a beaucoup à perdre.

Il regardait d'autres sports que le hockey, même s'il s'y intéressait peu. Il lui était, par exemple, impossible de s'intéresser vraiment à un match de cale-balle. Peut-être parce qu'il n'y avait pas joué dans son enfance. Mais peut-être aussi parce que ce sport compliqué ne soulevait aucunement ses instincts compétitifs. Et s'il arrivait à Fernand Fournier de regarder un match des Curés de Ville-Dieu, jamais il ne se passionnait pour lui, se contentant d'admirer distraitement les jeux les plus réussis, que ce soient ceux de l'équipe de Ville-Dieu ou ceux de l'équipe adverse.

Par contre, il raffolait du hockey, sport qu'il avait pratiqué dans sa jeunesse, alors qu'on jouait encore sur des patinoires extérieures.

Mais la véritable raison de sa passion s'appelait Noël Lachard, qu'il préférait de loin à Bill Sulzky même si l'habileté de celui-ci était au moins aussi grande.

Fernand Fournier sentait que Sulzky avait beaucoup moins de mérite que Noël Lachard à s'être hissé au sommet de ce sport. Autant tout semblait avoir été facile au zanglophone Sulzky, vedette dès onze ans, autant on devinait que Lachard avait dû se dépasser constamment, être nettement meilleur que tous les autres pour que la direction des Paysans de Ville-Dieu finisse par admettre qu'il valait n'importe quel autre joueur.

Curieusement, Fernand Fournier, chômeur éternel, se reconnaissait en Noël Lachard: tous deux étaient partis de rien et avaient fait montre de patience et de courage pour surmonter les obstacles. La seule différence entre Fernand Fournier et Noël Lachard, c'est que celui-ci avait réussi tandis que celui-là avait échoué.

* * *

La salle de bains commune à tous les chambreurs de l'étage était située au bout du couloir, à une vingtaine de pas de la chambre de Fernand Fournier. Et, comme celui-ci aimait bien s'installer avec une caisse de bière pour regarder un match de hockey, il devait s'éloigner à plusieurs reprises — surtout pendant la troisième période, lorsque sa vessie s'était fait un bon fond de bière — pour uriner.

Longtemps, il s'était lamenté silencieusement du hasard qui prenait un malin plaisir à faire marquer son équipe préférée (les Paysans, bien sûr) pendant qu'il était aux toilettes.

Mais Fernand Fournier, comme beaucoup de déshérités, savait que le hasard fait toujours mal les choses. C'est pourquoi il mit longtemps à soupçonner qu'il pouvait y avoir un rapport de cause à effet entre ses voyages à la salle de bains et les buts des Paysans.

À l'automne précédant l'année de la première Coupe du monde, Fernand Fournier avait commencé à se poser la question suivante : « Comment se fait-il que ce sont presque toujours les Paysans, et jamais l'autre équipe, qui marquent pendant que je vais pisser ? »

Dès le mois de novembre, une longue observation força Fernand Fournier à admettre que c'étaient toujours les Paysans qui marquaient pendant ses visites à la salle de bains. Mieux encore : chaque fois qu'il se rendait aux toilettes, les Paysans trouvaient le fond du filet adverse.

Cela commença par lui déplaire et le força à réduire ses voyages aux toilettes et par le fait même sa consommation de bière. Et il se rendit vite compte que les Paysans marquaient alors moins de buts et connaissaient un début de saison désastreux.

Lentement, la lumière se fit, sous la forme d'une seconde question :

«Comment se fait-il que les Paysans comptent toujours pendant que je vais pisser ? »

Fernand Fournier se mit alors à faire des vérifications systématiques qu'il nota avec un crayon sur la tapisserie jaunie des murs de sa chambre.

À la fin de novembre, il en arriva à la conclusion que 27 des 52 buts des Paysans marqués pendant des matches télévisés ce mois-là l'avaient été pendant qu'il était aux toilettes — alors qu'il y passait au plus cinq minutes par match. Et l'équipe adverse n'avait pas marqué un seul but pendant ces absences.

En décembre, Fernand Fournier se mit à expérimenter. Certains soirs, il faisait exprès de ne pas boire de bière, et les Paysans se faisaient battre misérablement, à cause d'une offensive que les journalistes qualifiaient unanimement d'anémique. D'autres soirs — les samedis surtout — il en buvait à satiété, passait une part considérable de la soirée à uriner, et les Paysans écrasaient leurs adversaires.

En janvier, Fernand Fournier fut convaincu : il pouvait faire marquer les Paysans à volonté. Quel délicieux pouvoir ! Il n'avait qu'à s'arracher de son fauteuil et aller uriner pour que son équipe favorite compte, infailliblement.

Il y avait des désagréments, bien sûr : Fernand Fournier ne voyait que peu de buts de son équipe, sauf en reprise.

Et il y avait des limites à ce pouvoir. Si Fernand Fournier allait à la salle de bains sans uriner mais en y passant le même temps, rien ne se produisait.

Un samedi soir, fier de son pouvoir, Fernand

Fournier alla retrouver ses anciens amis à la taverne. Il se laissa offrir deux verres de bière qu'il attendit d'assimiler suffisamment, jusqu'à ce que lui vienne l'envie d'uriner.

— Qui c'est qui veut parier avec moi que les Paysans marquent un but dans les deux prochaines minutes? demanda-t-il vers la fin de la première période.

— Deux piastres qu'ils scorent pas, dit une voix blasée.

Fernand Fournier se leva, alla uriner, revint, sûr de lui.

— Qu'est-ce que je vous avais dit? dit-il en tendant la main pour cueillir son gain.

— Z'ont pas scoré, fit la voix blasée. Amène tes deux piastres.

Fernand Fournier, incrédule, n'accepta de payer que lorsqu'il vit que les Épées de Damoclès menaient toujours au compte de 2 à 1.

Il fit encore deux expériences, muettes, celles-là — et les deux fois il revint des toilettes sans que les Paysans eussent marqué.

Il en conclut que ce pouvoir n'était attaché qu'à son vieux téléviseur, qui servait sans doute de moyen de transmission pour sa volonté. Il passa quelques après-midi à la bibliothèque de Ville-Dieu, à fouiller dans des livres traitant d'électronique, d'ésotérisme, de sport et même de religion, sans trouver un seul cas qui ressemblât au sien.

Cela ne l'empêcha pas d'utiliser son pouvoir inexplicable. Et cela permit aux Paysans de Ville-Dieu de faire une belle remontée en fin de saison et de terminer au troisième rang du classement général.

* * *

Fernand Fournier attendait les séries éliminatoires avec impatience. Avec son aide, les Paysans de Ville-Dieu pourraient à nouveau sabler le champagne dans la Coupe Only — sans se douter de leur dette envers le plus humble mais le plus efficace de leurs supporteurs.

Lorsque le père de Fernand Fournier mourut, les quarts de finale venaient de commencer. Les Paysans avaient déjà remporté le premier match contre les Callers de Boncton et Bill Sulzky.

Fernand Fournier partit donc pour Dolbec, où son père serait enterré, confiant que les Paysans sauraient vaincre sans lui.

Une fois son père en terre, Fernand Fournier voulut revenir à Ville-Dieu, mais sa famille insista pour qu'il reste encore un peu, lui qui n'était pas venu à Dolbec depuis plus de quinze ans.

Lorsque les Paysans se mirent à tirer de l'arrière par deux matches contre un dans la série de trois matches de cinq, Fernand Fournier protesta qu'il devait rentrer à Ville-Dieu pour regarder le dernier match à la télévision. Mais son frère lui dit qu'il pourrait tout aussi bien le voir à Dolbec. Et, comme Fernand Fournier n'avait même pas assez d'argent pour prendre l'autobus, il assista impuissant à l'humiliante élimination de son équipe.

Comme il n'avait aucune préférence véritable parmi les équipes encore en lice, Fernand Fournier put regarder tranquillement les autres matches des éliminatoi-res, sans y changer quoi que ce soit.

* * *

En septembre, eut lieu la première Coupe du monde de hockey.

Fernand Fournier attendit cette série avec impatience. Il fit même venir le réparateur pour s'assurer que son téléviseur antique ne risquait pas la moindre panne, ce qui aurait pu avoir des conséquences catastrophiques.

Fernand était parfaitement conscient de l'enjeu sportif et politique de la Coupe. Il s'agissait — les journaux le disaient clairement — de montrer, par une victoire de l'équipe panurienne sur l'équipe roussienne (c'étaient les deux équipes favorites du tournoi), que le système sportif, économique et politique occidental était nettement supérieur au système oriental égalitaire.

Et, avec Sulzky et Lachard dans la même équipe, l'issue de la série ne faisait pas le moindre doute. Mais Fernand Fournier se disait qu'on ne savait jamais avec les Roussiens, et il avait réduit ses dépenses pendant tout l'été, de façon à réunir l'argent nécessaire à l'achat de la bière qu'il lui faudrait pour remplir son devoir si l'équipe nationale panurienne venait à être en difficulté.

Il n'eut pas à intervenir dans le premier match, contre les Finnaux. Il se contenta de participer au septième but de la Panurie, car il buvait peu, pour garder le plus de bière possible en vue des matches plus importants.

Vint ensuite le match contre le Nord-Sud. Pendant deux périodes, Fernand Fournier resta sobre, se contentant d'uriner pour le deuxième but de la Panurie.

Mais lorsqu'à la fin de la deuxième période le compte fut encore de trois à trois, Fernand Fournier avala quatre grosses bouteilles de bière, coup sur coup. Quelques minutes plus tard, ce fut l'explosion : la Panurie marqua des buts à toutes les deux ou trois minutes — Fernand Fournier avait à peine le temps de revenir regarder la reprise, qu'il retournait pisser un coup pour faire marquer un autre but.

Pour le match contre la Suège (battue 3 à 1 par le Nord-Sud six jours plus tôt), Fernand Fournier ne prit pas la peine de renouveler ses provisions de bière. Mais, là encore, le match était à peu près nul après deux périodes. Fernand Fournier courut chez le dépanneur le plus près, acheter quelques grosses bouteilles de bière, pour les boire en vitesse. Et la Panurie marqua le but de la victoire grâce à lui.

Le seul problème, c'est que les fonds commençaient à lui manquer : à ce train-là, il n'aurait plus un sou lorsque arriveraient les matches vraiment importants.

Déjà, le match contre l'Atchévaquie lui causa des inquiétudes. En troisième période, pestant contre ces joueurs professionnels grassement payés alors que lui, pauvre chômeur, devait épuiser ses maigres ressources pour leur faire marquer des buts, Fernand Fournier fit donner une avance de 4 à 3 à son pays.

Il restait encore dix minutes à jouer lorsqu'un autre locataire vint le prévenir qu'on le demandait au téléphone, au bout du couloir.

C'était Mariette, qui lui demandait de l'argent « pour les dents de la petite ». Fernand Fournier protesta qu'il n'avait pas un sou et qu'il était pressé et n'avait pas envie d'en discuter. Mais Mariette se mit à pleurer, lui passa la petite qui pleura aussi au téléphone parce que ses dents n'étaient pas belles. Et Fernand Fournier, qui avait bon cœur, les écouta, promit d'essayer de trouver du travail. Il en avait oublié le match lorsqu'il rac-crocha.

Mais soudain le bruit étouffé de la description du match lui parvint à travers les murs des autres chambres.

Il se précipita... et arriva juste à temps pour voir que le match se terminait au compte de 4 à 4.

* * *

Pour le match contre la Roussianie, Fernand Fournier réussit à emprunter dix piastres à Louis Lavallée, un autre chambreur, chômeur comme lui, en prétextant que c'était pour les soins dentaires de la petite, mais qu'il les lui rendrait bientôt parce qu'il s'était remis à chercher du travail et qu'il était sûr d'en trouver incessamment.

Il se cala donc confortablement dans son fauteuil déchiré, les pieds sur sa caisse de douze grosses bouteilles de bière.

Il but cette fois dès le début du match, et n'en fut que vaguement conscient. À la troisième période, il avait tellement bu qu'encore une fois il dut s'absenter pour uriner. Et ce fut un triomphe pour l'équipe de Panurie : 7 à 3.

Fernand Fournier téléphona le lendemain à Régis Ombré, chroniqueur sportif de la *Gazette* de Ville-Dieu, pour lui annoncer qu'il savait quel serait le compte du match de demi-finale entre la Panurie et le Nord-Sud.

— Oui ? demanda le journaliste en soupirant.

— 4 à 1. Vous pouvez l'écrire dans votre journal et dire que c'est Fernand Fournier qui vous l'a dit.

Il répéta son nom et son numéro de téléphone, que le journaliste ne nota pas.

À la fin du match, il téléphona au journal. Régis Ombré n'y était pas. On lui passa un autre journaliste.

— Dites-lui que c'est Fernand Fournier, puis que la Panurie va battre les Roussiens 8 à 1 dimanche. Il peut l'écrire dans la *Gazette* de demain.

Le journaliste ne nota rien. Et Fernand Fournier fut déçu de ne voir ni son nom, ni sa prédiction dans la *Gazette* du lendemain.

* * *

Le dimanche suivant, quelques heures avant le grand match qui déciderait du gagnant de la Coupe du monde, Fernand Fournier réussit à emprunter encore dix dollars à Louis Lavallée parce que les traitements de la petite coûtaient plus cher que prévu.

Et il se mit à boire de la bière dès cinq heures de l'après-midi, de façon à être bien sûr de pouvoir uriner à volonté dès le début du match.

Lorsque les Roussiens marquèrent le premier but, Fernand Fournier fut un peu dépité. Il n'avait aucun contrôle sur les buts de l'équipe adverse, mais s'était dit que si la Panurie marquait huit buts, les Russes n'auraient guère le temps d'en marquer plus d'un.

Il alla uriner quelques instants plus tard, et la Panurie marquait.

Fernand Fournier ouvrit une autre bouteille de bière. Et il s'endormit dans son fauteuil.

Fut-ce l'envie d'uriner ou la différence de niveau sonore à la fin de la deuxième période qui réveilla

Fernand Fournier? Tout ce qu'il sut, c'est que la Roussianie menait alors 3 à 1.

Il alla uriner, déçu que ce soit pour rien, son équipe ne pouvant évidemment pas marquer un but pendant l'entracte.

Lorsqu'il revint, un détail d'un message publicitaire qu'il avait déjà vu plusieurs fois attira son attention. Il s'agissait d'un message dans lequel un Roussien parlait de plats typiquement hauturois. Il s'exprimait en roussian, bien entendu, mais des sous-titres permettaient de comprendre qu'il parlait de tourtières et autres plats bien hauturois. Fernand Fournier remarqua que le Roussien prononçait clairement le mot «bacon» alors que le sous-titre n'en mentionnait rien. Son esprit alourdi par la bière lui permit lentement de déchiffrer ce mystère: l'annonce avait été filmée une seule fois, pour le marché zanglais d'abord. Puis on avait tout simplement adapté librement le sous-titre pour faire plus hauturois alors que le Roussien ne parlait pas du tout des mêmes choses.

Fernand Fournier se sentit tout à coup méprisé par ce commanditaire du tournoi.

Et cela lui remit en mémoire plusieurs incidents de cette série. Le peu de joueurs hauturois invités à se joindre à l'équipe panurienne. Les chandails exclusivement en zanglais portés lors du camp d'entraînement. Le refus des organisateurs du tournoi de laisser former une équipe purement hauturoise.

Il fallait que Fernand Fournier eût beaucoup bu pour que cette rancœur refît surface. «Après tout, se disait-il lorsqu'il était sobre, si Noël Lachard ne dit rien, ça veut dire que c'est correct.»

Fernand Fournier n'était à vrai dire pas très politisé.

Il avait voté «oui» au référendum demandant s'il fallait accorder plus d'autonomie politique à la Hauturie, mais n'avait pris cette décision que lorsqu'il avait été raisonnablement sûr que le «non» l'emporterait.

Toutefois, l'alcool avait parfois pour effet de rendre Fernand Fournier agressif. Et lorsque parut au petit écran le premier ministre de Panurie qui tentait de faire étalage de ses connaissances du hockey, Fernand Fournier sentit monter en lui une juste colère. «Si c'est pour lui faire gagner des votes qu'on a une Coupe du monde, ils peuvent se la mettre où je pense», songea-t-il en se rappelant la forme très pointue du trophée en question.

La troisième période débuta, et Fernand Fournier oublia la politique pour concentrer toute son attention sur le sport.

Presque aussitôt, l'envie d'uriner lui revint. Il alla aux toilettes. La marque était rendue 4 à 1 à son retour.

Il lui fallut quelques instants pour se rendre compte que la marque avait changé, mais pas dans le sens prévu: c'étaient les Roussiens qui marquaient.

Ne comprenant rien à la situation, Fernand Fournier retourna uriner quelques minutes plus tard. Et les Roussiens marquèrent encore une fois.

— Je suis saoul, conclut-il, et quand je suis trop saoul, ça marche, mais à l'envers.

Avec un compte de 5 à 1, ce n'était pas le moment d'aller vérifier une fois de plus et ainsi risquer un nouveau but des Roussiens.

«Vous êtes pas capables de marquer tout seuls quand même», dit-il à haute voix en espérant que l'équipe panurienne l'entende.

Et il se retint, même si l'envie d'uriner lui était revenue presque aussitôt. Il croisa les jambes, les serra, se tortilla sur sa chaise, essaya de penser à autre chose. Mais rien n'y fit: l'envie se faisait de plus en plus pressante. Il exploserait s'il n'y allait pas.

Il y alla, finalement, alors que les Roussiens n'avaient pas compté depuis douze minutes de jeu.

À son retour, Fernand Fournier vit la reprise du sixième but des Roussiens. Et il se rendit compte qu'il y prenait un certain plaisir.

— C'est pas possible, je prends pour eux autres.

Trois fois, hébété, il répéta à haute voix: «Je prends pour eux autres.»

Il se mit à rire et retourna uriner encore deux fois avant la fin du match.

* * *

Alors qu'il ne restait plus que deux minutes de jeu, Noël Lachard, qui avait joué avec vaillance mais sans réussir à se démarquer des deux joueurs roussiens qui le suivaient, presque collés à ses patins, subit une violente mise en échec le long de la clôture. Normalement, la foule aurait conspué l'auteur de cette attaque brutale.

Mais la foule était trop déçue de l'allure du match. Lorsque Noël Lachard resta si longtemps étendu sur la glace qu'on dut faire venir les brancardiers, la foule se mit à huer, pour la première fois, celui qu'elle adorait la veille.

Noël Lachard, incapable de bouger les jambes, se dit que sa carrière était finie.

Elle l'était.

NOËL LACHARD (II)

Le médecin prit son air le plus embêté en regardant les jambes de Noël Lachard. Jamais il n'avait vu de jambes si musclées, nerveuses et puissantes. De belles mécaniques, faites pour marcher, courir, patiner, avec des muscles parfaitement développés, pour lever, tourner, allonger le pas. Et ces mécaniques étaient encore, cela se voyait, en parfait état de fonctionnement, sauf qu'elles n'avaient plus rien pour les commander, les faire agir, les contrôler.

— Et puis? demanda Noël Lachard d'une voix neutre.

— Dans l'état actuel de la médecine, il m'est impossible de prévoir quand vous pourrez marcher à nouveau. Mais la médecine progresse rapidement, vous savez...

Noël Lachard leva la main pour l'interrompre.

— Vous voulez dire que je ne marcherai plus jamais.

— Plus jamais, c'est un bien grand mot...

Noël Lachard ferma les yeux. Le médecin en profita pour disparaître, laissant l'infirmière seule avec son patient.

Noël Lachard rouvrit les yeux.

— J'aimerais me raser.

— Je peux vous raser, offrit l'infirmière.

— Non, j'aimerais le faire moi-même.

L'infirmière alla chercher un rasoir droit, du savon à raser et un blaireau, remplit une tasse d'eau chaude, déposa le tout sur le plateau devant le patient.

— Je n'ai pas l'habitude de me raser devant quelqu'un d'autre.

L'infirmière eut un rire un peu forcé et sortit en fermant la porte.

Elle revint une heure plus tard, avec le plateau du déjeuner. Elle entra à reculons dans la chambre en poussant la porte avec son dos. Elle se retourna et échappa son plateau en poussant un cri.

— Mon Dieu!

Noël Lachard souriait.

— Vous ne m'aimez pas comme ça?

Il était chauve, s'étant entièrement rasé le crâne. Au sommet de la tête, une petite coupure avait fait couler un filet de sang qui s'était coagulé en une longue rayure noirâtre qui lui descendait près de l'oreille.

L'infirmière, qui l'avait toujours trouvé beau lorsqu'elle l'avait vu à la télévision, et qui l'avait trouvé encore plus beau lorsqu'elle l'avait vu à l'hôpital, affaibli, diminué, mais aucunement pitoyable, recula d'un pas, faillit glisser dans la soupe graisseuse renversée sur le plancher de marbre.

— Non, dit-elle enfin, vous êtes très bien comme ça.

Noël Lachard sentit qu'elle mentait, et cela lui fit plaisir.

Le lendemain, il demanda des ciseaux pour se couper les ongles, et se coupa les cils.

À l'infirmière qui lui demanda pourquoi il avait fait cela, il répondit que c'était parce que les cils ne servent à rien. Elle tenta de faire valoir que les cils protègent les yeux de la poussière. Il ne l'écouta pas.

* * *

Noël Lachard n'aimait pas l'hôpital. Il s'y sentait de plus en plus surveillé, épié, espionné. Il déclara au médecin qu'il avait envie d'être seul et fit interdire toute visite, même celle de ses coéquipiers et celle de son fils.

Il insista pour que le médecin lui donne son congé. Mais dès qu'il fut rentré à son appartement, dans sa tour de verre, il renvoya l'infirmière privée qu'on lui avait assignée.

Il apprit rapidement à se débrouiller seul, à passer de son lit à son fauteuil roulant et de son fauteuil roulant à son lit. Il passait ses journées à songer, à se ronger les ongles, à regarder par la fenêtre Ville-Dieu et le mont Dieu. Il faisait venir ses repas de restaurants des environs. Mais il mangeait peu et oubliait certains jours de manger quoi que ce soit.

La direction des Paysans lui envoyait tout son salaire en piastres dans une enveloppe, par un messager armé, pour lui éviter d'avoir à passer à la banque changer un chèque. Et Noël entassait ses billets dans un tiroir, n'utilisant que quelques piastres pour payer les restaurants et laissant toujours un gros pourboire aux livreurs.

Il était chez lui depuis plus d'un mois lorsqu'il téléphona à Lucille, sa femme, pour lui demander de lui envoyer le petit. Il refusa de la voir, elle.

— Non, envoie seulement Richard, je ne veux voir personne d'autre.

Juste avant de raccrocher, il ajouta :

— Oh! et puis qu'il m'apporte une scie. Je voudrais bricoler un peu.

* * *

Richard frappa à la porte, Noël lui ouvrit.

— Tu as grandi.

Richard faillit dire qu'il n'avait pas vraiment grandi, que c'était tout simplement son père qui le voyait de plus bas. Mais il retint sa langue.

— Tiens, ta scie.

Noël prit la scie, glissa le pouce le long de ses dents.

— Merci.

Ils passèrent une heure ensemble. Richard qui aurait eu beaucoup de choses à dire à son père eut l'impression de ne plus l'intéresser.

— Préfères-tu que je m'en aille?

Comme son père ne répondait pas, il partit.

* * *

Noël Lachard avala une grande lampée de whisky.

Mais il se dit qu'il n'avait pas vraiment besoin de boire. Il resta assis dans son fauteuil roulant, prit la scie à pleines mains, solidement. Les dents entaillèrent le pantalon, puis la chair, sans lui faire la moindre douleur. Il promena la scie de plus en plus rapidement dans le sang qui giclait, puis dut ralentir quand il entama l'os.

* * *

Le concierge ouvrit la porte, mais n'entra pas. Lucille Lachard elle aussi resta sur le pas de la porte.

— Mon Dieu, dit-elle.

— Je fais venir un médecin, fit le concierge avec un haut-le-cœur.

* * *

Les plaies cicatrisèrent normalement, les médecins ayant pris soin de reprendre les sections au-dessus de la cuisse, avec des coupures bien nettes cette fois.

Et Noël Lachard reprit rapidement des forces. Il avait perdu beaucoup de sang, mais on avait pu lui faire des transfusions à temps.

Au psychiatre qui lui demandait pourquoi il s'était amputé des deux jambes, Noël Lachard expliqua simplement qu'elles ne lui servaient plus à rien, qu'elles étaient lourdes, qu'il lui était difficile de se déplacer du lit à son fauteuil à cause de leur poids et qu'il allait d'ailleurs beaucoup mieux maintenant qu'il ne les avait plus.

Et le psychiatre fut forcé de reconnaître que Noël Lachard n'était pas si fou, qu'il avait au contraire fait un choix rationnel et qu'il s'était coupé les jambes lui-même parce qu'aucun médecin n'aurait accepté de le faire.

* * *

L'infirmière était en train de refaire le pansement d'un vieillard, à qui on avait pratiqué une trachéotomie, lorsqu'elle se rendit compte qu'elle n'avait pas ses ciseaux. Elle dit au vieillard d'attendre quelques instants, qu'elle reviendrait tout de suite.

Au poste de garde, elle ne trouva pas ses ciseaux et emprunta ceux d'une autre infirmière. Elle revenait à la chambre du vieillard lorsqu'elle songea qu'elle avait peut-être oublié ses ciseaux dans la chambre de Noël Lachard après lui avoir refait ses pansements quelques minutes plus tôt. Et comme elle était secrètement amoureuse de l'ancien joueur de hockey parce qu'elle aimait les gens malheureux (peut-être était-ce pour cette raison qu'elle était devenue infirmière), elle profitait du moindre prétexte pour lui rendre visite.

Elle poussa sa porte joyeusement.

— Mon Dieu, dit-elle une fois de plus.

Noël Lachard était sur son lit, sous la couverture. Mais il avait laissé les ciseaux ensanglantés sur la table de chevet, avec son pénis coupé.

— Il ne servait plus à rien, expliqua-t-il en souriant.

* * *

Cette fois, Noël Lachard eut beaucoup de mal à convaincre le psychiatre qu'il avait accompli un acte purement rationnel. Le psychiatre, sans s'en ouvrir à son patient, croyait qu'il y avait dans cet acte mille et un signes infiniment plus destructeurs que dans l'amputation de ses jambes.

Mais Noël Lachard discuta de tout cela si froidement, sans le moindre tremblement dans la voix, que le psychiatre finit par admettre que, s'il y avait là des aspects troubles et troublants, il n'était pas impossible que Noël Lachard eût effectivement posé cet acte non par désespoir mais par pure logique.

On refusa toutefois de le laisser partir de l'hôpital. Et Noël Lachard y resta de longs mois sans rien faire d'anormal. Il allait souvent à la bibliothèque et s'était découvert une passion pour les livres de médecine, allant même jusqu'à déclarer aux médecins qu'il aimerait devenir médecin lui-même et qu'il pourrait sûrement exercer cette profession en fauteuil roulant. Et le psychiatre était ravi de le voir dans de si bonnes dispositions.

* * *

Noël Lachard avait un drôle de sourire aux lèvres lorsque l'infirmière rabattit ses couvertures pour le laver. Elle commença à promener doucement sur sa poitrine le gant de toilette savonneux et chaud. Elle s'apprêtait à le retourner sur le ventre, lorsqu'elle remarqua la cicatrice.

— Qu'est-ce que c'est que ça?

Elle effleura des doigts les points de suture grossiers qui marquaient le bas-ventre du patient.

— J'ai enlevé mon appendice, dit fièrement Noël Lachard. Il ne servait à rien.

* * *

Un an plus tard, un avocat fut envoyé par la direction des Paysans de Ville-Dieu parce que le contrat de Noël Lachard arrivait à échéance.

Prudemment, en utilisant toutes les circonlocutions possibles, l'avocat déclara à Noël Lachard que la direction de l'équipe était disposée à verser directement à son ancienne femme la totalité de sa pension alimentaire — et cela tant et aussi longtemps qu'elle ou son fils vivrait. Donc, même si Noël Lachard venait à mourir. L'avocat fit remarquer que rien n'obligeait les Paysans à agir ainsi, et qu'ils le faisaient pour le bien de Noël Lachard et de sa famille. Il n'eut pas à préciser que l'opinion publique n'aurait accepté rien de moins ; il savait son interlocuteur trop intelligent pour ne pas s'en douter.

Noël Lachard signa sans les lire tous les papiers que l'avocat lui présenta.

* * *

Depuis quelques mois, la surveillance dont Noël Lachard faisait l'objet s'était relâchée. Il était à l'hôpital depuis près de trois ans, et presque tout le personnel avait changé. C'est à peine si les gens se souvenaient qu'il avait déjà été hockeyeur, d'autres plus jeunes l'ayant depuis longtemps remplacé dans l'affection des amateurs.

Seule l'infirmière de jour (toujours la même) s'intéressait particulièrement à lui. C'est pourquoi Noël Lachard attendit qu'elle fût partie en fin d'après-midi pour se glisser dans son fauteuil roulant.

Il sortit de sa chambre. C'était l'heure de la distribution des repas et le personnel était trop occupé pour faire attention à lui.

Il se rendit au bout du corridor. Il y avait là, dans le mur, deux petites portes, toutes deux au-dessus de sa tête. La première s'ouvrait sur un large boyau nickelé, qui descendait jusqu'à la laverie, ce qui permettait d'y jeter les draps sales sans avoir à les descendre au sous-sol. La seconde, de même aspect, remplissait une fonction semblable mais pour les ordures.

Noël Lachard regarda autour de lui. À l'autre bout du corridor, les infirmières achevaient de distribuer les repas dans les chambres. Mais elles étaient trop loin pour le voir.

Il ouvrit la porte de la chute à ordures, s'agrippa des deux mains aux rebords de l'ouverture, se hissa à la force des poignets, bascula dans le vide.

Il avait cru que la chute de quatre étages le tuerait. Mais il atterrit dans un monceau d'ordures qui amortit la chute.

Au quatrième, un malade qui passait par là referma machinalement la porte d'ordures. Une infirmière, quelques minutes plus tard, vit le fauteuil roulant abandonné et alla le ranger avec les autres.

Ce n'est que le lendemain que l'infirmière de jour s'aperçut de la disparition de Noël Lachard. On le chercha partout, mais en vain.

* * *

Noël Lachard passa deux jours dans les ordures. Il retint son souffle lorsqu'on fit basculer la grande cuve dans le camion des éboueurs et aussi lorsque les éboueurs vidèrent leur camion dans le dépotoir central de Ville-Dieu.

Il vécut encore deux jours et deux nuits dans une odeur de putréfaction telle qu'elle finit par détruire son sens olfactif et qu'il ne sentit plus rien.

Et il regretta, avant de mourir, de ne pas pouvoir se couper le nez devenu inutile.

MÉLODIE HYON

La dernière fois que Mélodie Hyon vit son fils, elle était assise dans la grande Vector dorée, toute neuve, avec cabine de chauffeur sur l'impériale, que son mari lui avait offerte pour son anniversaire.

La voiture avançait lentement dans la rue Saint-Nicol un vendredi soir, soir de sortie pour des milliers de Ville-déistes. La circulation était lente, arrêtant presque à chaque tour de roue. C'était un soir d'été, et il régnait une lourde atmosphère de fête triste. Mélodie Hyon, assise dans son fauteuil de cuir, ne faisait guère attention à ce qui se passait dans la rue. Elle était plongée dans de vagues souvenirs de caresses voluptueuses, et sa peau se remémorait le glissement de mains chaudes et velues. Mais seul son épiderme se souvenait clairement de ces caresses et Mélodie Hyon aurait été incapable de les associer à un nom ou à un visage. Et pourquoi aurait-elle essayé de le faire, puisque ainsi, dans son fauteuil moelleux, elle revivait ces caresses avec autant de plaisir que la première fois qu'on les lui avait faites?

La Vector avait ralenti encore plus en entrant dans le secteur de la rue Saint-Nicol fréquenté par les prostitués des deux sexes qui, voyant approcher cette voiture de grand luxe, venaient coller leur visage aux vitres pour offrir leur corps à quiconque serait là.

Et Mélodie Hyon, qui jouissait tranquillement des souvenirs de caresses passées, ne se scandalisa nullement de ces visages fardés qui se montraient à elle à travers la vitre et prenaient des allures de séduction, joignant les lèvres en des baisers grossiers ou faisant de la main de petits gestes amicaux et obscènes.

Elle ne reconnut pas immédiatement Agénor. D'une part, elle ne s'attendait aucunement à sa présence en cet endroit. D'autre part, Agénor, devenu femme, était affreusement fardé et portait une perruque blonde extravagante.

Mélodie ne l'aurait pas reconnu s'il ne l'avait lui-même reconnue et n'avait subitement changé de physionomie, l'attitude de son visage ouvertement provocante devenant soudain froide et fermée, son regard ne parvenant pas à se détacher de l'image de cette femme assise dans son fauteuil de cuir.

Lorsque Mélodie Hyon le reconnut enfin, elle se contenta de hausser les épaules.

Elle avait l'impression de regarder quelqu'un qui lui serait devenu aussi étranger qu'un mort dont elle aurait su depuis longtemps qu'il était mort ou qu'il allait mourir, tout en sachant qu'elle ne pouvait rien pour lui.

Quant à Agénor, il eut l'impression de voir passer

devant ses yeux une morte dans un cercueil vitré, une morte depuis longtemps devenue morte.

Mais lorsque la circulation reprit soudain et que la Vector se remit à avancer, Mélodie et Agénor, chacun de son côté, se retournèrent pour garder une dernière image d'un visage, presque oublié jusque-là.

SYLVANE LAFOREST, LES HYON, LUCILLE LACHARD, LES HÉRITIERS DE MISSEL MASSON ET QUELQUES AUTRES

La plupart des gens croient que les éléments — la neige, les orages, le froid, les tremblements de terre, la chaleur ou l'humidité — jouent un rôle important dans la vie. Cela peut être vrai. Qui n'est pas un peu maussade après trois jours de pluie? Et qui n'est pas un peu ragaillardi par l'approche du printemps?

Mais on oublie trop souvent que les éléments eux-mêmes peuvent être influencés par les êtres. Nous, la race humaine, partageons depuis toujours avec notre planète les mêmes nuages, la même eau, la même terre, les mêmes molécules et atomes de matière. Et si ces choses extérieures à nous nous influencent quotidiennement, il est évident que l'air vicié que nous expirons à chaque souffle dans une direction précise change un tant soit peu la composition et la direction des nuages qui flottent au-dessus de nous. À leur tour, ces nuages changent le cours de l'air ambiant et des nuages voisins. Ainsi, chaque fois que nous tournons la tête, l'air que nous respirons change l'ensemble de l'air qui entoure notre planète.

De la même manière, si l'exercice ou la fièvre accroît la température dégagée par le corps de l'un de nous, cela change la température de l'air qui l'entoure, et de l'air qui entoure cet air, et de toutes les choses et les gens qui meublent ou peuplent notre planète.

En général, cela se sent peu, parce que, presque chaque fois qu'une personne se met à faire de la fièvre, une autre en guérit. Et les changements qui se produisent chez les uns sont pratiquement annulés par des changements en sens inverse qui se produisent chez les autres.

Mais, à Ville-Dieu, en ce matin de juin, le phénomène naturel d'annulation aléatoire des influences des êtres sur les choses et sur l'univers cessa de jouer.

Pourtant, c'était une belle matinée ensoleillée, qui n'avait rien pour pousser les gens à la tristesse.

Il faut croire que la tristesse se mit soudain d'elle-même à se répandre dans le cœur et l'âme des gens, car bientôt elle déferla comme un raz de marée sur tout Ville-Dieu. Les individus (en fait, toute la population de Ville-Dieu) qui la ressentirent crurent qu'elle venait d'eux-mêmes, car chacun avait sa raison d'être triste. Seul un commerçant sud-oriental en visite à Ville-Dieu pour acheter des échantillons de condoms vendus en Hauturie parce qu'il voulait en fabriquer de semblables en son pays pour revenir les vendre à vil prix, seul un commerçant sud-oriental, donc, ressentit cette tristesse qui exudait de Ville-Dieu comme la rosée du matin sur une pelouse fraîchement tondue. Mais ce commerçant ne prêta aucune attention à ce phénomène bizarre car il trouvait déjà tout bizarre dans cette ville.

La population de Ville-Dieu comptait alors très exactement quatre cent seize mille six cent vingt-neuf habitants, plus sept cent quatre-vingt-treize personnes de passage qui ne furent pas, elles, affectées par ce phénomène car elles quittèrent la ville le jour même.

Des quatre cent seize mille six cent vingt-neuf Ville-déistes, pas un et pas une n'échappa à la mélancolie qui sembla s'abattre sur la ville mais qui, nous l'avons dit plus haut, avait plutôt sa source en la ville même et en ses habitants. Chacun ou chacune — à l'exception de quelques personnes perpétuellement tristes — avait ses motifs individuels et uniques de vague à l'âme. Il serait fort long — et profondément déprimant — de décrire ici les motifs du chagrin de chacune et de chacun. Voyons uniquement ceux de quelques-uns des personnages que nous connaissons le mieux.

Sylvane Laforest avait passé la nuit avec Hilare Hyon dans une chambre de l'hôtel Hyon à Ville-Dieu. Elle l'embrassa sur le front et, en se rhabillant, se rappela la décision qu'elle avait prise depuis quelques jours de ne plus le revoir à compter de ce matin-là. Non pas qu'elle se fût mise à craindre que sa liaison soit découverte par quelque journaliste en mal de scandale. Mais elle avait l'impression qu'à force de fréquenter un homme si riche elle commençait elle-même à penser comme les riches. Elle se trompait, bien sûr, parce que c'était plutôt l'exercice du pouvoir qui l'avait poussée à agir et à penser de plus en plus comme les gens puissants. Ce matin-là, en se brossant les cheveux devant le grand miroir dans lequel elle voyait aussi son amant endormi derrière elle dans les draps blancs, elle ressentait une tristesse profonde à l'idée qu'elle quittait cet homme qu'elle croyait si différent d'elle, alors qu'il était en réalité plus près d'elle que jamais.

Au sommet de la côte, Mélodie Hyon, seule dans son lit, se caressait doucement en pleurant doucement. Le souvenir de son beau soldat manchot n'avait cessé de la hanter. Et elle trouvait bien triste, elle qui avait été si belle et qui l'était sans doute encore, d'être ainsi seule dans son lit à se caresser parce qu'il n'existait plus d'homme dont elle eût envie.

Agénor Hyon, qui se faisait appeler Agénora Encore, était aussi au lit, dans les bras de son souteneur endormi. Ils n'avaient pas fait l'amour cette nuit-là, mais Agénora se sentait bien ainsi, entre ses bras. Ce qui n'empêchait pas une sourde angoisse de lui tenailler le ventre. C'était une angoisse qu'elle connaissait bien, pourtant, pour l'avoir ressentie souvent depuis sa plus tendre enfance. Une angoisse sans aucun rapport avec l'avenir immédiat ou lointain, car il ne s'agissait pas d'une peur de l'inconnu, mais uniquement d'une peur d'être, maintenant, là, dans ce lit ou ailleurs. Agénora avait depuis longtemps constaté qu'il ne lui avait servi à rien de se transformer en femme pour fuir le pouvoir qu'elle avait sur les femmes, car elle avait maintenant un pouvoir équivalent sur les hommes. Et lorsqu'on exerce un pouvoir malgré soi, on se sent encore plus impuissant que si on n'en avait aucun. Sans penser nécessairement à ces choses à ce moment-là, Agénora en ressentait ce matin-là une angoisse qui lui fit monter un instant les larmes aux yeux, sans la faire pleurer totalement.

Lucille, la veuve de Noël Lachard, dont on sait fort peu de choses, était en train de coudre le rebord d'un pantalon neuf appartenant à son fils. Elle avait suffisamment d'argent pour confier ces tâches à des couturières de Ville-Dieu qui n'auraient pas demandé mieux en ces temps difficiles. Mais elle était une bonne et brave femme, convaincue de son sens du devoir envers son fils. Et elle cousait à la machine, concentrée sur les mouvements apparemment désordonnés mais extrêmement efficaces de l'aiguille, lorsque soudain l'aiguille ralentit comme d'elle-même. Et la veuve de Noël Lachard la laissa s'arrêter et fixa des yeux le fil qui cessa de progresser le long du tissu bleu, l'aiguille s'immobilisant au sommet de sa course. Et le fil tendu entre l'aiguille et le dernier point sur le tissu semblait fin et fragile, prêt à se rompre dès qu'on bougerait le moindrement l'aiguille ou le tissu.

La veuve de Noël Lachard se mit à penser à son fils, d'une manière dont toutes les femmes du monde ont sûrement déjà pensé dès qu'elles pensent à l'avenir de leurs enfants. Ce fils, à qui elle avait refusé d'acheter une paire de patins depuis la disparition de son père, n'irait-il pas, comme elle le craignait parfois, adopter une profession plus dangereuse encore : conducteur de course automobile, ou soudeur au sommet des gratte-ciel, ou mineur dans un filon d'or à Voldar, ou soldat si jamais la guerre reprenait ?

Et la veuve de Noël Lachard ressentit ce matin-là l'angoisse de toutes les mères à la pensée que leurs enfants mourront un jour. Une seconde, elle songea à mourir elle-même, mais cela aurait été renoncer à voir vivre son fils et c'était peut-être pire encore que de risquer de le voir mourir.

Dans l'étude des notaires Guilbault, Guilbault, Guilbault et Masson, les héritiers de Missel Masson apprirent avec un désespoir non dissimulé que la baisse des taux d'intérêt occasionnerait une réduction importante de leurs mensualités dans les mois à venir. Ils n'avaient jamais connu leur grand-père, qu'ils imaginaient paysan excentrique et imbécile. Tout ce qu'ils connaissaient de lui, c'était cet héritage qui leur parvenait par bribes mensuelles et qui leur permettait de bien vivre sans travailler. Mais voilà que leurs mensualités baissaient alors que le prix de tout ne cessait d'augmenter. Et leur tristesse commune et unanime, même si elle avait une cause tout à fait superficielle, n'en fut pas moins profonde.

Bref, les quatre cent seize mille six cent vingt-neuf Ville-déistes ressentirent ce matin-là une tristesse indicible, provenant de quatre-vingt-dix-neuf mille sept cent trente-huit causes plus ou moins différentes, dont une douzaine au plus étaient intéressantes ou originales.

Tous ne pleurèrent pas. En fait, cent soixante-neuf mille deux cent deux seulement versèrent des larmes. Dix-neuf mille cinq cent treize pleurèrent suffisamment pour devoir se moucher. Cela suffit-il à accroître le taux d'humidité dans l'air? On peut en douter. Mais il serait étonnant qu'il n'y eût eu aucun rapport entre cette vague de tristesse qui enveloppa Ville-Dieu et les nuages noirs qui s'accumulèrent dans son ciel quelques instants plus tard.

Vers midi, les premières gouttes de pluie se mirent à tomber. Peu de gens y firent attention, parce que la météo, science trop précise ou trop imprécise pour prévoir les effets d'un accès de tristesse collective, n'avait annoncé que du soleil ce jour-là.

De toute façon, une bonne part des Ville-déistes avaient déjà oublié les raisons de leur tristesse et vaquaient à leurs occupations habituelles, certains affichant même une bonne humeur spontanée ou de commande.

Ce n'est qu'une heure plus tard, lorsqu'il se mit à pleuvoir comme vache qui pisse, que les Ville-déistes commencèrent à ronchonner, surtout ceux qui étaient sortis manger au restaurant et qui devaient rentrer dans leurs bureaux, leurs boutiques ou leurs usines en se faisant tremper.

À la fin de l'après-midi, la pluie tombait encore très dru et des torrents coulaient dans les caniveaux. Les voitures automobiles soulevaient de grands jets d'eau sur leur passage. Et les Ville-déistes pestèrent en rentrant chez eux trempés jusqu'aux os.

Il plut ainsi pendant vingt-quatre jours et vingt-quatre nuits. Comme il ne pleuvait que dans les environs de Ville-Dieu, beaucoup de gens que leur travail ou leurs autres obligations ne retenaient pas en ville partirent prendre du soleil à la campagne, ce qui devait leur sauver la vie (à l'exception de ceux qui eurent le malheur de revenir juste au mauvais moment).

Le grand fleuve grossit en aval de Ville-Dieu et inonda quelques plaines basses. L'opposition accusa le gouvernement de ne rien faire. Sylvane Laforest, qui savait que jamais le peuple ne lui en voudrait pour les méfaits de la nature, se contenta de déclarer les régions agricoles de Saint-Finistère et de La Jonction zones sinistrées, et tout le monde sembla satisfait de cette mesure.

Les Ville-déistes devinrent maussades, mais ils étaient reconnus dans toute la Hauturie pour leur mauvaise humeur, et on les laissa se plaindre sans les écouter.

Plusieurs mois plus tard, certains experts invités à témoigner sur les causes du cataclysme évoquèrent une poche d'air inexplicablement formée sous le sol de Ville-Dieu; d'autres émirent l'hypothèse d'un lac souterrain dont les eaux surgonflées par des semaines de pluie auraient transformé en boue des masses de terre habituellement sèches; d'autres encore prétendirent que le grand fleuve avait lentement érodé les berges de la ville, mais de façon invisible, sous les quais en particulier; d'autres enfin imaginèrent que les choses étaient arrivées ainsi parce qu'elles devaient arriver ainsi, et que les causes du cataclysme étaient aussi nombreuses que celles de tout événement ayant de nombreux effets.

Après des années de délibération, la commission d'enquête en arriva à la conclusion que ces derniers experts avaient sans doute raison, d'autant plus que les seules mesures qu'elle aurait pu suggérer pour éviter qu'un tel cataclysme se répète coûtaient trop cher de toute façon.

* * *

La cathédrale de Ville-Dieu était remplie. Non, comme d'ordinaire, de pieuses personnes sombrement vêtues pour faire leurs dévotions, mais au contraire d'une foule brillante et bigarrée, ravie d'oublier la pluie persistante.

L'orchestre symphonique et les chœurs de Ville-Dieu s'apprêtaient à interpréter le *Misericordia* de Zomart, qu'ils n'avaient pas joué depuis plusieurs années parce que la dernière fois l'orchestre jouait si mal et les chanteurs chantaient si faux et avec si peu d'ensemble que tous les mélomanes ville-déistes s'étaient juré qu'on ne les y reprendrait plus.

Mais l'orchestre symphonique de Ville-Dieu s'était doté d'un nouveau chef, choisi essentiellement pour l'élégance de ses gestes, les membres du conseil d'administration de l'orchestre étant vieux et durs d'oreille. Mais ce nouveau chef d'orchestre, Charles Malancol, était aussi doué d'un sens musical plus grand que celui de son prédécesseur. En deux ans, il avait réussi à hausser suffisamment le calibre de sa formation pour tenter une représentation du *Misericordia*, même si le conseil d'administration avait craint que personne ne vienne.

Pourtant, tout le monde était là. Aux meilleures places, la belle société de Ville-Dieu, riches marchands, élégantes dames, avocats, ecclésiastiques et même quelques joueurs de hockey. Aux pires places, tous les amateurs de musique — les étudiants, les secrétaires, quelques ouvriers qui n'avaient pas hésité à investir un jour de salaire pour entendre le chef-d'œuvre de Zomart.

* * *

Sous la cathédrale, il y avait une rivière invisible — la rivière Belle — qui avait depuis plus d'un siècle été recouverte de différentes constructions. Jadis principale source d'eau pour les indigènes qui avaient bâti une bourgade sur ses rives, la rivière Belle avait longtemps été paisible, coulant lentement le long de ses nombreux méandres. On l'avait appelée Belle — d'abord en langue indigène, puis en vieux-paysan — parce que c'était effectivement, de toutes les rivières de la région, la plus belle, ombragée, toute en lacets, entourée de pentes douces.

Lorsque Ville-Dieu avait été fondé, on s'était hâté de redresser le cours de cette rivière qui prenait trop de place près des premières habitations, là où le terrain ne tarda pas à prendre plus de valeur. Le gouverneur Lanteignal avait fait effectuer les travaux nécessaires pour transformer en canal cette rivière champêtre. Puis, un siècle plus tard, après la conquête par les Zanglais, l'arpent ne cessant de prendre de la valeur au centre de Ville-Dieu, un ingénieur zanglais avait réalisé l'ambitieux projet de recouvrir graduellement la rivière par des travaux de maçonnerie, au fur et à mesure qu'on y construirait des bâtiments importants : le collège Victoria, la Bourse de Ville-Dieu, la cathédrale, les magasins Carlton, et plusieurs autres. Ce développement se fit rapidement et bientôt la rivière Belle, qui avait depuis longtemps cessé d'être belle, ne fut plus qu'un grand ruisseau souterrain transportant les égouts du quartier des tanneries jusqu'au grand fleuve.

Personne ne se souvenait de l'existence de cette rivière à part peut-être quelques historiens. Et, d'ailleurs, à quoi bon se souvenir de cette rivière, disparue au même titre que les premiers arbres qui peuplaient la colonie, disparue comme les anciennes rives du grand fleuve maintenant rendues à plusieurs centaines de pas à l'intérieur des terres ? N'est-il pas naturel à l'homme de transformer la nature, de l'améliorer selon ses désirs et ses besoins ?

Pourtant, ce soir-là, sous la cathédrale de Ville-Dieu, la vieille rivière Belle commençait à ressembler à la jeune rivière Belle, la rivière bouillonnante et tumultueuse qui coula pendant des milliers d'années avant de s'assagir, et bien avant d'être emprisonnée dans des parois de brique et de béton.

Gonflée par des mois de pluie, la rivière Belle remplissait toute la cavité qu'on lui avait laissée sous la ville. Elle avait depuis quelques jours commencé à lécher la maçonnerie des fondations des plus grands édifices : la Bourse, d'abord, puis la cathédrale.

* * *

Charles Malancol leva son bâton. Les violonistes levèrent leur archet. Les chanteurs et les chanteuses se raclèrent la gorge silencieusement et nerveusement, une dernière fois.

Le bâton de Charles Malancol s'abaissa et la musique éclata, remplissant chaque recoin de la cathédrale avec le plus bel ensemble.

C'est Toi, mon Dieu,
Qui nous as faits
Tels que nous sommes,
Tels que nous serons.

Les premières paroles du *Misericordia* figèrent sur place les rares retardataires qui avançaient timidement dans les allées.

Hilare Hyon, au tout premier rang, passa machinalement une main sur son crâne.

Lucille Lachard, immédiatement à sa gauche, regretta de ne pas avoir amené son fils, passionné de sport mais non de musique.

Jean-Claude Masson, lui aussi au premier rang, opina du bonnet même s'il ne connaissait rien à la musique et était absolument incapable de l'apprécier. Mais il était venu là avec sa femme parce qu'il ne pouvait pas se permettre de manquer le grand événement musical de l'année, sans quoi on l'aurait cru, avec raison, en difficultés financières et cela lui aurait causé des difficultés financières supplémentaires.

Irénée Dubreuil, le médecin, était au second rang. Depuis dix ans, il n'avait assisté à aucun concert, mais il avait reçu un billet en cadeau d'une patiente, Madame Singsam. Et il avait, en s'assoyant à la dernière seconde, pris conscience qu'elle était là, à côté de lui. Et cela lui gâchait le plaisir d'écouter cette musique grandiose et sans doute fort belle, même s'il n'y connaissait rien.

Arthur Métallique était beaucoup plus loin derrière, sur un banc à prix moyen. À le voir, on l'aurait pourtant pris pour un notable : il semblait avoir dix ans de plus qu'il n'en avait en réalité, et cela, d'une certaine manière, lui allait fort bien.

Au jubé, Archangèle Gélinas assistait à un concert pour la première fois de sa vie. Venue là seule elle aussi, elle voyait mal parce qu'un homme de grande taille, devant elle, lui cachait Charles Malancol, qu'elle aurait bien aimé voir. Mais elle se disait qu'elle était surtout venue là pour entendre.

Hubert Semper était assis juste derrière elle. Guéri, libéré de prison depuis une semaine parce qu'on n'avait pas pu prouver que c'était lui qui avait fabriqué la bombe ayant tué le ministre de l'éducation, il était venu à ce concert parce qu'il aimait la musique triste. Mais lui ne l'était pas. Il concentrait son attention sur la femme assise devant lui et qui bougeait souvent la tête à gauche ou à droite pour essayer d'apercevoir le chef d'orchestre.

Même la petite Charlyne Ladouceur était là. Elle était venue avec toute sa classe, celle qui avait recueilli le plus d'argent pour les missions en vendant des billets de loterie. Et les fillettes, trop petites pour voir l'orchestre, trouvaient cette musique bien triste même si elle ne l'était pas. Et elles ne pouvaient s'empêcher de bouger et de faire un peu de bruit, ce qui agaçait les gens autour d'elles.

Miséricorde, Miséricorde, Miséricorde,
Tu nous as promis miséricorde,
Tant que nous ne T'oublierons pas.

* * *

Le niveau de la rivière Belle monta encore, commença à pousser sur la voûte de maçonnerie qui l'emprisonnait, juste sous la cathédrale.

Le mortier, qui n'avait pas été mouillé depuis plus de cent ans, s'effrita un peu. Quelques briques tombèrent. D'autres briques, à moitié descellées, semblèrent hésiter à tomber.

Les vibrations créées par l'orchestre, qui jouait alors le majestueux largo, contribuèrent-elles à faire tomber ces quelques briques qui hésitaient? Cela n'est pas sûr, mais cela n'est pas impossible non plus.

* * *

L'évêque de Ville-Dieu avait appris à bâiller la bouche presque fermée, de façon à ce qu'on ne le voie pas. Cela lui était fort utile dans son métier rempli de cérémonies répétitives.

Il bâilla donc un grand coup, pendant que le chœur attaquait le finale du *Misericordia*.

Mon Dieu, Tu as toujours raison,
Car Tu sais ce qui est en nous,
Toi qui as fait le monde
Mieux que nous ne l'aurions
Fait nous-mêmes.

Hilare Hyon, qui ne connaissait pas Lucille Lachard assise à sa gauche, commença à regretter d'avoir promis à Sylvane Laforest qu'il la rencontrerait à l'hôtel Hyon après le concert. Du coin de l'œil, il examinait le profil de Lucille Lachard. Il aurait bien aimé faire sa connaissance.

* * *

La pression exercée par la rivière Belle sur la voûte soutenant les fondations de la cathédrale avait crû constamment jusque-là. Lorsque le concert prit fin et que la foule commença à évacuer la cathédrale, la rivière cessa de monter, comme un prédateur qui décide de renoncer à une proie trop facile.

Plus tard, la commission d'enquête soulignerait dans son rapport qu'il s'en était fallu de peu que la cathédrale ne s'écroule pendant la représentation du *Misericordia* de Zomart, ce qui aurait tué d'un coup non pas seulement la moitié de la bonne société de Ville-Dieu, mais bel et bien tout ce que la ville comptait de riche, d'élégant, de beau, d'influent — même l'évêque et même Hilare Hyon. Mais la commission ne se pencha nullement sur ce qui avait évité le désastre à ce moment-là, car elle ignorait le rôle joué par la sept cent trentième brique du côté nord, dans le trois mille deux cent treizième rang à partir du sud. Cette brique, clé de la clé de voûte, ne retenait pas la cathédrale à elle seule. Mais tant qu'elle ne tombait pas, la voûte tenait et la cathédrale aussi.

* * *

La sept cent trentième brique du côté nord, dans le trois mille deux cent treizième rang à partir du sud ne tomba que lorsque le mont Dieu se transforma en mer de boue.

* * *

Sans doute est-il heureux que ce fut en pleine nuit que le mont Dieu s'effondra totalement, entraînant avec lui la moitié des demeures de Ville-Dieu. Presque aucune des victimes de ce raz de marée de boue n'eut le temps de s'éveiller suffisamment pour comprendre ce qu'il lui arrivait. Presque toutes suffoquèrent rapidement, sans véritablement prendre panique, sans se rendre pleine-ment compte qu'elles mouraient.

* * *

La plupart des gens qu'on a rencontrés dans ce récit moururent, car ils vivaient soit sur le mont Dieu (comme Mélodie Hyon), soit dans le bas quartier des tanneries (comme Archangèle Gélinas), celui-là précipi-tant celui-ci dans le grand fleuve pour ne laisser place qu'à une immense plaine boueuse.

Il est donc inutile de donner la liste des gens qui périrent. Il vaut mieux nommer ceux qui survécurent.

• Hilare Hyon, qui avait passé la nuit dans son hôtel du centre-ville à attendre vainement Sylvane Laforest qui avait oublié leur rendez-vous.

• Sylvane Laforest, qui était à Balbuk ce jour-là, parce qu'elle avait oublié son rendez-vous avec Hilare Hyon, à moins qu'elle n'eût décidé de ne pas y aller parce qu'elle regrettait de ne pas avoir réussi à rompre.

• Hubert Semper qui, n'ayant plus de domicile, dormait en passager clandestin dans la chaloupe de sauvetage d'un bateau dans le port. Le bateau brisa ses amarres et sombra. Seul dans la chaloupe de sauvetage, Hubert Semper fut recueilli deux jours plus tard par un bateau passeur en face de Balbuk.

• Arthur Métallique, qui avait congé ce jour-là et était allé pour la première fois de sa vie dans un bordel de Fremont. Il vit là un encouragement du ciel à se débaucher enfin.

Presque tous les autres personnages dont on a fait la connaissance moururent, à peu près tous de la même manière inintéressante — mais est-il jamais une manière intéressante de mourir?

HILARE HYON (III)

Lorsque les morts (du moins, ceux dont on retrouva les cadavres) furent enterrés, la vie reprit dans les rares quartiers de Ville-Dieu qui n'avaient pas été trop touchés par le cataclysme.

Le reste de la ville, dans un rayon d'une lieue environ autour de l'endroit où s'était dressé le mont Dieu, était devenu un immense champ de boue qui, lorsque la pluie cessa et fut enfin suivie par un mois de soleil presque ininterrompu, se transforma en un immense désert gris, dur et plat.

La disparition de la montagne posa un problème fort complexe. En effet, les pentes de la montagne avaient fait jusque-là que, sur un territoire d'à peine dix lieues carrées, il y avait plus de treize lieues carrées de surface. Lorsque le temps vint de savoir à qui appartenaient les trois lieues subitement disparues, certaines personnes, surtout dans le quartier des tanneries, soutinrent que c'étaient évidemment les trois lieues de pentes qui avaient disparu et que c'étaient les propriétaires les plus riches de Ville-Dieu qui avaient subi cette perte, qui ne les ferait d'ailleurs pas mourir de misère.

Mais il y eut d'autres personnes, surtout les survivants des plus beaux quartiers, qui soutinrent que c'étaient leurs terres qui recouvraient maintenant les quartiers pauvres et que c'étaient à eux maintenant que tout Ville-Dieu ou presque devait appartenir.

Il n'y eut que quelques modérés pour soutenir qu'on devrait adopter le principe des dix treizièmes et donner à chaque ancien propriétaire les dix treizièmes de ce qu'il possédait auparavant.

Mais les avocats d'Hilare Hyon dénichèrent un vieux principe de droit zanglais, celui du «nec plus ultra» selon lequel tout objet de plus grande valeur avait préséance sur tout objet de moindre valeur. Ainsi, les terrains les plus chers de Ville-Dieu ne pouvaient pas être déclarés disparus tant que les terrains de moindre valeur n'auraient pas été jugés inexistants. Ce vieux principe de droit zanglais, firent remarquer les avocats d'Hilare Hyon, confirmait d'ailleurs la sagesse du dicton populaire «le meilleur, c'est ce qu'il nous reste juste avant qu'on n'ait plus rien».

Bien qu'il eût trouvé plutôt oiseux le rappel de ce dicton, l'honorable juge César Desérables, qui était à la fois un vieil imbécile et un homme astucieux, accorda gain de cause aux riches, car il savait qu'en cas contraire les gens du quartier des tanneries et aussi ceux des autres quartiers pauvres de Ville-Dieu et même les miséreux des campagnes environnantes pourraient s'imaginer que tous les espoirs leur étaient permis — et alors le pays risquait de sombrer dans l'anarchie la plus totale.

Hilare Hyon fut satisfait, mais aucunement étonné de ce jugement.

Il savait, lui, que les motivations profondes du juge étaient erronées — et que c'était ce genre de jugement, justement, qui ferait qu'un jour le peuple finirait par se révolter.

Mais il savait aussi que ce ne serait pas le lendemain la veille.

* * *

Richard Martin engagea la marche arrière, et son camion se mit à reculer jusque sous le plan incliné.

Il sortit de la cabine et regarda le bouleverseur pousser dans son camion une cargaison de belle terre fraîche, noire, le plus bel humus de toute la Hauturie. Une terre qui pendant des siècles avait fait vivre une famille de paysans et qui soudain se retrouverait à Ville-Dieu, de la même manière que ses anciens propriétaires avaient été forcés de s'exiler en ville. La seule différence (Richard Martin le savait par l'endroit où il devait déposer sa cargaison) c'est que les paysans avaient vraisemblablement déménagé dans un quartier pauvre — peut-être même avaient-ils été ensevelis lors du cataclysme — alors que la terre aboutirait au milieu du plus beau quartier de Ville-Dieu, justement celui d'où était partie la montagne de boue qui avait éliminé la moitié de la ville.

Lorsque son camion fut rempli, Richard Martin grimpa dans la cabine et mit le moteur en marche. Deux heures plus tard, il approchait de Ville-Dieu.

Richard Martin habitait loin de la ville, et c'était la première fois qu'il y venait depuis le cataclysme. Les abords de la ville n'avaient aucunement changé — à l'exception des camps de tentes kaki où on avait entassé les sans-logis. Richard Martin roula même pendant près d'une demi-heure vers le centre de la ville avant de se rendre compte de l'absence de la montagne.

Il se dit que la ville avait après tout l'air plus naturel ainsi, décapitée de sa montagne qui faisait autrefois obstruction à l'horizon et semblait poser un défi aux bâtiments trop bas ou trop graciles à côté de son immense masse sombre.

Et il conclut, car il était un homme religieux et simple, que si Ville-Dieu n'avait plus de montagne, c'était parce que Dieu l'avait voulu et que Dieu avait eu une fois de plus raison.

* * *

Arthur Métallique avait étalé devant lui, sur une table pliante, les plans de la nouvelle maison qu'il ferait construire pour son maître. Bien sûr, il était prématuré de sortir ces immenses bleus hachurés de milliers de lignes inintelligibles pour quiconque n'était pas architecte : il fallait d'abord préparer le terrain, et cela prendrait vraisemblablement des mois, au moins jusqu'au printemps suivant.

Mais son maître avait tenu à être là, pour l'arrivée du premier camion de terre, à trois cents pas environ sous l'endroit précis où s'était déjà dressée la villa Hyon.

Le premier camion approcha enfin, son moteur grondant péniblement. Richard Martin hésita quelques instants, cherchant où il devait déposer son chargement. Voyant les deux hommes immobiles devant une table, il se dit que ce devait être là. Il s'approcha.

— Ici? cria-t-il avant d'éteindre son moteur.

Le plus petit et le moins chauve des deux hommes fit signe que oui. Richard Martin sortit du camion, abaissa le levier qui commandait la benne, et la terre noire et riche se mit à rouler sur la boue séchée, dure et grise.

— C'est de la bonne terre, fit l'autre homme en se penchant et en en prenant une poignée.

On sentait, rien qu'à la palper et même si on n'y connaissait rien, que c'était de la bonne terre, la meilleure de Hauturie et peut-être même la meilleure du monde entier.

— Voilà les autres, dit Arthur Métallique en se relevant.

Au loin, on apercevait une longue file de camions qui approchait en désordre dans le champ de boue durcie. Certains camionneurs, contents d'être enfin arrivés, appuyaient sur l'accélérateur de façon à être parmi les premiers à décharger. D'autres, plus patients, continuaient sans se presser, en se disant qu'ils auraient de toute façon vidé leur camion avant que ne ferment les dernières tavernes de Ville-Dieu.

* * *

Vers midi déjà, la montagne commençait à reprendre forme. Bien sûr, elle n'était que l'ombre de ce qu'elle avait déjà été : à peine un mamelon de terre noire qui adoptait la forme que prendrait bientôt le nouveau mont Dieu.

Hilare Hyon était visiblement satisfait.

Il se tourna alors vers Arthur Métallique et lui dit :

— Je vais faire remplacer la bibliothèque par une piscine intérieure.

Arthur Métallique comprit aussitôt qu'il était congédié à la fois comme secrétaire et comme architecte. S'étant toujours dit que cela arriverait un jour, il ne réagit pas, se contentant de rouler ses plans et de les entourer d'un gros élastique rouge qui leur donnait l'aspect d'un diplôme géant.

Il prit l'enveloppe que lui tendait Hilare Hyon, et s'éloigna.

Déjà, Richard Martin buvait une bouteille de bière à la taverne O'Brien, relogée temporairement dans une grande tente de cirque, et se laissait convaincre par son compagnon de table, qu'il ne connaissait pas une demi-heure plus tôt, qu'il devait déménager à Ville-Dieu où les perspectives d'emploi étaient intéressantes, maintenant qu'Hilare Hyon avait promis de reconstruire la montagne telle qu'elle était auparavant.

* * *

À grands traits de la pointe de son parapluie, Hilare Hyon traçait dans le sol le plan général de sa future maison, à l'intention du vieil Antoine Corbin qui opinait du bonnet.

— Ici, je veux une entrée dérobée, qui ne sera visible ni du chemin du Sommet, ni du bas de la côte.

Antoine Corbin songea que cette porte pourrait ne mesurer que cinq pieds de hauteur, car il n'en fallait pas plus pour laisser passer Sylvane Laforest.

Mais il tint sa langue. Il y a des contrats trop beaux pour qu'on risque de les gâcher par une parole déplacée.

BIBLIOGRAPHIE

Œuvres

Agénor, Agénor, Agénor et Agénor, roman, Montréal, Quinze Éditeur, 1981.

La tribu, roman, Montréal, Éditions Libre Expression, 1981 (mention spéciale du jury du Prix Molson). Réédité en 1998 dans Bibliothèque québécoise.

Ville-Dieu, roman, Montréal, Éditions Libre Expression, 1983. Réédité en 1999 dans Bibliothèque québécoise.

Courir à Montréal et en banlieue, guide pratique, Montréal, Éditions Libre Expression, 1983.

Aaa, Aâh, Ha ou les amours malaisées, roman, Montréal, Éditions L'Hexagone, 1986.

Nulle Part au Texas, roman, Montréal, Éditions Libre Expression, 1989.

Les plaines à l'envers, roman, Montréal, Éditions Libre Expression, 1989.

Je vous ai vue, Marie, roman, Montréal, Éditions Libre Expression, 1990.

Ailleurs en Arizona, roman, Montréal, Éditions Libre Expression, 1991.

Le voyageur à six roues, roman, Montréal, Éditions Libre Expression, 1991.

Longues histoires courtes, nouvelles complètes (1960-1991), Montréal, Éditions Libre Expression, 1992.

Pas tout à fait en Californie, roman, Montréal, Éditions Libre Expression, 1992.

De Loulou à Rébecca (et vice versa, plus d'une fois), roman, Montréal, Éditions Libre Expression, 1993. Sous le pseudonyme d'Antoine Z. Erty.

Moi, les parapluies... roman, Montréal, Éditions Libre Expression, 1994. Réédité en 1999, coll. «Série noire», Gallimard.

Vie de Rosa, roman, Montréal, Éditions Libre Expression, 1996.

Vie sans suite, roman, Montréal, Éditions Libre Expression, 1997.

Premier boulot pour Momo de Sinro, roman jeunesse, Montréal, Éditions Québec/Amérique, 1998.

Cadavres, roman, Paris, Éditions Gallimard, coll. «Série Noire», 1998.

Études

ALLARD, Jacques, *Le roman mauve. Microlectures de la fiction récente au Québec*, Montréal, Éditions Québec/Amérique, 1997. *Cf.* p. 29-32, « Ici faisons humour sur amour » *(Longues histoires courtes)*; p. 57-59, « Le Québécois en zigzagueur » *(Pas tout à fait en Californie)*; p. 362-365, « Le bonheur de l'imprévisible » *(Vie de Rosa)*.

MARTEL, Réginald, *Le premier lecteur. Chroniques du roman québécois 1968-1994*, Montréal, Leméac Éditeur, 1994. *Cf.* p. 38-40, « Un talent fou, un livre fou » *(Agénor, Agénor, Agénor et Agénor)*.

VAUTIER, Marie, *New World Myth Postmodernism & Postcolonialism in Canadian Fiction. Cf.* p. 208-231, 258-266, 268-269, 272-277 *(La tribu)*.

Quelques critiques de Ville-Dieu

MARTEL, Réginald, « François Barcelo, déchaîné. Trois sur trois, naturellement », *La Presse*, 5 mars 1983.

LORD, Michel, « Ville-Dieu. Le miracle littéraire de François Barcelo », *Lettres québécoises*, été 1983.

TREMBLAY, Régis, « Barcelo contre les élites de toutes espèces », *Le Soleil*, 16 avril 1983.

Interviews

« La résignation heureuse », Pierre Cayouette, *Le Devoir*, 26-27 avril 1997.

« Les bonheurs de l'écrivain mineur », Réginald Martel, *La Presse*, 6 avril 1997.

« L'écrivain démythifié », Anne-Marie Voisard, *Le Soleil*, 12 avril 1997.

« Je suis un écrivain, un point c'est tout », propos recueillis par Claude Grégoire, *Québec français*, été 1990.

« Barcelo, le *jogger* heureux », Jean Royer, *Le Devoir*, 31 janvier 1987.

« J'ai Barcelo dans la peau ! », Jean Lefebvre, *Nuit Blanche*, printemps 1984.

« François Barcelo, romancier : Refaire le monde », Réginald Martel, *La Presse*, 19 mars 1983.

Site Internet

http://www.aei.ca/~barcelof

TABLE

BIBLIOTHÈQUE QUÉBÉCOISE